阿古拉泰朗诵诗文选 上

阿古拉泰 著

内蒙古人民出版社

图书在版编目(CIP)数据

阿古拉泰朗诵诗文选:上下/阿古拉泰著.-呼和浩特:内蒙古人民出版社,2021.8
ISBN 978-7-204-16798-2

Ⅰ.①阿… Ⅱ.①阿… Ⅲ.①诗集-中国-当代②散文集-中国-当代 Ⅳ.①I267②I227

中国版本图书馆 CIP 数据核字(2021)第 227924 号

阿古拉泰朗诵诗文选(上下)

作　　者	阿古拉泰
责任编辑	张桂梅　高　彬
封面设计	邢学绘
出版发行	内蒙古人民出版社
地　　址	呼和浩特市新城区中山东路 8 号波士名人国际 B 座 5 楼
网　　址	http://www.impph.cn
印　　刷	内蒙古爱信达教育印务有限责任公司
开　　本	710mm×1000mm　1/16
印　　张	30.75
字　　数	340 千
版　　次	2021 年 8 月第 1 版
印　　次	2021 年 12 月第 1 次印刷
印　　数	1—3000
书　　号	ISBN 978-7-204-16798-2
定　　价	48.00 元(全 2 册)

如发现印装质量问题,请与我社联系。联系电话:(0471)3946120

诗是吟出来的。从诞生那一天起,诗与歌就相伴而行不曾分离。诗当有声,携着雷电、溪水、风暴,抑或滴翠的鸟鸣……

綠草長吟

阿古拉泰 詩友一哂

辛丑秋 王蒙

"人民艺术家"国家荣誉称号获得者王蒙先生题词

骑手的歌唱

阿古拉泰是我的老朋友了，二十世纪八十年代，他在内蒙古创办文坛瞩目的《诗选刊》，也就是从那时起，我们结下了深厚的友谊。如今再读他的回忆散文《不老的艾青》，又将我拉回当年诗意蒸腾的岁月，让我再次回想起与艾老一起谈诗的美好时光。

"这额头是独特而富有诗意的，青筋暴突，像一条条蚯蚓，耕耘着思想的沃土。花白的头发向后拗过，使人想起秋天的芦苇，保持着风刮过的形态和抗争的姿式，不屈，不挠。"没有任何人能抵挡住光阴利剑的锐利和无情，只有诗歌能够带来长久甚或永恒的回溯之眼，只有诗人能够做到约瑟夫·布罗茨基所说的"诗歌是对人类记忆的表达"。

阿古拉泰的诗歌、散文、歌曲以及参与创作的交响音乐史诗《成吉思汗》和舞台剧《马可·波罗传奇》，都让我印象深刻，这也印证了阿古拉泰是一位全能型的创作者。尤其是他的诗歌和散文，各具特色，又相互映照、彼此打开。二者不是主次的关系，而是具有各自的重要性和不可替代性。

因此毫无疑问，阿古拉泰是当代极具代表性的蒙古族诗人之一，更为重要的是，他还是一位行动的诗人和歌者，由他创意、组织、参与的许多诗歌活动，因饱满的激情、浓郁的民族特点和地域特色，都在诗坛产生了较为广泛的影响。

对阿古拉泰的创作我一直格外关注，通过他的文字我也在思考，一个具有少数民族身份的写作者如何有效地传达生命体验、民族意识、地方性知识，进而能够在民族文化与汉字之间完成有效的转换与升华。

阿古拉泰一直是一位驰骋的"骑手"，一直都在风雨中歌唱。

此次结集出版的《阿古拉泰朗诵诗文选》，实则延续了中国当代诗歌发展的一个重要脉络。在写作越来越碎片化和无限强调个人日常经验的背景下，他仍然坚持诗歌应成为通向大众、现实和时代的精神共鸣。也就是说，通过这些具有耳感的能够在"城市""乡村""广场""街道"等公共空间传播的"朗诵诗"而强调诗歌的大众性。就阿古拉泰这些诗作的题材和主题，我们会发现，这是一位具有深沉的社会责任感和语言使命感的写作者。他的写作总是尽量发掘能够引起广泛关注的社会题材和重大主题。当然他也一直歌唱着那些普通人和日常事物（如《为土豆歌唱》《为劳动者的汗水歌唱》这样的诗），但他不是为了歌唱而歌唱的平庸的写作者，他深谙或实践着"不是看见了什么，而是'发现'了什么；不是记下了什么，而是放大了什么，抑或浓缩了什么"

(《凝视一个眼神》)。

正是得力于他的民族基因和文化积累,阿古拉泰总是能够为文字插上飞翔的翅膀,为诗歌找到动心的乐音,为诗性找到一个又一个不竭的文化源泉。我想,这一点是需要特别肯定的。这让我们思考的是,无论诗歌的道路多么众多,无论诗歌的流派和主义多么繁杂,诗歌总是存在一个基点和起点,也就是,真正的诗不仅应该只具有个人性和美学特质,还应该具备能够反映国家、民族、历史、时代和本土性、传统性、现实性的诸多因子的广阔思维,而这正是艾青、贺敬之、郭小川、李季、闻捷、李瑛等大诗人形成的"当代诗歌"的重要精神血脉。循着这一创作传统,诗歌才能够成为T.S.艾略特所说的既是个人的又是非个人的,从而在此基础上,诗人才能够超越日常的个体经验和局部经验而在人类命运、精神共同体的意义上,使得诗歌是及物的、有机的、生长的;诗人由此才是有血脉和根基的,诗歌也才能够面向未来和读者。而这些,得力于诗人绵绵不绝而又引灌后世的丰盈的生命力,这也正是多年来阿古拉泰在诗歌和散文创作中一直坚持的精神方向和行走路径。

无论是在长诗还是一般意义上的短诗以及散文探寻中,阿古拉泰始终是一位骑手和歌者。他既是燃烧的又是沉淀的,既是歌唱的又是对话的——"我要和你一起歌唱,用琴声、欢乐或者闪电",他的激扬的声调和沉思的质地总是能够比较和谐地统一在一起,由此而产生宽广的共鸣。

阿古拉泰的创作让我们看到一个十分显豁而诗意的"北方"文化背景，这就是辽阔苍莽的蒙古高原和茫茫草原——他的诗歌中反复抒写的"牧草""小草""青草""草原"，这是他的诗歌脐带，是他文化意义上的父亲和母亲。

　　诗人在马背和歌声中一次次起飞，诗文也一次次洗亮了穹庐、尘心、灵魂和远方……

　　在此，衷心祝贺《阿古拉泰朗诵诗文选》的出版，也希望看到他的好作品不断问世。

著名诗人、全国人大常委会委员、中国作协副主席　吉狄马加

2021年10月于北京

目录

001 **第一辑　百年寻梦**

003　百年寻梦

005　百年钟声

007　温暖的诺言

012　春天来了

016　群鹰的翅膀

020　春天临近，想起一个人

024　骑兵通过天安门广场

030　国家的孩子

033　黄河，我想

036　为土豆歌唱

039　团团圆圆的祖国

042　为劳动者的汗水歌唱

044　光明

046　听蒙古族民歌《嘎达梅林》

048　关于酒

052　北方，我的故土

057　第二辑　众鸟高飞

059　众鸟高飞

061　九只白天鹅

062　牧童之歌

065　像一棵草一样行走

066　母亲站在蒙古包前

067　阿布

071　额吉

074　感恩之夜

077　元大都

079　鹰的翅膀

080　草原上的风

081　晨风洗亮了草原

082　青草灯盏

083　青草的光芒

084　一棵草下面有什么

086　青草的眼睛

087　一棵草紧挨着另一棵草

088　前生

089　雪

090　暴雪

091　生命中的雪

092　雪的一生

093　一片雪花就覆盖了草原

094　故乡

096　爱是一棵小草千古相传的绿

102　初雪

104　无花果

106　白蝴蝶

- 109　平安之夜
- 111　峡江之夜
- 113　雨夜
- 115　挺直了长，但要学会低头
- 117　演员
- 119　悲剧的观众
- 121　舞台
- 123　寻找骆驼
- 126　一匹蒙古马和它的故乡

- 135　**第三辑　青春草原**
- 137　青春草原
- 140　青春畅想曲
- 142　一缕诗絮
- 144　星空
- 147　从一首民歌走进草原

- 149 诗画科尔沁
- 151 谷子成熟了
- 154 青海湖
- 156 在德令哈
- 158 那暴风雪中绽放的花朵依然美丽
- 171 春天，真好
- 173 成都，修辞的山水（组诗）
- 176 天籁
- 182 沙漠中的泉水
- 184 大雪将至
- 186 彩石
- 190 生命的链接
- 193 岸英之墓
- 200 高原上的雁阵
- 209 为内蒙古农信女篮喝彩
- 213 八月的草原花团锦簇

225 **后　记**

第一辑 百年寻梦

百年寻梦

一百年前，我们也曾有梦
那是噩梦一场，蹒跚褴褛，希望千疮百孔
九曲黄河，像一孔漏斗
吐不尽的苦水，在黑夜里爬行

噩梦，为什么迟迟在长夜醒来
因为带血的刺刀逼近了我们胸口
柔软的辫子和水烟枪惊出了一身冷汗
醒来，还是一个"病夫"，弱不禁风

寻梦人终于走来，走出夜的襁褓
向太阳落山的地方仰望最亮的星辰
几千年的深渊，几万万人的等待
引路人在黑暗里，提一盏中国灯笼

满目疮痍的大地，饿殍遍野
饥寒交迫的呻吟，补丁摞着补丁
就用这补丁缝连起一面呐喊的旗帜吧
用铁锤砸碎镣铐，用镰刀收获憧憬

这时的梦,守不住片刻的安宁
头枕着铡刀,空气里弥漫着血腥
一双双草鞋,一行行血迹
一路踏出火星,走向共和国的黎明

是的,寻梦路上我们确曾有过迷茫
迎风飘扬的旗帜上也曾布满了弹洞
但不能因此就更改这血染的颜色啊
我们要以更大的勇气捍卫淬火的真理

这片饱含血泪的土地多么需要信仰啊
挺立世界之林岂能像芦苇一样摇摆随风
那苦难的风云刚刚散去还不到一个世纪
一个民族基因里的记忆,还在隐隐作痛

这一面旗帜如火,燃烧着钢铁的诺言
人民至上,一百年,五百年也不改初衷
我们将永远高举这温暖人心的旗帜
上马出征吧,因为风雪已经擦亮了我们的眼睛

百年钟声

钟声穿越百年黄浦江
那是历史敲响的浑厚回音
红船驶过一个世纪前的南湖
那是岁月激起的红色波浪

一群胸怀大爱的人
徒步走上寻求真理的道路
一面浸满硝烟的旗帜
用赤诚的心温暖着中华的冻土

希望的福音传向四面八方
新生命的召唤响彻寰宇
一股来自地心的热量在涌动
四万万同胞的心,找到了归属

苦难不能省略的,幸福必将铭记
一百年引领我们精神的源头
一百年支撑我们信念的寻找
已化作血脉里的一次次觉醒

今天，这钢铁的钟声
将在神州第一百次敲响
今天，这扬帆的航船
将在汹涌的海浪上劈波前行

我们的人民经受了太多太多苦难
我们的党历经了太多太多的磨砺
是的，一个党一个民族就是要千锤百炼
才能具备钢的品质、铁的性格、火的激情

是的，这才是黄钟大吕才配叫百年钟声
这样的钟声才能让世界感动震动

温暖的诺言
——追思为人民烧炭的张思德

一

烧生了冒青烟
烧急了冒白烟
烧透了烧好了冒蓝烟……
红腰带紧勒着的陕北啊
思索的皱纹像山坳一样深邃
一个士兵满脸炭灰　在冷风中
正细细思量怎样才能烧出
一窑好炭

二

怎样才能烧出好炭
为什么要烧炭　为了谁烧炭
吱呀呀的纺车纺出颗颗星斗
窑洞延安　安然入睡

一豆灯火彻夜不眠……

这双脚刚走完二万五千里的路

它太疲乏了　放在火盆上歇一歇吧　歇一歇

不觉一个时辰　开花的裤脚

被炭火点燃……

啊

领袖需要炭

战士需要炭

孩子需要炭

革命需要炭

陕北好冷啊　北国好冷

黑黝黝华夏伸手不见五指

长夜似漆

梦　打着寒战

三

一节朴素的木炭

称不上是栋梁

一节普通的木炭

不曾有过秀木参天

革命还不是发起冲锋的时候

春天还有一段路程

眼下要紧的是烧炭

从木到炭　这恰好是
一个士兵从冷到暖的一生

四

"吃饱饭才能闹革命
革命就是要吃饱饭"
——这算是什么警言呢
封窑前留下的这句话太平常了
平常得就像领袖和战士们
身上随处可见的补丁
可就是这样的"补丁"
丰富了烧炭的理论
堵住了四面袭来的风
炭火越燃越旺

人固有一死
但死的分量却有所不同
你本来是一根轻轻的鸿毛
飘来荡去的　当过班长
整编时班长也不是了
捆起背包笑呵呵去烧炭
而领袖却深深地向人民鞠躬　说
你的死重于泰山

五

难道你烧的炭是金子吗
你烧的炭莫非能红一千年
是的　朴素的炭
果真被你炼成金子了
你并不高大的身躯就是这浓缩的炭
短暂而永恒的生命
注释了一句温暖的话
为一群朝着太阳走的人们
每人怀里都揣了一团火
——"为人民服务"
朴素　饱满　结实　贴心
又暖

一个八路军军营里的红小鬼
人们记住了你的名字
一个从大盆地里走出来的小个子
燃烧的生命照亮了黄土塬
二十九岁，未到而立之年的男儿
无言的行止顶天立地
成了衡量一支队伍品质
不倒的标杆

六

六十年过去，我站在
起伏不平的黄土高原上瞭望
烟尘散尽，烧炭的痕迹依稀可辨
手捧木炭，我仿佛看见那坍塌的山坳
还缭绕着丝丝缕缕的生烟
生烟令我泪下
心　沉得像铅

这里掩埋了一粒
黄土一样质朴而又纯正的种子
这里收藏了一窑
风吹不灭好红好红的炭
这里永存着一脉
大山一样不可动摇的信仰
这里熔铸了一句炭火一样
滚烫滚烫的诺言

"为人民服务"
从木到炭　一个共产党员的誓言
在炭窑里经受着冶炼

春天来了

春天,不只是一个季节。它是一种精神,一个等待,一声召唤。春天,是起始,从冰天雪地出发,面向一片花海。春天,是一段不舍的记忆,它,让我们想起一个人……

春天来了
春天真的来了
黄河的流凌
像一匹脱缰的野马
奔腾　咆哮　一路向东
这扬鬃奋蹄的马群似乎突然想起了什么
想起了出生入死的战友
想起了相依为命的安达
想起了一次次的枪林弹雨
血雨腥风　想起了
一群高大威猛　披星戴月
马背上的男人

春天来了
春天真的来了
返青的牧场像一张草稿
密密麻麻
写满了春天的手记
倔强的小草
举着一颗颗晶莹的露珠
晶莹的露珠啊
这草尖上的露珠
在乍暖还寒的春光里
多像一颗颗洒落在草场上
滚烫的汗滴

春天来了
春天真的来了
洮儿河像一条红色动脉
为共和国的黎明
输送着血液
满山的红杜鹃
簇拥着乌兰浩特这座红色的城
像一双冻裂的大手
在北国捧起一个
用泥土的信仰烧制的
旺旺的火盆

春天来了
春天真的来了
白云鄂博这座矿山
真的成了一个神话
祖祖辈辈握着套马杆的手
如今攥起了钢钎
一个身背弓箭的民族
从此，有了钢的脊梁铁的臂膀
这奔流不息的铁水
这融化苦难的暖流
不吐不快
不吐不快呀

春天来了
春天真的来了
大青山顶上的雪
悄悄地融化了
它多像一个人伟岸的身躯啊
宽广的额头
深邃的目光
挺拔的胸膛
还有那尝遍了无数风雪之后
依然紧抿着的坚毅的
嘴唇

一百年前，一个人和一群人
从土默特平原上出发
长夜里寻找光明
苦难中追求真理
用一生的跋涉去丈量一句诺言
用一行不悔的脚印
去书写忠诚、担当、沉思
与向往……

从冰天雪地里走来
又冰清玉洁地走去
那高大的身影其实一直没有走远
他深情的目光正注视着这片草地
一年一度　他和暖的话语
春风一样抚摸着高原
他是牧人里的牧人
他是骑手中的骑手
他让支离破碎的牧场
连成了一片绿色的海洋
他是二十世纪内蒙古大地
最值得骄傲的儿子

本篇是大型情景诗诵《高原赤子——纪念乌兰夫同志诞辰111周年》序篇

群鹰的翅膀

多么蓝的天啊
被无数次风雨洗刷过后
更加明亮,干净

多么丰饶的大地啊
被寒冷的冬天考验过后
正是草绿,花红

是够广阔的了,我的蓝天
火箭说飞就飞,去探寻宇宙的秘密

是够厚重的了,我的大地
一次次飞船归来
温暖的胸膛总是起伏着蒙古马的蹄声

我美丽富饶的内蒙古啊
代表祖国,一次次放飞梦想
一次次收获信任与荣光

七十道年轮,一路风雨
高原,一直追赶着太阳
湖水倒映着蓝天,壮丽的北疆
和谐 繁荣 稳定 安宁

是该起飞了
亮一亮我们新生的翅膀
是该起飞了
试一试我们积蓄了很久很久的冲动

让我们回望岁月留下的脚印吧
回到三十年前 七十年前 一百年前
长夜里那一群手提灯火的人们
此刻,正凝视着我们

多松年 奎璧 吉雅泰 王铎 杨植林
李裕智 朋斯克 特木尔巴根 纪松龄
佛鼎 阿斯根……

恕我不能悉数他们的名字
因为,天上的星星是数不完的,像火
草场上的鲜花是开不败的,像血
蒙古民族的爱是无法丈量的,如梦

当年，乌兰夫和他的战友手提着身家性命
在长夜里跋涉　在苦难中寻找　与命运抗争
究竟，是为了什么

为的是草原的太阳不被乌云笼罩
为的是英雄的民族不再遭受欺凌
为的是所有的人都能过上好日子
为的是天下太平公道公平公正

从李大钊北平蒙藏学校
那一盏如豆的油灯点亮算起
到延安窑洞那彻夜不眠红肿的蜡烛
再到二〇一四瑞雪纷飞
总书记一双大手弹响草原的天空
一百年　整整一百年啊　蒙古马的蹄声
一直伴随着祖国的呼吸
激烈地跳动

习近平新时代
中国特色社会主义思想已经确立
草原儿女要像石榴籽一样紧紧抱在一起
守望相助　不忘初心　发扬蒙古马精神
让内蒙古成为
祖国北疆一道亮丽的风景

飞吧
我们勇敢无畏地飞行

飞吧
歌唱美好生活　我们是凌空展翅的百灵

飞吧
我们是雪白的天鹅　正在把春天引领

飞吧
你追我赶　我们已排好了大雁的阵容

众鸟高飞
我们是一群穿越无数风雨雄鹰的伙伴

我们是群鹰的翅膀
我们飞起一阵风　飞向一个梦
飞出一道迷人的彩虹

飞吧，群鹰的翅膀
让蔚蓝的天空检验我们钢铁般的意志
飞吧，群鹰的翅膀
让祖国的大地紧紧拥抱我蒙古马的
勇敢执着、坚定忠诚

春天临近，想起一个人
——写在乌兰夫同志诞辰 100 周年之际

春天临近的时候
想起一个人
想起他一生闯荡过的风雪
想起他百年之后留下的脚印
想起一百年前
那个"红孩子"像一棵草一样
在土默特平原上摇曳
马灯喘息
牛羊被风暴卷走
牧场上　草色枯黄
寒冷正深

也许是宿命
一个寒冷的生命　注定
要追寻温暖、火与光明
太阳把他的一生熔铸成燃烧的火把
温暖着饥寒的母亲草原

望着青山上的雪
我们想到他宽广的额头　银发
深邃的目光　高大的身躯
还有那品尝了无数风雪
坚毅的嘴唇

他似乎很少说话
甚至没听他讲过一句蒙古语
但胸膛里却跳荡着
一颗倔强的中国心
他好像没怎么骑过战马
一双长腿跨越万水千山
他是二十世纪引领蒙古马队
走在最前面的人

舀一瓢黄河水
搓完最后一屉苦莜面
年轻的他上路了
去寻找光的源头
取来火　锻打马蹄铁、钐刀
和不屈的苏鲁锭

红色的五月　红色的城
红色的洮儿河水簇拥着红色的草浪
他大声宣读《五一宣言》

漆黑的王爷庙化作共和国黎明的
第一道曙光

这是一个世纪草原上最剽悍的牧人
沉睡千年的矿石在他的剪刀下
流淌出红色的铁水
在这片红色的土地上
三千个孤儿找到了
母亲温暖的怀抱
风雪中的英雄小姐妹
成为一个世纪的传奇
汉人学会了蒙古语
蒙古人把汉人当作亲兄弟

站在冰雪覆盖的草原上
我们倾听着大地的心跳
他已经成为牧人心中
圣洁的汉白玉雕像
他在冰天雪地里走来
又冰清玉洁地走去
沾在他靴子上的雪开始悄悄融化
他挽起安达的手　让高原
又一次隆起新的山脉

我是草原上一棵无名的小草
在他七十岁的时候也学着他的样子
在鲜红的党旗下举起了拳头
我不曾握过他那双温暖的大手
却常在心里对他发出亲人的呼唤
雪白的哈达　芬芳的马奶酒　激情的安代
马头琴和哈扎布的歌声
在我们心中持久地荡漾

在春天临近的时候
所有的毡房里都缭绕着醉人的
奶香和孩子们的欢笑
牧人们清楚地知道
他魁梧的身躯并没有走远
他一直领着我们追赶太阳
在旗帜的火光中
他　一直是一个
红孩子

骑兵通过天安门广场

"同志们,现在通过天安门广场的,
是中国人民解放军内蒙古骑兵受阅部队!"

看,白马方队闪电一样过来了——

白色,是蒙古民族崇尚的颜色
白色,是天空中的云朵
是大地上的瑞雪,是手捧的哈达
雪亮的马刀闪耀着一个民族的不屈与威武
在风雨交加的危难时刻
一群蒙古族青年飞身上马
集结起一支无畏的力量
为了迎接新中国的黎明
用马刀挑破长长的夜色
驰骋在白雪覆盖的北方大地

看，红马方队旗帜一样飘扬过来了——

红色，是火的颜色，血的颜色
是忠勇赤诚的颜色
饱经苦难的蒙古民族
在无边的黑暗里找到了一颗星
——中国共产党
看，这颗红星戴在骑兵的头上
照亮的是一个民族的前程

看，黄骠马队太阳一样照亮了广场——

黄色，是金子的颜色
是坚不可摧的颜色
是辉煌与梦想的颜色
千百年来，这英雄的民族
经历了太多的风雪和苦难
今天，骑手们享受着至高无上的荣耀
他们胸前晃动的勋章
辉映着整个民族的自信
和祖国最崇高的赞赏

这是泪水与鲜血擦亮的光荣
这是忠诚与牺牲获得的奖赏
这是天地与岁月见证的忠勇
这是一个民族浴火重生的飞翔

看，清晨的阳光洒在骑兵的胸膛
像是抚摸勇士钢铁的诺言
听，马蹄声震动着整个广场
大地听懂了一个民族整齐的心跳

毛泽东主席挥动着手中的帽子，高呼：
"人民铁骑兵万岁！"
"毛主席满达！毛主席满达！毛主席满达！"
高原胸腔的共鸣在历史的天空久久回荡

而此刻，有几位骄傲的骑兵
却不能来到这幸福的广场

我是一等战斗英雄邰喜德
辽沈战役大洼战场上
看到成片的战友躺在血泊里
我的眼睛喷射着火焰
挥刀纵马冲入敌阵
马刀卷刃，胳膊肿成了拴马桩

战友在死人堆里找到我一双活着的眼睛
全国首届英模会上
毛主席宴请了我
总司令周总理作陪
徐悲鸿为我画像
光荣啊，我是骑兵

我是一等战斗英雄浩特劳
哈拉乌素战斗中
浓烟里，我身贴马背
一口气活捉十三个敌人
一个人把俘虏押送到营地上
共和国叫我一声英雄
满足啦，我是骑兵

我叫革命
这是骑兵师送给我的名字
革命，就是寻找光明
在火光冲天的一刹那
漆黑的手蒙住了我的眼睛
可我心里有一盏灯啊
小小火苗能为初升的太阳带来温暖
我的眼前就是一片光明

我叫解放
解放，就要抡圆了马刀
砍伐那些罪恶的世界
在一次冲锋的呐喊中
一声闷响炸飞了我的战马和右臂
此刻，我举起我的左臂
向通过天安门广场的骑兵战友
向我的战马和右臂
庄严敬礼

我叫永生
这不是我一个人的名字
是所有为了迎接共和国曙光
让鲜血化作火海燃烧不息的集体名字
请抬起头，仰望
天空上这面永不褪色的旗帜上
有血，有泪，有风，有雨
有我们不死的笑容
现在我提议
为了这英雄的马队
为了我死去和活着的战友
为了共和国赋予骑兵的光荣
致敬

此时，站在城楼上的乌兰夫眼睛湿润了
脑海里闪现出无数亲切的面庞
出生入死的战友并肩舍命的兄弟
马背上挥刀呐喊的忠魂就在这队列之中
如今，他们已化作高原上的鹰
在蓝天白云间，飞翔……

乌兰夫手扶栏杆心潮起伏
他回想起一个民族的苦难
今天，就是这支骑兵，就是这个民族
为炎黄大地注入了奔涌的血液
马背民族的辉煌再一次闪亮
它汇入了中华长河的千顷波澜

乌兰夫的胸中涌动着潮水
乌兰夫庄严地举起了手臂
向他的战友他的战马向血染的时空
向一片代表大地心跳的马蹄的潮水
含泪，敬礼

国家的孩子

十九岁,一个春天里的少女
就像草原上五月的花朵
羞涩、红艳,还没有绽放的意思

可一夜之间,她却成了二十八个孩子的额吉
她,是公社的保育员
职责是,日夜看护刚从南方接来的
咱国家的孩子

这些草尖上晶莹的露珠啊
这些夜空里闪闪烁烁的星星
湿漉漉,站立还不稳的小马驹儿
这上苍播撒到人间可爱的天使啊

入夜,这二十八颗小星星
聚拢围绕着一轮皎洁的月亮
都贵玛给他们灌奶瓶、铺毡子、讲故事

突然，一个孩子大哭起来
他扔掉奶瓶，踹开毡子
大喊着：妈妈，我要我的妈妈
妈妈，我要你的奶……

哭声，让草原颤抖了
哭声，揪扯着都贵玛的心
一双双干瘦的小手在夜里无助地摸寻着
一个十九岁少女的胸脯起伏着，眼里噙满泪水

蓦然，都贵玛用她青春的手指
解开了紧裹了十九年的袍子
来，孩子们，妈妈的乳，在这儿
她，敞开了母亲的胸膛
敞开了草原的怀抱
敞开了一颗少女的心

哭声，停止了
一双双小手找到了母爱
眼泪，像一缕月光流淌下来
瞬间，一个伟大的母亲，诞生了

满天星斗化作颗颗露珠
缀落在四子王旗的草尖上
幸福的乳汁流淌成天上的银河

讲述着人间的大爱
杜尔伯特草原这一个夜晚
比整个白天还要明亮

国家的孩子，多么神圣的字眼
多么温暖人心的呼唤啊
这不是一锅奶茶所能煮出的热情
这是一条长河自然的流淌
这，是一个民族对祖国无与伦比的挚爱

三千个孤儿，摇曳着三千个动人的故事
草原上的花朵默默弥散着清香
都贵玛，只是这青春的一朵……

黄河，我想

黄河，我想
让你重新开始　让你重新
时光一样集聚起晶莹雄浑的呐喊
从一片雪花、一株青草
一滴晨露开始……

像一个婴儿，看着你
一天一天长大，我要为你
准备辽阔的原野、干净的远方
森林、牧场、鸟鸣、蓝天
爱、理解和珍重……

我要拉着你，在祖国大地上漫步
青海、甘肃、内蒙古……
银川、壶口、渤海……
我要指给你，咱们家里所有的亲人
汉、蒙古、藏、维吾尔、回、壮等
五十六个民族的兄弟姐妹……

我要让清风成为你的好友
我要让成排的大雁成为你的风扇
我要让群山成为你的胸肌
我要扯一片天空上的蓝,为你
裁剪一件美丽的袍子

让我拉着你的梦,黄河
让我拉着你的梦在大地上自由飞翔
从西到东,长城内外,让我
把一粒粒饱满的种子
带向远方……

我要和你一起歌唱
用琴声、欢乐或者闪电
我要和你一起把春天
送进每一座毡房
我要和你一起点亮满天的星星
甚至,我要和你一起
鲤鱼跳过龙门……

再不让沙尘遮住你明澈的眼眸
再不让污水、垃圾、矿渣毒害你
再不让一尾鱼、一棵草、一只小鸟儿
在你的怀抱里,哭泣……

黄河，我想
我想把你抱在怀中，让你
在我的胸中汹涌，无论
啼哭或欢笑，无论
深夜还是黎明　我都会
轻轻，轻轻抱着你
让你永远年轻，让绿色
永远伴随着你的
梦和呼吸……

黄河啊，我的母亲
这一次，就让我做一回你的
母亲吧，我要小心翼翼
昼夜不舍呵护着你
黄河，我的黄河……

为土豆歌唱

掩埋进黄土
并非死亡
是一生的开始

奉献果实
深入土壤
一生一世都被埋没
一生一世　悄悄
积攒着热量

积攒热量
却无缘亲近暖暖的阳光
无缘亲近也不气馁
把生命收紧
浓缩太阳的形象

沉默无言的土豆啊
生在深处
长在暗处

就是囚犯　也有刑期
也该释放了

朴素无华的土豆
谁也离不开你　可谁又
把你放在心上

土豆　土豆
黑黑的土豆
泥土一身　一生泥土
叫你小名儿
才觉得亲
才觉得亮

土豆　土豆
憨憨的土豆
土地　是你唯一的亲人
离开了土地
你会断肠

当之无愧的大地之子
土地的本色
泥土的芳香
十月怀胎
一朝分娩

一朝分娩你就懂得反哺
这到底该是
什么人的榜样

秋天来了
秋风为谁歌唱
翻身的土地涌着自由的波浪
阳光打了个照面
匆匆　土豆们
又走进比土地
更深的地方

秋天　秋天
我为秋天里流汗的双亲流泪
地上的苞谷是爹
地下的土豆是娘

团团圆圆的祖国

此刻,我思念的祖国
就是一座热气腾腾的火锅
炊烟拉长母亲的白发
所有奔忙的脚步都盘成漂亮的中国结
远方的思念　回家的欢乐
柴米油盐　江山社稷
未了的心愿　意外的收获
相互取暖　相互依偎着
都烩进这热气腾腾的火锅

祖国啊,你可知道
你的游子什么时候最想家
当一副副春联红遍大江南北
熟悉的鞭炮一声声响起
东方,那支红蜡烛流淌的泪水
顷刻,就会涌出我的眼窝……

母亲啊,什么时候才是

最激动人心的时刻

千里万里赶回家

亲手点亮您笑容一样的大红灯笼

老老少少一家人,有说有笑

守着一个"年",团团围坐

过去,咱穷,咱弱

陈年的叹息要托付一道门神拦截

今天,咱五谷丰登年年有鱼

走到哪儿都心不慌都不胆怯

因为,我们身后有一个强大的祖国

中国的微笑正温暖着世界

阳光,播撒着和平　友好　进步和快乐

外国朋友仿照火锅的样子

猪年送来一只肥肥的大蛋糕

七十支蜡烛亭亭玉立

默默地流淌着思乡的泪水

我不敢吹,我不敢吹啊

我怕这口气吹成大风

让青山脚下的牛羊找不到家门

我不敢吹，我不敢吹
我怕这口气吹暖了
母亲向远方眺望眼角上的那朵霜花
一滴滴，在我的心头滴落

祖国啊，你的火锅里
装着五湖四海大江南北
装着美满幸福和欢乐
装满了故乡和亲人的等待
装满了游子的牵挂和寄托
让好日子就像这火锅一样沸腾吧
身在他乡的游子们
你们，已经闻到家里浓浓的年味儿了吧

祖国啊，母亲
千山万水　隔不断我们的思念和祝福
这一颗颗跳动的心
就是你热气腾腾火锅下
燃烧不熄旺旺的炭火……

为劳动者的汗水歌唱

这是芳香的五月
露珠像星星一样在草叶上闪亮
这是劳动者光荣的汗水
这是牧马人追赶了十个世纪的太阳

春天的阳光守望着奔走的河流
好像一粒草籽饱含着土地的热爱
汗水在高原的深处默默发芽
带着母亲的期待　带着勒勒车的向往

像五月　像百灵鸟奋飞的翅膀
青草的波浪一遍遍拍击着梦的远方
五月的雨点追赶着春天的脚步
劳动的大手轻轻掬起一颗水晶般的汗珠

在缤纷的牧场
乳香总是伴随着汗水一起奔流
在浩瀚的大漠
跋涉的汗水从没有放弃绿的渴望

所有劳动的汗水都不会产生泡沫
即使满面沙尘　劳动的汗水也那么清澈透明
细细体味　劳动是多么幸福的事情
抵达成功最短的距离　只有蜿蜒的汗水

南来北往的列车　轮轴是它的心脏
有一把铁锤不停地敲打　像一颗心为时代跳荡
车轮飞驰　静默的铁轨就是速度的脊梁
汗水与汗水焊接　才使这钢铁的身躯不断延长

在牧草的深处有一位英雄的牧人
身为将军的儿子　他把牧场当作了疆场
像一株牧草回归着草原本真的绿
他的汗水默默　汗水是一个民族的荣光

一双双劳动着的手
让我们的幸福渐次长高
一颗颗咸涩的汗珠
是我们心中最美最美的珍藏

为一滴滴晶莹的露珠歌唱
为一颗颗闪亮的星辰歌唱
为阳光下劳动者辛勤的汗水歌唱
这是人类珍珠般永远闪烁的光芒

光 明

这一刻,我看到的光明
比光明本身更大,更远
这不是我一个人的光明
这,是一个国度光明的未来

这一刻,我拥有的青春
比青春本身更加动人
这不是我一个人的青春
这,是一个青春季节的链接

这一刻,我举起的拳头
比拳头本身更加有力
这不是我一个人的拳头
这是无数人握紧的崇高信仰

这一刻,我留下一双眼睛
留下山川草木、岁月青春
留下我对生活对生命的挚爱
留下感恩,这比光明还要明亮的馈赠

这一刻，我的眼帘将渐渐合拢
但更多的眼睛将拥有希望与光明
这一刻，我的心跳已不是一个人的心跳
这，是无数颗心一起在我们的胸膛里
幸福地燃烧

听蒙古族民歌《嘎达梅林》

又一次倾听你
倾听你
于三月的静夜

你悲咽的曲子
撞击着冰排
轰响
流进我的血液
哦
我的心中充满了泪水

你抗争的土地
播下了鸿雁的种子
从此,那歌声
便不再憩息

彤云一样飘荡的歌声啊
浸透着咸腥的泪雨
三月

严冬还没有融化
西拉木伦河的流水就
开始歌唱你了
嘎达梅林

自从你的"花翎"
和草原上的羊群牛群一起消逝
在你的土地上
那歌声
便如忧愁的牧草
扎下深根

倾听你
在这静夜的三月
我的四根弦的胡琴
怎么也拉不成曲调
我心中的西拉木伦河水
滚滚
漂满了小鸿雁的
翅膀

关于酒

镶银的海碗

倾斜过七次了

一双粗壮的大手

又一次

弹响蔚蓝的天空……

草原开始摇晃

毡包开始摇晃

手扒羊开始摇晃

草原

真的是大海了

你站在飘摇的舢板上

放牧

翻腾的草浪

眼前

开始盛开灼烁的花朵

醉马草全部消逝

哼着长调

你
趔趔趄趄走向远方
走向
一个极乐的天地

碧如绿毯的草地上
你沉实地睡去了
把你的毡房
把你的快马
把你的骆驼
把你的……统统
交给了一个陌生的
路人

你睡着了
沉实地睡着了
一切都沉实地睡着了
只有狗
警醒着眼睛

……

酒啊
这圣洁的液体
曾使一个寒冷的民族燃烧起来

洗濯痛苦
沐浴欢乐
清澈的泉灌溉了
强悍　骁勇　善良和智慧
辽阔的土地
也因之丰腴

五千年的酿制
当愈酿愈醇
却为何
用来淹泡麻木酥软的神经
汉子醒了
朗月下
微风擦亮了他的眼睛
沙葱花的馨香
弥漫着六月
他的耳畔猛然响起
一位蒙古族哲人的诙谐总结：
俄罗斯诗人
死于爱情决斗
汉族诗人
死于穷困潦倒
蒙古族诗人
死于酒精中毒……

汉子不再摇晃
清脆的马蹄声
响在牧草的深处

北方，我的故土

北方啊，我的故土
你辽阔的原野令我想起
父亲那粗糙的脸膛和宽大的手掌
夜里，我的梦常与你的田畴接壤
踮起脚，沿着深深的车辙
走上村前的毛毛小道……
啊，你煤一样黝黑的土地
时刻烘暖着我的心

还是在飘着雪花的清明时节
你勤劳的人们便开始播种小麦了
迎着冷飕飕的风，憨厚的老牛拉动木犁
长长的犄角有节奏地摆动
一双通红的手律动着
金黄的席篓
银亮的手镯……
每一颗种子，都经过了少女
明澈眸子的过滤……

哦，北方
你黑油油的土地，就是这样地
接纳了农人们深深的希望！

嫩嫩的小苗终于拱出地面了
齐刷刷，像一群天真的儿童
做着广播体操，在风中飒飒摇动……
知道吗，你的蓬勃
染绿了多少农夫的心啊！
哦，秋天到了
——沉甸甸的秋天
土地上生长的一切都是农民的形象
金黄的苞米咧嘴笑着
高粱的脸也羞红了
大豆摇响金属般的铃铛……
这时，人们几乎看不见黑油油的土地了
手掌一样的田垄默默地承受着
起伏的欢乐，也是在掂量自己的收成
只有弯弯的谷穗频频俯首
是要亲吻给了它生命的黑油油的土地吗？

哦，冬天了
土地又一次被严寒覆盖
那漫天飘舞的雪花
令我想起我那不肯歇息的母亲

她土地一样质朴善良的心
一定又在盘算下一年的日子了……

北方，我的故土
——你是慷慨的
我在你温暖的怀中长大，是你
哺养了我。使我——
一个农民的儿子，来到烟囱林立的
省城念着大学
而今，我住进了高楼
仍吃着你种出的雪花一样的大米白面
土地一样可爱的菜蔬和土豆……
哦，北方
我永远不会忘记你
如同不会忘记我的父亲和母亲

我不会忘记你
阳光烤灼下的黑油油的土地
蹒跚的老牛、匍匐的木犁，和那
比木犁还要弯曲的流泪的脊背……
我不会忘记
村东的那棵老柳
浓荫下，弥漫的蛤蟆烟雾
锄杠，支着一尊老汉
树皮，脸膛，土地，叫人分辨不清……

我不会忘记

我那无忧无虑的童年

在你的怀中蜻蜓般旋舞：

村西水泡子打水仗的嬉笑

场院谷堆旁捉迷藏的吵闹

滚一身泥巴和疲惫走进家门

晚饭：红红的高粱米粥

黄酱，脆生生的苦麻菜……

我不会忘记

光着屁股爬进坝外的黄瓜地

老园头高高扬起又轻轻落下的巴掌

我不会忘记

土炕上那时明时灭的煤油灯火

和我那把传给弟弟的剜菜镰刀……

我更不会忘记

村头，妈妈送我时的眼泪

凝固着，像屋檐下雪花的冰流

在我心头垂挂……

哦，故乡！

我的心一刻也没有离开过你

有一天，我要悄悄地回到你的怀抱

像那棵老柳一样默默地站立

用目光抚摸你面包般肥沃的土壤

和井绳一样僵直的炊烟……

我要让扎着围裙的母亲突然发现我
来不及抿去鼻骨上的草灰
一双干裂的手在胸前慢慢搓着……

哦
北方啊，我的故土！

第二辑　众鸟高飞

众鸟高飞

在众鸟高飞的草原
迁徙的我们
总是从马背和歌声中起飞

当北归的大雁驮来
久违的春光
当一丛绚丽的野菊
绽放成最初那一片落雪
当一匹秋天的小马驹儿
在营地里咴咴嘶鸣
有多少跋涉　还在
走敖特尔的梦中

不断有天上的云飘过
不断有身边的风擦过
不断有晶莹的露珠
从草尖上轻轻滑落
那一缕苍凉辽远的长调

把它的呼吸植入了
大地的根部

风声 雨声 马蹄声
还有那些缤纷的往事
都随着古老的时间漫过山冈
苍天目睹了草原，从绿到黄

蒙古人的季节
永远追随着蓝天白云走
当绿遍布了草场上的每一个角落
故乡在我们心上　成为
灵魂的高地——

众鸟高飞　那是我们
出征的样子

九只白天鹅

九只白天鹅,十八支大桨
划呀划,从北一直往南,划过蜿蜒一条大河
将玻璃的天空切割成春天的形状

九只白天鹅,九个纯情的少女
飞翔如此迅疾,宛若九位白衣天使从天而降
头顶着红十字,奔赴同一个方向

起飞处,是北京还是华北抑或东北
那里的门窗都戴上了口罩,丹青已无从下笔
狼毫的烟囱一挥而就,天地一片苍茫

逃离,是选择,也许是更高更远的向往
九只白天鹅,九片不肯坠落的雪
再一次起飞,每一根翎毛都闪着春天的灵光

牧童之歌

你是一滴彩墨
落在哪里
哪里
就是一幅画

有时
你是画的主题
有时
你却做画的陪衬

你自由
自由得不由自主
你的牧鞭驱赶羊群
也抽打陀螺
陀螺是你的心爱
陀螺
是你的命运

旋转
旋转
你是牧场的陀螺

你爱如画的草原
渴望是这画中的一株嫩草
只要不被连根拔起
便是你
最大最大的祈愿

你的牛羊却从不吝惜
而且每到春天
总有挎着篮筐的野孩子　采你
心上的黄花

你不知蓝天有多高
只知道脚下的草地很辽阔
你不知城市多复杂
你心中的世界
很平坦

哦
牧童
牧童
你捧着奶酪很高兴

奶酪鲜嫩鲜嫩
你的心
　　酸甜
　　　　酸甜

像一棵草一样行走

像一棵草一样行走，在草原，在戈壁
在城市水泥的缝隙间

像一棵草一样行走，用自己的瘦
用自己的小，用深绿色的骨头

像一棵草一样行走，雨来了，不打伞，
风来了，就顶着风迈步

像一棵草一样行走，不能在泥土中扎根
就在石头缝里跋涉

像一棵草一样行走，无所畏惧，默默地
走成了时光的样子……

母亲站在蒙古包前

母亲站在蒙古包前
一棵青草站在母亲的旁侧

母亲默不作声
这棵草也跟着默不作声

多少儿女都已长大远走他乡
只有这棵柔韧的嫩草
还牵着母亲温暖的袍子

母亲啊,我就是那棵没出息的草
风里雨里,从来没有松开过
对您的依恋

阿 布

一

草原茫茫
一架勒勒车缓缓驶来
吱扭扭地碾动着
车轴缠卷起无期的岁月
花轱辘刻下深深的辙
那辙痕
不断地伸延、伸延
一会儿又浓缩、浓缩
一直
汇集到你那宽阔的
前额……

二

阿布呀
你土地一样黝黑的脸膛
假如真的是一片土地
六十二年间,该长出
多少牧草和鲜花呀
可这纵横交错的田垄上
收获的却只有
缄默

三

你一向是沉默寡言的
一袋浓浓的蛤蟆烟
便能漫平你心中厚厚的牢骚
常见你独自一人
盘坐在旺旺的火盆旁
对着熏黑了的铜壶、沏碗
眯缝起眼睛……

哦
是那翻滚的奶茶
代替了你的全部心思吗

四

你是勤劳的——
像你喜爱的犍牛一样
拉起大钯
仿佛是在拉车
瞪圆了眼睛
可又像丢了什么
总是低着头，一步步向前
走着，找着……

五

春天，背起大筐
你又去捡牛粪了
在那萌发着希望的
甩手无边的绿毯上
你时而弯腰
时而直起
捡取着一粒粒
僵硬的　关于贫穷落后的
逗点……

六

然而——
你又是充满希望的
混沌的眸子偶尔也闪出光彩
此刻,我就仿佛看见了你
坐在闪着星星的夏夜里
用"蝇甩子"抽打着一天的劳顿
一边拧响半导体里的蒙古书
一边与额吉
唠起上大学的儿子以及
未来那星光一样的孙孙……

七

阿布呀
我好像闻到了家乡那
清香的火绳烟味了
——长长的,在你的膝前盘踞着
绳头,通红通红
像你希冀的眼睛
更是我焦灼的心……

额 吉

一

你一双粗糙的手
挤过多少头牛啊
就连自己也数不清
那洁白洁白的奶子攒起来
怕是
能流成一条小河呢……

二

我记起你那翠绿翠绿的耳环了
它总是不停地晃动着
晃动着
我懂事了，你告诉我：
戴上它，也就戴上了吉祥幸福
可我看见它的晃动，怎么
总是在牛乳头下的奶桶旁

和那噼啪作响的炒锅边
灶里，还跳着通红的牛粪火……

三

此刻，你弓着的腰背
也许直起来，微笑了
——你连做梦也想着儿子
你知道，远方的儿子
也偶尔想起你
这，对你是多么大的安慰呀
瞧，你混沌的眸子湿润了
一双干瘦的手搭起"凉棚"
又向远方望去……

四

下雪了
纷纷扬扬的雪花不停地飘啊飘
望着家乡的方向
我仿佛看见
额吉顶着如雪的银发
为迎接从远方归来的儿子
正步履蹒跚地走向碾房
在那四面漏风的棚子里

伴着晃动的箩
耳环，又开始晃动了……

啊
白雪　银发　荞面
一起在我的眼睫上
融化了……

感恩之夜

夜幕降临

纽约时报广场华灯初上

高大的钟楼

像一根摩天的蜡烛把天地点亮

感恩的人们

潮水般涌向广场

人流中我忽然收住脚步

把目光转向东方

依稀看见

那座低矮的茅草小屋

忽明忽暗的烛火

怎样把一个奄奄一息的生命的影子

一次次拉长……

九十岁的灯下

母亲能准确地纫上针线

百岁不老

年年提醒我的生日

一碗宽汤长面伴着葱花
让我想起童年的池塘

足不出户
却深知远行之理
细针密线
把絮絮叨叨纳进鞋底
怕我脚趾外露
迷失回家的方向

茅草炊烟飘动四季
白雪白发让灶膛里的火越燃越旺
攥出野菜里的苦
煎出米糠里的香
补丁挨着补丁
缝连起来就是好日子
让冷中有了暖
把汗水和眼泪熬成了糖……

母亲,我就是埃利斯岛上
自由女神手中的那团火
举着它不是为了取暖
是想让全世界都能看见
这灰烬里拨亮的希望

如今
你把一生的风雨都写在了脸上
让儿子突然发现
你比十个女神都要美
你就是东方女神的形象

感恩之夜
感恩这一次神游
让母子之情有了新的报偿
让我最远的思念伴着你最长的牵挂
一路西行去追赶着太阳
让感恩插上了翅膀
绕着地球痛痛快快
飞了一趟

元大都

北京，原来不叫北京
叫元大都　或者干脆就叫大都
那时，一个别样王朝迎风而立
蒙古人勒住马头往回走
忽必烈长鞭一挥　盘点江山

这宫殿的根基看上去很稳
无须叫长安建安临安用以安神
凯旋的骑手们从狼烟里抽身
用俘获的头盔煮肉　天热时上马
到另一片草地上盘坐纳凉悠然喝酒
一百年的风雨蹄声如鼓
让昏睡的地球惊出一身冷汗……

转眼间几个朝代一页页翻过
好多地方的名字原路返回重新亮相
唯元大都偏居一隅默然无声

一座辉煌的建筑竟也忘了这辉煌年代
仰望圣主成吉思汗,他微微一笑
轻捻胡须　大漠上的
牧草,遍地丛生……

鹰的翅膀

在苍穹与大地之间　鹰的翅膀
展开一泻千里的草原、奶酒和琴声
展开浩渺的时光、梦想与永恒的爱

乌云在山峰上打磨出闪电
露珠在呢喃的鸟语中撞响雷鸣
阳光灿烂为牧场投下温暖的身影

当内心的激情辽阔成一片蔚蓝
苍穹啊　就坦然奔腾成了
逶迤婉转的河流

时光漫漫　苍茫着大地
一双白天与黑夜的翅膀
轮回着飞翔

草原上的风

多么幸福,一群孩子欢快地奔跑着,有时
成群结伙地嬉戏打闹玩耍,有时
独自一人远远地走去

更多的时候,他们和阳光做着游戏
咯咯地笑,呜呜地哭,忘记了
母亲苦口婆心的叮咛

也有嬉闹过头的时候,一伸手
把天空拉下大半截,一甩手,又把一片草场
扔到了半空中

只有在草原,风才是无邪的孩子
眼睛露珠一样闪亮,小小的心像梦一样变幻
那些练习跑步的小马驹儿,是它们的影子

晨风洗亮了草原

晨风洗亮了草原
晨风洗亮了一棵草
内心的暗

晨风洗亮了草原
晨风洗亮了一匹马
黑黑的眼睛

晨风洗亮了草原
晨风洗亮了蒙古包上面
暖暖的炊烟

晨风洗亮了草原
晨风洗亮了母亲手中
晃动的蓝天

青草灯盏

青草灯盏准会在暮色降临时
点亮,一闪
一闪

夜色轻吐着青草的光芒
一丝丝,一缕缕
仿佛细水长流的泉

仿佛母亲的呼唤,青草灯盏
刚好能照亮一匹小马驹
轻柔的蹄声

仿佛胆小的灵魂
张开了,怯生生的
眼

青草的光芒

泅过来的青草味儿
仿佛飘着奶香的谣曲
此时　故乡的月亮
该挂在哪一棵老树的梢头

当黎明如期来临
皎洁的月亮就会藏进
一棵青草的内心

多么明亮
一棵青草的忧伤
露珠一样　凝结着
大地的光芒

一棵草下面有什么

一棵草下面有什么
一双翅膀说,一棵草下面
有天空、星星　还有
看不见的远方

一棵草下面有什么
大地说,一棵草下面
有泥土、花香
和深深浅浅的蹄声

一棵草下面有什么
一双脚说,一棵草下面
有河流、道路和
奔腾的远山

一棵草下面有什么
一棵草说,一棵草下面
有汗水、泪水和
花朵凝成的骨头

一棵草下面有什么
命运说，一棵草下面
有前世的缘和
来生的梦

青草的眼睛

青草是有眼睛的,你看
它总沿着春天的长路逶迤而来
它总是生长在牛羊的唇边

春天只要有一场透雨就够了
那滴滴答答的梦
多么辽阔啊

只要有一棵青草在你心上也就够了
睁开眼睛　就是那一片草原
张开了翅膀

带着星辰、花朵和奶香
和另一棵草里
藏着的心……

一棵草紧挨着另一棵草

一棵草紧挨着另一棵草
一双手紧拉着另一双手
一个梦紧连着另一个梦
一颗心紧贴着另一颗心

不管季节吹过怎样的风雪
不管天边刮来怎样的黄沙
一场狂雨洗过之后
没有一棵小草离开过
深情的牧场

当露珠闪烁成天上的星星
当百灵鸟唤醒沉睡的黎明
当一棵棵小草手挽手涌成天边的绿浪
每一片叶子都掏出了自己
心底的梦

前 生

当树叶一片片返回大地,天空
才有雪花飘落

辽远的天空
总得有什么东西
掉落

如果不是雪花,那一定是
一个人的命运

雪

灰烬。是什么燃烧后
留下的灰烬——

这样的美,这样的纯洁,这样的坦然
这样无边无沿

连我的心也将被覆盖,连生活的伤口
也将被轻轻抚平

有谁见过灵魂的呐喊,仅仅是一种伤痛
默默地,裹住另一种伤痛

暴　雪

像是魔术，雪一下子
就厚厚地铺在了大地上

来不及准备，所有的事物都
成了一页白纸

一群小鸟想诗意地写点什么，又被
一阵风惊飞了

只有那雪中埋头赶路的人，在我心上
留下了深深浅浅的疼痛

生命中的雪

生命中的大雪如期降临
仿佛诗歌里的一段章节
有着恰到好处的空白

雪色被风一遍遍擦亮
勒勒车辙伸出瘦瘦的胳膊
迎接着那些细微、单薄、纯净的梦
而谁的一颗心
正燃烧成天边的一堆篝火

雪　赋予了风景
一种高傲的美
雪像那些缤纷的往事无序地飘落
像盐　雪把丰硕的草原
腌制成了苗条的奶干

雪的一生

一年中最后的日子里
雪像一本纯洁的书
终于被我们的眼睛读懂

雪是我所喜欢的色彩
单纯而又洁净
它本身完整不可触碰
总是呈现着自然
对于渴望朴素的灵魂来说
雪的一生
是最好的榜样

多少轮回　才能修来雪
转瞬即逝的一生

一片雪花就覆盖了草原

牛和羊的眼睛一片空白
骏马怎么跑也跑不出
一片雪花

一片雪花就覆盖了草原

牧人的套马杆套不住太轻的事物
同样，过于洁白纯净的东西不能用来充饥
无论时空和生灵，都是这样

一只羊脱下自己
被雨水洗干净的外衣
铺在大地上

一双手，赶着马头琴的音符
逼退心中的大雪

故 乡

沧桑的尽头
涌现着马灯一样的星群
在宽阔无边的草原上
黄昏的钟声
收紧了晚风中的星星草

走在牧场的边缘
我感到应该有一首歌
曾在蒙古包里唱过
月亮用她遥远而温情的手
向我传递羊咩的亲情
此时才真的发现
我的灵魂原来一直没有
脱离我的草原　像一只鹰
没有脱离天空　像一双翅膀
没有脱离飞翔

涉过草原七月的河水
我深深地懂得
没有什么也不能没有故乡
那是我心中反复萦绕
奔腾不息的波浪

爱是一棵小草千古相传的绿

一

请为我铺好一千顷牧草的婚床
请为我挂起十万朵白云的帐幔
请让风儿说出我内心的向往
请让梦境像河流一样缓缓地流淌
请打开我们蔚蓝的思念
请星空闪烁你皎洁的目光
请把一颗心,轻轻放在我的心上
请将我们草原一样无边无际的爱
露珠一样小心翼翼地珍藏

二

挽起长弓
你说你要射落一只飞翔的鹰
拉开大地,你就拉开了一个人
内心辽阔的幸福

明明你射落的是一只鹰
而一头倾倒在你怀里的
却是我露珠一样
透明的一生

三

你怎么能知道，在我的胸膛里
有一匹白马不停地奔腾着
在我的心中，日夜有一首歌
缭绕着，当我开口的时候
天空就使劲地蓝着
当我的歌声停下　那匹马
就用奔跑代替了我的歌唱

四

你有一棵青草的爱
我有一座大山的情
你有大雁一样南来北去飞翔的思念
我有天空一样辽阔无际的胸膛
当我们在霍林河畔捧起清澈的河水
那源远流长的爱就像梦一样闪亮

五

看那两匹渐渐走远的马儿
有一匹是我
看那两只并飞的天鹅
有一只是我
看那两棵青翠的小草
有一棵是我
看那在月光下默默伫立的
有一个一定是我

六

夕光一点点暗了下去
美丽的星星还没有完全点亮
除了勒勒车的身影
草原上的一切仿佛又都回到了它的故乡
无论这个夜晚是否像河水一样
永远地流淌下去，你都是我
最温馨的梦

七

如果说幸福是一片草原
那么爱情就是一条流淌着的河
如果说幸福是辽阔的蓝天
那么爱情就是一双飞翔着的翅膀
如果说你就是幸福
那我就是你草叶一样的掌心上
晶莹的一滴

八

感谢命运,让我和你相逢
仿佛一棵草和另一棵草的相遇
没有醉人的芬芳,没有艳丽的花朵
甚至没有期盼着的果实
但我跳动的心,一直
努力地为你绿着

九

风还没有吹过来
但你的马蹄声已渐渐地近了
你的芳香还没有到来

我的心比马蹄的声音还要慌乱
当你像风儿一样扑面而来
我却像一朵花儿一样
垂下了羞涩的脸庞

十

面对你
我真的不知道该说些什么
不是我不想说
我已经把整个草原都给了你
你还叫我说什么呢
没什么说的了，就让草尖上的风
替我说吧

十一

长河是草原献上的哈达
彩虹是天空献上的哈达
梦是心灵献上的哈达
我啊，我是爱情献给你的哈达
不多不少，不长不短
刚好是你浅绿色的一生

十二

爱是辽阔大风展开的草原
爱是一条河流
弯弯曲曲地倾诉
爱是一座大山
默默挺立地祝福
爱就是一棵小草
千古相传的绿……

初 雪

清晨,广播传来消息:一百多名儿童死于一场战争。望着飘飞的柳絮,心里一阵寒冷……

轻轻的你
掩埋这轻轻的世界
道路渐渐消隐
你的纱布
包扎着地球的裂痕

地球
或许就是气球
游来
荡去
探寻宇宙的气候

宇宙的气候
一年多变

你的温柔却

抹不掉

战争的硝烟

愧不知

到底你源于何处

生有如此洁白的翅膀

如此清白的翅膀

栖落身上

世界

何不飞入梦想的天堂

无花果

你的花期早过
我来看你
已经永远地晚了

哦
还能为我再一次开放吗

结局缘于一场误会
阴差阳错
而命运之果
竟如此顽强丰硕
在美丽的南国捧起你
我的心
同你的赤诚一起
在风中摇曳

像琥珀
岁月成为痛苦而珍贵的记忆
于我

你却是花朵
不曾凋落

哦
我的心中
将永远盛开你
灿然的五月……

白蝴蝶

轻轻地飞翔　如梦
擦亮了我的黄昏

哦
你是从
我童年的草坪上起飞的那只吗
白蝴蝶

这些年
你飞到哪儿去了
白蝴蝶
你遥远的飞翔
竟使我的思恋
滋生了遗忘

白蝴蝶
你注定是从我童年的上空飞过的那只
你还记得
我轻轻的呼唤吗

我擎一条故乡的干柳枝
你肯栖落吗
白蝴蝶
我搭一片童年的黄瓜架
你肯栖落吗
白蝴蝶
我唱一曲甜甜的童谣
你肯栖落吗
白蝴蝶

白蝴蝶款款地飞去了
我的眼瞳布满夏日浓云
白蝴蝶　白蝴蝶
你白云一样的影子在我的天空
飘啊飘
白蝴蝶
你没有飞走吧
你拍动的翅子是两片芭蕉
我的心
不再焦渴

白蝴蝶
白蝴蝶
你轻轻地飞翔吧

白蝴蝶

白蝴蝶

你的雾一样的影子　如梦

温馨着我的

黄昏

平安之夜
——赠永泉兄

这是一个不平静的夜晚
这是一个心跳加速的时刻
在这个没有雪花的冬天里
我们听到了花开的声音

看吧,天上的星辰,地上的欢乐
在流淌的月光下,都和香槟酒一起欢腾
我们的心像快乐的牧场,盛开着仁慈的花朵
我们的思念涌动着清泉,奔流着美好的声音

这个世界有一个真理,普照万物
那就是真情、友爱和不改的乡音
科尔沁,远离你的时候我的爱与你更近
科尔沁,你让我与生活有了特殊的缘分

在这美妙的时刻，我们怀念马背上的祖先
在这恬静的夜晚，牧歌会照亮我们回家的路
在这真实的梦里，幸福像春天一样明媚
因为我们的身上奔流着相同的血脉

平安之夜二〇〇八，年轮与年轮相交
一个牧羊人梦里的喜讯从天而降
擎起这透明的杯盏，我们心存感恩
命运馈赠了这样一个夜晚，我们当涌泉相报

峡江之夜
——赠诗坛泰斗洛夫

因了这一江深水
波与浪　就再也不会分开
从此岸　到彼岸
只需一道流星的划痕　只需
撑一杆诗的魔杖

月光的草原
为你梳理三千白发
白发三千是秋风中的芦苇
芦花弯腰饮水
我们在歌声中举杯
忆机场道别
风凉心热
那静水深流的波纹
恍若昨日

又是一个月盈
草原上的骑手前来陪你
扶三峡秋日上马
咱们一起渡江　好一程
白驹过隙

今夜这酒实在是太浓了
引话语无数　滔滔
如憋足了劲儿的三峡大坝
每一个人的心中都在
翻江倒海
《出三峡记》的红盖头
还要等明天再揭吗
不必了，因为那一座诗碑
早就立在了我们心头

一颗石榴掰开
红透所有的脸膛
这多子的快乐
只有皎洁的月光才配品赏
浓夜里大雾长江　蓦然
被一蓬华发照亮
这笑声里的一朵朵浪花
不是诗人
就是"凡人"

雨 夜
——在诗友蒙根高勒家做客

叩响你的门
紧紧
两双手相握
你以无言的微笑
款待我

庭院丛生
你胡须般的野草
车轱辘菜满地旋转
旋转你酒后
没有路没有辙
摇摇晃晃的
话题

雷声和雨点全关在门外
奶茶的呼噜
淹没了我们无韵的笑声
你的歌

无须掌声报答
跑调就跑调
随随便便更自由
哎
小花猫的目光
好温暖

车轱辘菜转来转去
转出西斜的星斗三颗
这时
你猛然宣布
停止谈诗
主人和客人一律卧成
优美的
两行

没见到你柔美的妻和
结实的儿子
你有特色的蒙古式鼾声
与小花猫的尾巴
拍睡了
一个沉实的
雨夜……

挺直了长，但要学会低头
——写给儿子

如今，你已人高树大
玉树临着小风，叶子频频鼓掌
而秋天来了，我这片带霜的老叶子
要有红里透白的表达

怎么跟你说呢
木秀于林风必摧之
你要随时防备妒忌你的雷电
即便侥幸长够所有的尺码
想想看，久被堆放在木材垛里
那也不过是粗壮的劈柴而已
但不羡慕，牙签往往比栋梁
更会登堂入室

一棵树不能长歪了
扭曲着被人欣赏多么可怕
招点风淋点雨并不是什么坏事
偶尔听听啄木鸟的絮叨

也许还是佳音呢
树大招风那是没办法的事情
看天空还要注意脚下，有没有
斧子和锯子在悄悄靠近……
站直了长，但要学会低头
不然就会招致灭顶之灾
不是说寸有所长尺有所短吗
这，也许就是高的低处

你要是一棵小草也就罢了
你要是一株芦苇也就罢了
你是木本的我的儿子啊
我这段朽木生涯就算忠告了
挺直了长，偶尔学会低头

演　员

死去一千次
醒过来一千次
痛苦地离婚一千次
再快乐地结婚
一千次

腰
能折成直角
复又挺如白杨
眼眶里流出一种液体
可分解出多种滋味
最后的帷幕垂落
你如梦方醒

睁开眼睛
伸展手臂
你躺在医院里
头上高悬吊瓶
胶管连接血管

回血很多
滴液很疾
这里
将上演一场真实的死亡

周围的面孔很专注
已经全部进入角色
只待一声：
开拍
而这一次
偏偏省略了导演和摄像……

一张张面孔
幻化为一只只花圈
花圈流泪
而你的眼泉枯竭
怎么也流不出一滴
液体

唉
一生的戏都好演
唯终场难收

悲剧的观众

你不是导演也不是演员
你是观众
悲剧
却因你而开始了

昏暗里
你可以默默流泪
握拳头成铁……
这些细节
均不构成对舞台效果的干扰
聚光灯无暇顾及
演员
在台上扮演角色
观众
在台下扮演鸦雀
而鸦雀
必须无声

思想
是黄昏的蝙蝠
恣意纷飞
喉管却不能产生任何声响
舞台编排了秩序
台上台下
各就其位

你充当了其中的这一个角色
于情节之外
却是稳固舞台的一枚铆钉
不可或缺

舞 台

紧锣密鼓
又一场戏的帷幕
开启

演员和道具
更换一新
唯舞台没有变迁

观众的视线
总是仰角
哪怕发生超强地震
卷起十二级台风
也不会塌陷
舞台十分坚固

幕布是一道宫墙
隔着两重世界
台下不断发出唏嘘
却无法看清台上的手脚

演员在台前晃动
或哭
或笑
均源于后台的神经
支配

导演设计着风云
雷鸣　电闪
丽日　和风
一切都为脚下生根
常扎舞台
换得掌鸣

舞台是株千年古树
一年四季
结各色各样的果
风来
雨去
叶落
纷纷……

寻找骆驼

风暴终于过去
草原上的一切却也随之消遁
毡包　帐篷
篝火　奶酪
都成了不能发芽的种子
深埋在地下……

这时
人们首先想到：骆驼丢失了

于是
雪原惨白的脸抽搐
踏满了
寻觅者纷乱的足迹
空旷的漠野颤抖
一声声
宛似骆驼的吼叫声
回荡回荡……

灾难降临
人们终于记起了骆驼

记起了它的忠厚
记起了它的善良
记起了
它忍辱负重时的憨态
记起了
同死亡搏斗时
那母乳般颤动的双峰
也记得
往日对它无休止的斥责
以及风暴来临之前
对它的漠视和忽略
更记得
在越过了一片干渴的沙漠之后
那昏厥的汉子刚从驼背上醒来
便将喘息着的骆驼
出卖时的情景……

哦
骆驼被商人牵走了
那一瞬
心，该经历着怎样的风暴呢

然而
骆驼毕竟丢失了
只有蹄迹印在沙漠的胸膛上

呼叫也平息了
人群
终于也像骆驼一样懂得了忍耐
一个个蜷伏着
比沉默的骆驼还要驯顺
而此刻
夕阳正在远方血红地坠落
那是一枚怎样的果子呢

然而
骆驼毕竟丢失了
只有蹄迹种进了沙漠的胸膛

苦涩的海水是不会消逝的
而只要有盐　骆驼便足够了
骆驼可是不能丢失的呵
哪怕一万万年以后
也不能没有骆驼

用"心"去寻找吧
沙漠上丢失了骆驼的人们

一匹蒙古马和它的故乡

多少年了
有一件事一直压在心头
我不敢讲
我怕泪水冲淡了时光
我犹豫
一匹没有征鞍的神骏
会不会影响蒙古马的形象
今天，我终于鼓足了勇气
向你讲述一匹蒙古马
和它的故乡

那是一个特别的日子
晚秋的一个霜晨
漂亮的鬃毛梳理过后
我心爱的骏马就要出征了
应征入伍
百里挑一千里挑一啊
一朵硕大的红花在它额前绽放
那一贯高昂的头颅

此刻却低垂着
不安的蹄子刨着大地
泪水，顺着它长长的脸颊
长长地流淌

送行的人们来了
手捧哈达、奶酒、炒米
"乡亲们，不要悲伤
这是骏马的幸运
鬃毛，要在风雨中梳理
筋骨，要在雷电中变得坚强"

"亲人们，不要流泪
骏马，是我们的孩子
孩子出行，要用歌声祝福
不要让眼泪把路阻挡"

骏马似乎早就明白了这一切
鬃发低垂刨着大地
泪水顺着长长的脸颊
长长地流淌

骏马出发了
蹄声敲碎了我的心
先是一团雾

后是一朵云
消逝于泪眼模糊的地平线

骏马走后
酒，成了我的伴当
马圈、马桩、马鞍
骏马的气味让我的呼吸变得深长
马灯、马场、马缰
骏马出征的方向时刻牵动我的目光

梦里一次次寻找我的伙伴
在异国他乡
它吃着陌生的草
喝着不熟悉的水
枪炮声并不可怕
可怕的是新主人的照料
让它不安地回望遥远的家乡

忽然一梦醒来
有人喊：骏马回来了
啊，我的眼睛不好使了
马儿在哪儿
天地相连的地平线
一团雾缓缓向我移动

这，不是我的骏马，不是
如果是，它一定是飞奔而来
像委屈的孩子扑向慈爱的母亲
如果是，它一定披一身荣光
长长的嘶鸣会震得天摇地晃
如果是，它一定生出一双翅膀
不会踱步走来，而一定从天而降

可一匹马真切地站在了我的面前
它低垂鬃发呼吸着大地
像一个做错了事的孩子
迷路之后怯怯地立在我的面前
羞怯、不安、愧疚
泪水，还是那样长长地流淌

苏鲁锭般的鬃毛凌落成冰柱
哈那般的肋骨像卷刃的弯刀垂挂身旁
锦缎般的脊背嶙峋成了山谷
玉玺般的四蹄如同生锈的沙漏
唯有那一双眼睛
那一双眼依然又黑又亮
它的目光
像闪电将我击中
"米尼茂力"——
这就是我的骏马啊

不顾一切我扑上去
抱住我的马头
一任我们滚烫的泪水
像两股激流汇合
在一起流淌

"高勒"——
你一定是立下了赫赫战功的
从你伤痕累累的躯体
从你硝烟未散的目光
从你鬃毛纷乱的疲惫中
我想象着你呼啸而上的模样

而你
又是怎样挣脱了这些荣耀
毅然奔回故乡的呢

那藤蔓缠绕的热带雨林
那蛛网勾连的一道道屏障
那高不可攀的山深不可测的水
那饥饿寒冷织成的恐惧
那钢筋水泥构筑的高墙
那漫漫长夜野狼的嚎叫
那光天化日下人类的贪婪和欲望
是什么，一路支撑你回到故乡的呢

这千里万里的跨越
这千秋万代的珍藏
这千山万水的思念
这千折百转的衷肠

一匹马和它的故乡究竟有多远
一匹马和它故乡的牵系究竟有多长
一根缰绳，宛若一根脐带啊
永远也扯不断的脐带
忠诚，像血，是钢

假如我是一个军人
就要像蒙古马一样
一往无前冲锋陷阵
枪林弹雨视死如归
粉身碎骨也要血洒疆场

假如我是一个游子
就要像蒙古马一样
遍尝四海风云
掠过灯红酒绿
铭记我的来路寻找牧草的芳香

假如我是一个歌手
就要像蒙古马一样
蓝天嘶鸣大地徜徉
一辈子不改乡音
歌唱我的祖国
热爱自己的家乡

假如我是一个健将
就要像蒙古马一样
山的高度水的温度
风的速度火的热度
一次次刷新世界
一步步把未来丈量

而我只是一个普普通通的人
那我也要像蒙古马一样
落地生根紧抓大地
像一颗螺丝钉拧紧每一道扣
像一方地砖让行人的脚步不会彷徨
不因卑微而丧失责任
不因弱小而放弃主张
吃苦耐劳勇往直前
每一行脚印都像一朵朵蹄花
在岁月里默默绽放

一个平凡的人　　我却有着不平凡的理想
因为我曾在一面旗帜下举起拳头
我深知，那一举承载怎样的重量
一个人来到这世界要有信仰
要经历风雨要有所担当
要勇于牺牲要有诗和远方
要像蒙古马一样
选定一个目标
一辈子都不改方向

一匹蒙古马的故事讲完了
忠诚，在我心中闪烁着不灭的光芒
让我们为蒙古马感到骄傲吧
蒙古马——我的榜样

第三辑 青春草原

青春草原

哪一个人不向往
辽阔的草原
哪一个人没有过
灿烂的青春
年年月月,繁星点点
青春的梦不变
草原的情不减
我的思念
乘风飘向大雁飞落的天边

你感受过草原一样
壮美的青春吗
坦坦荡荡,天高地阔
连山也低下高傲的头颅
连风也累得喘着粗气
连时间也停止了脚步
极目远眺,天和地
紧紧相拥在
一颗晶莹的露珠里

你聆听过长风一样
悠扬的牧歌吗
清晨或者傍晚
它的脚步总像母亲的脚步
走出毡房　走过月色
走向雨后彩虹连接的远山

我领悟着青春一样广阔的草原
花红草绿，水清梦蓝
一棵牧草打马远去
一曲长调顺风成长
一碗奶酒湖水一样照亮世界
一群牛羊游荡成满天的云彩
那篝火般燃烧的激情
哪怕走过一万里路
也还在跳动，有增无减

生命，有多少悲欢离合
牧场，又有多少云开雾散
当大雁的翅膀远走他乡
当漫天的大雪落满金色征鞍
当温暖的毡房飘出醉人的奶香
当牧人的心跳抚动着颤抖的琴弦
青春——草原

我的青春——草原啊
你是我一生不悔的爱恋
此刻，就让我以一棵牧草的名义
向你许下一个心愿
我永远属于你
无论今生和来世，你都是我
最美最美的春天

青春畅想曲

一

我在历史和现实的甬道上伫立沉思
十年狂飙摇落了我多少青春的叶子
而今,暖融融的春风又一次吹拂
我生命的枝条啊该萌发怎样的新绿?

二

靠三步舞,跳不进理想的境地
再时髦的发型,也苫不住心灵的贫瘠
虽然,裤腿已吹起解放的喇叭
可僵化的大脑,却还缠着禁锢的蒺藜

三

纯真的爱情固然无可非议
但唯有拥抱才算得上甜蜜?
终日沉湎于嘴唇的"焊接"
生命的火花,就会像弧光一样逝去

四

父辈的金质奖章不是软席呀
你躺在上面,怎能那么惬意
快,快从臃肿的权力沙发上耸身站起吧
不然,被埋没的青春将无处寻觅……

一缕诗絮

一

那些年标语口号贴得太多
以至于土坯泥墙都不用抹
今天的诗坛可再不能靠"！"支撑
不管这惊叹号是怎样的颜色

二

我实在咽不下你面条一样的诗作
长而无味，一拿到手就直打饱嗝
还是给我一段橄榄嚼嚼吧，朋友
短短的，短短的，哪怕只有一节

三

诗人啊，你的笔应画出生活的各种颜色
橘红、鹅黄、靛青、墨绿……
却不能注一囊红汞啊
把它变成测量"气候"的温度计

四

诗人啊，你的笔应画出时代的各种声音
嬉笑、怒骂、欢歌、笑语……
而绝不能做一枚唱针啊
一遍遍，总是重复过去的旋律……

星 空
——首届内蒙古音乐节主题诗

夜幕降临
月光升起母亲的笑容
小草举起满天星星
晚风吹斜细雨
也吹斜了马背上牧归的汉子
今夜,锡林郭勒
将煮沸一锅滚烫的奶茶
吉祥、欢乐、幸福与爱
从四面八方策马而来
天籁,会凝聚在一颗
小小的露珠里

流淌了一千年的河
每一朵浪花每一次潮汐
都怀抱一千个真理
有不平,我就有歌声
有苦难,我就创造奇迹
有雷电,我就升起彩虹

有梦想，我就让它放飞天地

一路上多少风多少雨啊
但有一盏灯不灭
那是一颗燃烧的心
伴着一支永不疲惫的马队
洒下的忠诚

毡房好暖　炊烟很细
孤独的羊羔因母亲的歌谣而跪乳
父亲的牧场因赤子的浇灌越来越绿
这是一片神奇的土地
草地上的人们天生就会歌唱
即使大风吹凝了眼泪
牧草也要把光明吟诵
即使风暴卷走了一切
牧场上也没有一声叹息

从《走马》到《鸿雁》
哈扎布的歌声张开了翅膀
丈量着歌王的一生
从《牧歌》到《赞歌》
胡松华的长调蜿蜒曲折
像锡林河流淌了万千思绪
德德玛、拉苏荣、牧兰、金花

草原上有多少会唱歌的花啊
他们从零点出发
成为安达成为黑骏马
一曲曲长调顺着风成长
一声声呼麦感天动地

听,齐·宝力高的《回想曲》拉响了
让我们手抚胸膛回想吧
回想一千年的风云
回想那数不清的凄风苦雨
回想七十年阳光下遍地的歌谣
回想我们心中永远温暖的旋律

今晚,一万匹骏马将在星空下出发
万马奔腾的蹄声正敲击着不眠的大地
这蹄声,就是一个民族的心跳
这蹄声,就是一座高原的感恩与敬礼
让我们手捧哈达仰望星空
让我们侧耳倾听
这千折百转感人心肺
草原的呼吸

从一首民歌走进草原

天苍苍,野茫茫,风吹草低见牛羊。

——《敕勒歌》

天依然苍苍
野仍旧茫茫,只是
敕勒川上的草越来越瘦越来越小了
不用风吹,就能现出牛羊

千百年过去,那些牛羊还是老样子
慢悠悠地低头吃草,相互取暖,晒太阳
迷路时彼此安慰着什么,风雪不时地
掀起它们身上披着的别人的衣裳

还有那些青草,瘦归瘦,小归小
但仍保持着祖传的绿,仍旧把一粒粒泥土
认作永远的家园,再漂亮的草坪
也无力将它们挽留

至于那些放弃了马走进城市的人
他们把内心的绿和身上的泥土抖了再抖
洗了又洗,竟忘记了自己也是
一只羊、一滴露、一棵草……

诗画科尔沁

历史篇

天上的风擦亮了一颗颗星辰
草叶上的露珠凝望着一群背弓箭的人
哈布图、哈萨尔抬起头拉满圆弓
飞落的雨点儿汇成一条长河的科尔沁……

近代篇

胡尔沁的妙手弹拨着四根琴弦
有吉祥有欢乐也有悲咽与呐喊
僧格林沁打马出征孝庄从这里走向宫殿
鸿雁的翅膀紧贴大地一声声把梅林呼唤

自然生态篇

疏林草原铺开了一方方绿毯
千年古塔早就许下一个心愿

大青沟的怀抱裹紧了四季襁褓
这里水草丰美每一垄苞谷颗粒饱满

艺术篇

让那吉祥的安代舞动天上的云彩
让那古老的马头琴流淌出牧人的挚爱
让迷人的版画雕刻出岁月的神韵
让乌力格尔把昨天的故事一直讲到太阳升起来

现代科尔沁

过去，我们用骏马的蹄声追风赶月
今天，高速列车伴着时代的心跳前行
诺恩吉雅出嫁已用不着回头张望
西辽河水城蜿蜒明媚着湛蓝的天空

未来篇

小时候，妈妈不让我们手指天上的彩虹
是怕天窗一旦捅破，美梦就会化作泡影
今天，我们用双手捧起草原的祝福
科尔沁，正在圆一个个彩虹的憧憬……

谷子成熟了
——写给为自由而战的诗人裴多菲

谷子成熟了
这是裴多菲的诗句
秋天的风吹过
阿优德平原上的谷穗
提前成熟
秋天的风徐徐吹过
大地正收获着爱与
广阔的自由

生命诚可贵　爱情价更高
这是全世界熟透了的箴言
默诵它不是一个季节
是时间，是一个二十六岁青年
永不凝固的血

农奴之子
伯爵的女儿
这样的落差必然生成爱的雷电

诗的种子

反抗的种子

这样的杂交必将盛产出

不畏冰霜的果实

尤丽娅,真正的天使

你的降临让诗更绿让爱更爱

让流浪的民歌找到回家的河流

让秋风的思念在树林间低语

让欧罗巴纷飞的战火锻打出一把

比仇恨更锋利的

镰刀

收割

从来比收藏重要

因为秋风逼近往往杂草丛生

二十六岁,裴多菲

以一支沉思的谷穗垂首大地

留下二十二岁尤丽娅年轻的泪水

留下一岁半儿子无期的等待

留下五月尚未成熟

青涩的谷粒

如今

这朴素的歌唱遍布田野

让热爱土地的人们

以汗水坚守用心耕耘

捍卫真理的粮仓

我也是草本的诗人

来自东方

来自另一片绿色的草地

一个世纪的风吹过

丰收的大地一次次苏醒

又一次次昏沉睡去

我们不能忘记

那双播撒理想的手和

踩过田埂的脚印

因为天空正注视着我们

不能忘记

因为和平再不能饥馑

因为好多土地已不再接纳种子

四野荒芜　秋霜遍地

孩子们失神的眼睛正盯着

手中灌满凉风的

空碗

青海湖

青海湖
美人脸上的一滴泪
仿佛是在酝酿着
一场宿醉

在青海
黄河蓝得不像黄河
征战的骑手风云里归来
酒杯停泊在波浪上

那是我的祖先
马背之上我祖先的祖先
一位了不起的可汗
撇下中原的狼烟
来寻找一面能照见
灵魂的镜子

青海湖

亮在祖国的高处

两条大水，母亲出嫁时的发辫

王洛宾用细如皮鞭的歌声

赶着藏羚羊奔跑

赶着彩色的云飘游

让出征的汗水结晶成

柴达木的盐

在德令哈

在德令哈　我回忆着千年往事
在德令哈　我想起毡房里的妈妈
在德令哈　我在寻找一匹蒙古马
德令哈　曾是我牧马人的天下

在德令哈　我握着同胞陌生的手
在德令哈　我接受着亲人圣洁的哈达
在德令哈　我成了蒙古包里的客人
在德令哈　我端起银碗的手颤抖
说不出一句话

在德令哈
我和兄弟姐妹唱同一首牧歌
歌声像一件皮袄覆盖着温暖的梦
梦里　我们又回到了
那宽敞的毡房里

在德令哈　我的心雪山一样消融
仿佛八百年前我的姑姑或者姐姐还没有出嫁
在每一个姑娘的脸上我寻找她们的微笑
在每一座毡房里我辨识着
她们编织过的哈那

在德令哈　我在找
蒙古百灵衔来的草籽撒落在了哪儿
在德令哈　有几个牧童在采格桑花
德令哈　高原的最高处　让我们手挽起手
和藏胞弟兄同熬一壶
滚烫的奶茶

在德令哈
牦牛的长鬃在扫金色牧场
在德令哈　马头琴弓弦令长风喑哑
德令哈　当我第一次见到你的时候
你深深的湖水蓄满我的眼眶
德令哈　凝视你青海湖一样的眸子
此刻　我只想喝酒
不想说话

那暴风雪中绽放的花朵依然美丽
——踪寻草原英雄小姐妹五十年前的脚印

那一幕风雪

五十年过去了
假如用时光的闪电切割
已经足足半个世纪
那场暴风雪过去之后
静谧的草原留下了
一行脚印　一个传奇
一段回音　一行省略号
一道难忘的彩虹……

一年一年　寒冷的风雪
化作温暖的记忆
五十年　我们无数次回眸
回望那一场暴风雪
留给我们的感动

我们听着这个故事长大
今天又把它讲给孩子的孩子
故事一次次新鲜地传递
像季节连接着季节
像爱延伸着爱

那一幕风雪　已经成为
我们血液里的脉搏

跟上风雪走　跟上羊群走

公元一九六四年二月九日
甲辰腊月二十六
离大年只有三天距离
蛇年的鞭子提前抽打着
光阴的陀螺

那是一个心不设防的年代
内蒙古达尔罕茂明安新宝力格的天空
飘着几朵无忧无虑的云彩
热心肠的阿爸学雷锋做好事
让一双女儿临时看放一阵儿
集体的羊群

十一岁的龙梅　九岁的玉荣
两杆羊鞭　一把羊铲　小姐妹
三百八十四只公社的羊群
一个暖融融的集体
出牧了

草原
有时就像一只怪兽
有时又像一个醉汉
有时更像一个暴徒
恶脾气说来就来
低矮的天空骤然
降下羊毛大雪
草原变成了临时搭建的舞台
上演着一场恶作剧
上演着一场闹剧
上演着可怕的"变脸"

拢住羊群
往回赶　不能跑散
左手挥动羊鞭
右手扬起皮袍
听话　向后转　喂　听话听话
你这不守纪律不听指挥
乱窜的羊咩们

小姐妹的呼喊被吞噬着

暴风雪成了一道无缝的墙

挡住了羊的归途

一五　一十　十五　二十……

三百八十四只，一只也不能少

这是公社的羊群

我们是公社的孩子

我们和羊群加起来

就是一个完整的集体

阿爸　阿妈　哥哥　姐姐

还有新宝力格苏木所有的目光

都在注视着我们

心中有榜样　我们一点都不孤单

雪片从天上飘落下来

红领巾火苗一样跳荡

小手冻僵了　可心

还是那么的暖

咦　玉荣　你的靴子呢

这不穿在脚上吗

天哪　那是冰坨子

没事儿　冰坨子为我保暖

羊们看见我和它们一样赤着脚走路

再淘气的家伙也听话了
没事　跟上走

跟上走
跟上风雪走
跟上羊群走
咱们不能掉队
咱们不能死
羊们不能死
一个都不能掉队
一个都不能少
看啊　启明星就在前面
明天的太阳眼看就要升起来了

龙梅——
玉荣——
就这样相互呼叫着
呼叫能相互取暖
呼叫能增添力量
天地间回荡着两枝花朵的名字

明天的太阳
果然升起来了
红扑扑　像两朵萨日朗
灿烂的笑容

神奇的童话从天而降

一个昼夜
七十里风雪路
天地一片银白
三百八十四只公社的羊
团聚在晨曦初露的拂晓
两个被严寒包裹的"雪人"
小羊羔一样依偎在白雪的羊群中
像圣洁的花朵在冰雪的世界
灿然绽放

意志　信念　责任
两个小姐妹　一组青春的力量
守护着集体的羊群
守护着一个时代的温度

漫天雪花飘落着
仿佛一段神奇的童话
从天而降

一串时代的足音

又一场大雪飘来了
这是一场温馨的雪暖心的雪
奖状　信件　关切　慰问
雪片一样纷飞而来
包扎着隐隐的伤痛
抚慰着纯净的心灵
银色的雪花飘啊飘
整整半个世纪　起伏　弥漫
草原有了鲜明的路标

风声拉成琴声
雪原展开银幕
奔跑旋转成追光的舞蹈
呼喊绵延着深沉的长调

小姐妹　你们是时代的英雄
小姐妹　你们是草原的骄傲
小姐妹把跋涉的双腿插进雪原
长成了一片牧草的根
蓬勃着绿色的家园
小姐妹把殷红的趾痕
种植在高原上　留下一串
时代的足音……

风暴终于过去

风暴终于过去
天空澄澈　河水解冻
英雄小姐妹成为一个传奇
成为永不凋谢的花朵
成为时代的记忆
成为青春的财富
成为草原的自豪
成为民族的传承

这光荣属于草原
辽阔　坦荡　无私　无畏
就连小姐妹也在频频回首
寻踪那一行闪光的脚印
因为这足迹不光属于她们自己
因为她们是草原养大的女儿
因为她们的行动是草原的呼吸
因为那是春天的脚印
勇敢的脚印
牧人的脚印……

风停了

风停了
一道彩虹横跨天空
彩虹下的儿童一遍遍诵读这温暖的故事

一个在大洋彼岸出生的孩子
询问在草原长大的母亲

妈妈　什么是公社的羊群
看护集体的羊群给多少酬劳呢
老师说劳动是要有报酬的呀

孩子　劳动得到千百万人的认可
这个奖赏比什么都重啊

孩子接着问
羊的生命比人的生命还重吗
就让羊随着风暴走
等天晴了再让阿爸去找不行吗……

妈妈无语了
她仰望着星空
一场新的风暴再度降临

一道闪电迷乱了
晴朗的世界

假如暴风雪再一次降临

现在
轮到我们自己提问自己了
假如暴风雪再一次降临
我们　应该做出
怎样的抉择

光阴五十年
年轮五十道
岁月被一次次拉长
冬去春来　季节在变　人心在变
我们的良知与智慧是否
也随之长高了呢

时间似乎做好了充足的准备
草库伦　网围栏　现代牧场
保暖服　步话机　大运摩托
还有时令占卜——天气预报
难道这就是最好的防范设施吗
难道据此草原就可安然无恙了吗
抵御风暴的最后一道防线
究竟在哪儿

在风雪中走失的
恐怕不只是那几只羊
在长夜里迷失的
常常是一个人的方向
假如心里有一盏灯
我们就会不停地寻找
寻找那温暖那熟悉那遥远
而又充满希望的
一束光亮

岁月更迭
流云游走
河流改道
星辰不变

无论面对怎样的风雪
我们都需要一匹马一盏灯
需要一座毡房　需要一份责任
需要坚守　需要信任
需要纯真　需要一点点稚嫩
需要牵手　需要有所舍弃
需要在跋涉中彼此呼唤
需要有一个梦一路相随
需要一双不断被风沙

擦亮的眼睛

11+9　两个少女的无邪
叠加成一道青春的风景
让时代有了坐标
让草原有了自信
让飞翔有了翅膀
让记忆有了长久的回味……

这是一方净土
祖先为我留下的传世地毯
小姐妹用她们的足迹
编织出了一幅新美的图案

在与暴风雪的搏斗中
集体的羊群守住了
守住了纯真
守住了善良
守住了温暖
守住了信念
守住了草原的珍珠
守住了高原的大美

高原上的风雪多如羊毛
然而让我们记忆深刻的

能有几场呢
而这一场冰清玉洁的风雪
是一张白纸
写出了人性最美的答卷
是一方襁褓
护佑着草原的爱一天天长大
每当大雁飞来的时候
它化作一滴滴春水
滋润着牧人的心

面对肆虐的风暴无须多言
只要内心深处的那一盏灯
那一团火那一点爱那一丝暖不熄
春天就会张开双臂拥抱我们
大地就会保鲜它的绿

挥动自己的鞭子吧
有古老的敖包指路
让暴风雪陪伴着我们前行
迈开自己的脚步
去追赶自己的羊群……

春天,真好

春天真好,春天把阳光的谷粒
大把大把地撒在新鲜的冻土地里
让那些穿着花毛衣的喜鹊们快乐地啄食
然后像画家一样喜滋滋地把爪痕
小心翼翼印在雪地的宣纸上……

阳春三月,呼和浩特的小风暖暖地吹
我开始谋划门前这不足七十平方米的小院儿
我想让季节早一点儿到来,赶在谷雨前
让成都的豌豆尖、新竹笋在这里先绿
让百花潭的鹭鸶到此迷路尔后乐不思蜀

这要感恩这吉祥的龙年感谢龙的朋友
把春天的奶油厚厚地抹在了我们的心上
蝈蝈蛐蛐们翻山越岭从秋返过夏组团前来歌唱
心血来潮时我会打开册页让幸福纷纷出笼
在阳光下的菜地里蝴蝶一样诗意纷飞

我盼望一梦醒来便是盛夏，羊肥草高
天柱和雷琦夫唱妇随偕秦门弟子鱼贯而入
来看一看到底四川的盆大还是高原的碗大
看一看究竟草堂的草深还是草原的草高
让他们有声有色的笑润湿七月的草场

世界上的确没有完全相同的两片叶子
却有着那么多相同的好人好事和报喜鸟
有一天我和天柱兄同时发现竹间的那群麻雀
昨天还在我屋檐下叼泥絮窝过小日子呢
看，它们又往回飞了，嘴里衔着一串喜事……

成都，修辞的山水（组诗）

都江堰辞

显然，瑶池忘记了时间里的轮回
娘娘的身影也未及从静水中抽退
显然，三月桃花也淡忘了在都江堰上褪色
于是，骑白马的帅男在软风里迷醉

倚窗探春的女子，坐在阳光里
她用纸，叠桃花的骨朵叠十里春风
叠蝴蝶的翅膀，叠柳条的绦丝
再叠一床羞涩，铺满床的好消息

她说，这一生只是为这一刻等待
她说，等你一来，花，就开了……

相思树

一定是掐算好了时辰
从傍晚启程,披满天星星
给夜行千里的白马备足了草料
盘算着次日晌午刚好抵达青城山
盘算着或许刚好能听到流水的歌声

这一路上,流水和青山
细雨和风暴都有着超强的回音
一个人内心里的独白,盛大的雪崩
需静下心来听,才会有格外惊喜
才知道,原来这颗心是一枚红豆

石象湖,一朵花开

宛若一个婉约女子,每一轮涟漪
都合掩着一层薄雾,梦实在是长
所有的桃花,都将完成一次
最决绝的修辞,替代一不小心
便飞进冬天里的雪蝴蝶

远处传来李太白酒后的长吟
回声在山和水之间悠然传递

就像你的长箫，在石象湖面上穿行
把一场惊心动魄的爱恨
滴落在尽人皆知的诗中

成都慢

涉水之前，草原上的马
早已扬鬃奋蹄，而锦官这座都城
依然在翠绿中悠闲，安逸，品茗
失控的疾驰，在一场变脸中
在温柔软语的竹林面前
竟然，举棋不定

水漫过，骑手胯下的蹄声
听起来都像是时光里的诵经
这人间，我来过终将还会离去
阴霾和阳光，高原与盆地
无非是我尘世喧嚷的一季牧场
急与缓，谁会留意
我们，都是匆匆而过的
草木一生……

天　籁
——听德德玛老师在草原夜雨中歌唱

雨，是水的表达
水，是雨的亲人
锡林河宛如一曲悠扬长调
蜿蜒　婉转
声声入梦

一场滂沱的雨
降落在锡林郭勒草原
不急，不缓
那熟悉的女中音
再一次拨动
牧人的心

风雨本是高原上的常客
可这一场甘霖却格外动人

这是梦里的等待

这是岁月的积存

这是爱在默默流淌

这是骨头里的纯真

二〇一九年八月十六日二十时

首届内蒙古音乐节拉开帷幕

伴着四面八方兴奋的脚步

一场雨追赶着风

前来助兴

德德玛，草原的女儿

红色嫩芽，在风雨中长大

天的幕布徐徐拉开

地的舞台宽广无垠

这风雨交加的夜晚

彩虹，还能出现吗

几千顶雨伞

几千束目光

在雨帘中等待

"美丽的草原我的家——

锡林郭勒就是我的亲人"

温暖的话语歌儿一样走心

是不是女中音到了七十三岁会更加醇厚
今晚,草原的胸腔里
有十万电声乐队
这样的交响
比雷声更有共鸣

德德玛
永不凋谢的一朵莲花
在母亲的大地上幸福绽放
掌声为你响起
红雨伞下有一颗
奶茶一样滚烫的心

父亲曾经形容草原的清香
母亲总爱描摹那大河浩荡
今晚站在这辽阔大地
牧人的热情让天地泪落如雨
歌声浸透无边的草场
分不清泪水还是雨水
辨不出掌声还是雷声
台上　台下
围成一座毡房　心和心
哈那一样相连

雨，也受到了感动
似乎停住了脚步　屏息而听
德德玛，索性坐下来
坐下来，就像坐在草地上
坐在毡房里　端起一碗奶茶
和亲人们说着心里的话

满含热泪的人们摇动着手臂
摇动的手臂像一片雨中的草浪
在穹庐下起伏
牧草被雨洗亮
这夜色中起伏的爱
比绿更深

闪电河飞驰闪电的白马
瞭望山瞭望远方的亲人
辉腾梁此刻不再寒冷
哈扎布老人的努格拉从天边
逶迤而来

雨，又开始悸动
但只能汇入这醉人的歌声
在德德玛老师旁侧
包田宝挺拔地歌唱

像一棵草依偎着母亲
齐峰赶来了
孟根其其格赶来了
呼斯楞赶来了
豪图赶来了
青格也赶来了
他们，索性甩开雨伞
草原上的骑手还怕雨吗
歌声，张开了自由的翅膀

一场雨，见证着牧歌的魅力
灯光无效了
大屏不需要了
走台不必了
雨点无声了
唯有真情的歌唱穿透雨夜
自由飞翔

不要怨天不作美
要感恩这天作之合
一场雨洗亮了牧草
让艺术如此蓬勃生动
五十万人在线，见证了这一幕
雨里雨外的人们

在泪雨中相逢
德德玛的歌声与一场雨
圆了牧场久违的梦

我是站在牧场上的一棵青草
黎明中手捧一颗小小露珠
像一滴单纯的雨水
像一颗闪光的星星
像一抹幸福的泪光
像一串不散的珍珠……

沙漠中的泉水
——表妹罗雅心婚礼上的祝福

泉水，银子的女儿
沙漠，金子的母亲
今天，白雪公主将要出嫁
一披婚纱就是满天祥云
今天，我们见证这难忘的日子
曼德拉山上的岩画也赶来送亲
红地毯铺展开丝绸之路
驼铃摇曳　琴瑟和音

这一汪泉水
源自东北，小小一座村落
左手，拎一条大坝
右手，挎一片湖水
季风一遍遍擦拭这面镜子
它收藏日出日落
也澄澈了一个少女的眼神

西坨子，小名应该就叫：沙漠
一百年前，天定了阿拉善的缘分

那时，我们还少不更事
其实西泡子不就是西湖吗
有朝一日芙蓉终将出水
冰凌悄悄融化　融化一颗
芬芳雅心

妹妹，小我四十岁的妹妹
你姗姗来迟　世界
慷慨赐我不老的青春
送你出嫁，禁不住
一行滚烫的泪水
这里有牵挂祝福还有祈盼
就像这沙漠与泉水
难舍　难分

心中的诺言挂满胡杨祝福
梦里的依恋波动弱水情深
此刻，哥哥正出行一衣带水
或在韩国，或在日本
那就掬一捧富士山上的瑞雪
还有汉城①遥远的祝福
一起汇入沙漠中的泉水
陪嫁你　幸福的绿茵

---

① 汉城：新娘舅舅的名字。

大雪将至
——曹为楷、李博婚礼上的祝福

大雪将至，幸福姗姗来迟
圣洁的婚纱铺满了北国大地
千里冰封，良缘玉洁冰清
一对新人的长征从黎明开始

这银碗里荡漾的不只是祝福
雪花飘来，瞬间融化所有相思
我们用心弦弹响天空的蔚蓝
青春的小鸟飞翔出雄鹰的姿势

瑞雪，早年已在徽州开始凝聚
白纸黑字，书写着祖辈人生的足迹
这一曲长调，发自草原的呼吸
高原怀抱，有一个好梦以身相许

登高，不是为了被人远远看见
而是要将缤纷的世界尽收眼底
出发，不是为了奔赴他乡美景
而是要装满行囊反哺桑梓之地

丈夫当"为楷"，巾帼应"李博"
力搏，要像汗水一样勤勉，一点一滴
为楷，要描绘好心底这一张蓝图
明天大雪，生活已铺开偌大一张宣纸

就把这银色的大地当作婚床
就把这温暖的炊烟当作彩笔
丹青秉花烛，再续千年梁祝
大雪将至，柴米油盐蒸一锅圆气……

彩 石
——献给海纳百川的阿拉善

在阿拉善
我捡到一块石头
小小的,很不起眼儿

小小的,掂在手中它分量很重
彩色的,看上去却并不十分鲜艳
但我一直珍藏着　因为它
像极了阿拉善的脸

阿拉善,有着怎样的脸呢

因为风
腮红上没有妖娆的江南
因为酒
眉宇间长河落日一抹孤烟
因为净
目光里贺兰山泉清澈见底
因为慢
心里那团火暖暖的　沉默无言

捡到石头那天我高兴极了
揣着它走遍巴彦浩特大街小巷
找特色小吃找饕餮盛宴
驼峰　驼掌　紫蘑面
羊头　羊腿　羊背子
川菜　鲁菜　江南佳肴
东北豆包　西北凉粉
新疆大盘鸡还有兰州拉面……
一条小街五味俱全　就连那
热情的南腔北调，也都开胃解馋……

阿拉善的水土养人啊
风吹不走星辰
雨，浇不灭信念
不论你是民勤、武威、青海还是银川
不论你是投资淘金者还是来旅游探险
额济纳总是以一颗心暖化冰霜
一峰倔强的骆驼拴住胡杨
这，就成了咱们共有的家园

数不清阿拉善有多少个民族
没人说我是卫拉特和硕特土尔扈特
没人分你是汉人我是蒙古人
谁是外来人谁是本地人

大家都是阿拉善人
倒是汉人说着一口流利的蒙古语
蒙古人讲着五味俱全的各地方言

阿拉善是一个民族吗
是一个部落吗
是一个驿站吗
是一个家庭吗
它,是个多彩多声部爱的摇篮

阿拉善
是沙漠长苁蓉的地方
是胡杨生黄金的地方
是石头刻岩画的地方
是居延出汉简的地方
是长河落日圆的地方
是梦能飞上天的地方
是爱在这里结缘的地方

朋友告诉我
走进阿拉善就走不出阿拉善
走出阿拉善
魂,也会留在阿拉善

阿拉善
你的魅力还需要评比吗
阿拉善
你的辽阔还需要丈量吗
阿拉善，你这块彩石
将陪伴我一千年

生命的链接

——献给"12·14"的英雄们

"救命啊,同学落水了!"
"救命啊!"
"咔!咔!咔!"冰裂落水
急促奔跑

集体游园的内蒙古农业大学2002级农学2班24名同学,听到呼救,毫不犹豫,从英雄纪念碑下迅速奔向三角湖。
"同学们,要科学施救,都趴下,都趴下,手拉着手,匍匐前行……"

游人们闻声迅速赶过来,他们中有工人、干部、警察、店员、医生,更多的是青年和学生。

一条"人链"形成了,然而冰面太脆了,大面积塌陷,"人链",集体落入水中。

"咔!咔!咔!咔!"

断裂声切割着天空大地，冰面继续塌陷。救人者纷纷跃入水中。有人施救，有人挣扎，但救人者越来越多。救人，自救，互救。救人落水，上岸再救。

他们互不相识，互助互援，青春的热血奔流在一起。蒙古族、汉族、回族、达斡尔族、鄂伦春族、鄂温克族……他们，组成了一个临时的生死营救民族大家庭。

三角湖，让人们想到了三角形的稳定性，它支撑着大写的人字。一个英雄的群体，用他们的青春行动，树立起一座不朽的丰碑！

三角湖，从此不再结冰，你是寒冷冬天里青春的涌动，你，是凝聚在人们眼中骄傲的泪水……

那个多雪的冬天走过快20年了，草原人民依然铭记着那场感天动地的生死大营救。三角湖畔、英雄塑像前，经常有人手捧鲜花走来，默默伫立，久久不肯离去……

五四青年节快要到了，我又来到这里。这湛蓝的天空多像你们的青春啊！你们的壮举，为草原青年树立了光辉的榜样，你们的精神正激励着一代代年轻人。

是英雄的草原养育了我们，我只做了一个时代青年、共青团员应该做的事情。这牺牲，值；这青春句号，我觉得是圆满的。

二十几岁，连一场恋爱都没来得及轰轰烈烈地谈过，想到这里，我们都很难过……

没经历过一场甜蜜恋爱，但我有过一行青春的脚印；没感受过一次庄严的婚育，可咱草原上花朵般的孩子们，多么令人欣慰！珍惜生活，珍惜青春，努力奋进吧。

叔叔，我就是您的孩子啊！
我们向您学习，向您致敬！

岸英之墓

长流不息的鸭绿江
日日夜夜奔流着拍岸的呐喊
残雪覆盖的太白山
岁岁年年飘荡着悲壮的云烟
这烧焦的土地上有多少勇士在这里长眠
松涛阵阵护卫着英灵
芳草萋萋把血迹擦干
墓穴，像那坚硬的碉堡
墓碑昂首　令所有的
玩火者胆寒

铅云低垂
这整齐的队列里
一位年轻烈士的墓模糊着人们的视线
在这里，我们沉重的脚步
不由放慢……

一九五〇——

二十世纪的中位线

初生的共和国像一个婴儿　血色

染红了黎明的东方

也染红了野心狼贪婪的双眼

魔鬼的火舌舔舐着美丽的半岛

血腥的涎水溅到了鸭绿江边

满目疮痍的大地上

硝烟还没有散尽

百废待兴的神州

刚刚绽放出一抹笑靥

婴儿　在襁褓中嗷嗷待哺

——新中国的执政者

该如何填写这份艰涩的答卷

抗美援朝　保家卫国

紫光阁一声号令

英雄儿女热血奔涌

激情暖化冰雪的三千里江山

在为志愿军司令员送行的家宴上

开国领袖又做出一个出人意料的决定

让长子毛岸英出征

后来，彭德怀回忆说
这，是第一个志愿军战士
这个志愿收进了历史的档案

那一年儿子二十八岁，英姿勃发
那一年父亲五十七岁，壮志凌云
豺狼的口喷着血腥
豺狼的眼闪着凶残
玩火者把罪孽倾泻在别人的大地上
强盗，也把仇恨播进了中国人的心田
又一次空袭
汽油弹把防空洞烧成了火海
岸英英勇牺牲了
一米八〇的身躯烧成了一尊雕塑
父亲，肯定详听了
儿子牺牲的全部经过
那惨烈的一幕
心，该滴着怎样的血呢

含泪的父亲　　此刻
也许在想，岸英这孩子是苦命的
四岁坐牢　六岁失去了母爱
八岁流浪街头　还要领两个弟弟活命
……

含泪的父亲　此刻
也许在想儿子是块好钢，千锤百炼
在苏联经受洗礼
回国在工厂淬火
黄土地上洒过热汗
——一块多好的钢呵……

心碎的父亲
还要忍痛宽慰儿子的遗孀
听思齐裂肺的哭声
他的手冰凉　如
三千里江山不化的雪

思齐无法接受这残酷的现实
新婚宴尔还不到一年
临行时，妻子还在梦中
军令如山　临行丈夫没说明缘由
悲愤的泪水冲不掉冰冷的事实
思齐只有一个心愿
把岸英的墓迁回祖国
清明时节
到墓上扫一扫尘土
结婚纪念日
到墓前献上一束花
泪水，也有一个地方流……

"青山处处埋忠骨
何须马革裹尸还"
父亲,平静地否定了这一请求
理由是,岸英是中朝人民共同的儿子
咱们,当是无数烈属中的
普通一员

一个冰封雪冻的日子
思齐来为岸英扫墓
朔风悲咽　松涛呜咽
没有吊唁的队伍
悲风中　陪伴她的只有妹妹和
片片寒冷的白蝴蝶

父亲
为这次扫墓思虑了许久
车票买好
又从工资里取出盘缠
……

正义　熄灭了罪恶的火舌
尊严　挫败了骄横的气焰
不可一世的魔爪举起了白旗
勇士挥泪

再见了　永生的同胞战友
再见了　不朽的锦绣江山

凯旋之宴，共和国总理破例地醉了
心碎之夜，共和国主席的灯光通宵未熄
作为统帅，他正体味着以弱胜强的喜悦
作为父亲，他又陷入了深深的思念

伟人不凡　他有着超人的胆略
气吞山河　海纳百川
伟人也是人　他也有七情六欲
骨肉之情　一己悲欢

十年后
他以父亲的慈爱
劝儿媳开始新的生活
二十年后　他又以博大的胸襟
接纳了一次特别的握手
那只手，来自冰冷的大洋彼岸

七十年了
寒来暑往　好儿女长眠在异国的土地上
整整半个世纪　花开花落
热血浇灌的自由之花分外鲜艳

墓碑

已在热土上深深扎根

牺牲

让共和国大树叶茂枝繁

这墓碑后的故事

也许人人耳熟能详

但它从未被人为地着色

也许正因为如此

它才显得格外凝重

像磐石那样稳健

这是一场

用信念意志打赢的战争

这是一段

用生命和热血浇铸的历史

走过这里的风

请屏住呼吸　把时间的脚步

放轻，放缓……

高原上的雁阵
——献给第三届内蒙古蒙商大会

八月的雁阵：蒙商归来

这是八月的草原，牧歌金黄
阳光像母亲锦缎般的话语一样滚烫
远行的儿子在秋风里归来
所有的毡房都打开了快乐的天窗

此刻，我们闭上眼睛
怀想游子出征时的样子
一只鹰，一头牛，一匹马，一峰骆驼，一群羊……
离别注定是疼痛的，它的另一个词语
是：背井，离乡

为什么要离开这父亲的厚土呢
为什么要用草原的臂膀去扛他乡的雨雪和风霜
这，是草原的天性啊：地阔天高
这，就是牧人的本色：勇于担当

一个真正的骑手志在千里
他要放牧天下的风云
用蒙古马的蹄声把天和地丈量

他乡的月光下有额吉的奶茶吗
他乡的欢乐中能否闻到手扒肉的清香
不错，这血脉里的幸福梦里都会有的
只是，生活的酸甜苦辣　需要
在思乡的日子里慢慢品尝

而你们是有根的啊
无论走到哪里，都有一桶金在等待
这金子是什么
那是一只鹰，越飞越高的翅膀
那是一头牛，百折不挠的倔强
那是一匹马，一日千里的驰骋
那是一峰骆驼，昼夜不舍的跋涉
那是一群羊，一生不改的温暖模样……

把诚信的种子撒向大江南北吧
让全世界都知道草原人的实在、豪爽和善良
如今，五湖四海都荡漾着蒙古人的歌声
内蒙古，因为你们的行动
吸引着全球信赖的目光

八月的天空多么蓝啊
蓝得像深深的海洋
八月的阳光多么暖啊
暖得像金子一样闪闪发光
八月的金风多么爽啊
爽得就像痛饮了一杯奶酒一样

此刻，在蒙古高原上
母亲正手搭凉棚向远方眺望
等待一个个雁阵乘风而来
等待着草原的游子、赤子和骄子
你们的收成，是长生天最好的奖赏
你们的声誉，是大草原最真实的形象
今天，母亲草原的奶茶熬了又熬
从启明一直熬到了天亮
她在用怀揣了多年的
昵称，轻轻地呼唤
米尼高勒——蒙商

安达：新时代的旅蒙商

我们仰望的这座高原
它是一座宝塔
我们脚下的这片草地
是一匹追风的骏马

我们风吹草低的内蒙古
是一棵梧桐树
海纳百川　呼朋引类　招财进宝
一只只金凤凰飞越千山万水
栖落在高原的高处，找到了温暖的家

把他乡当作故乡是土地的缘分
把客人当作亲人是草原的天性
南甜，北咸，东辣，西酸
都在这里团团围坐
你中有我，我中有你
内蒙古，一个热气腾腾的火锅
沸腾着，燃烧着，交汇着
一份无言的爱，在这里得到了升华

新时代的旅蒙商，感谢你们
辽阔草原给了你们温馨的毡房　给了你们一个家
你们人生的梦在这里找到纵横的疆场
无边的草地让智慧和成功
在一曲牧歌和长调中，驰骋天下

曾几何时，旅蒙商
像一条长线穿起绵长的记忆
一根火柴擦亮短暂的光明
寂寞的草原多么需要流通的风啊

牧童手里攥着的那颗黑糖球
含在岁月的口中，一丝丝，一丝丝
甜甜的，融化……

草原的风，在一天天变暖
阳光下，商帮们不再猜拳摸指
良心，就是一杆秤
日子久了，大家都懂
信誉，比天还大
谁都知道，毡房的门是从不上锁的
不论客人来自何方，都是亲人
你们身披着风雨
让天南地北的商机、财富和欢笑
在绿草地上生根，发芽

内蒙古大呀，118.3万平方公里
相当于欧洲的几个国家
内蒙古美呀，从东到西
呼伦贝尔到阿拉善，一路风景如画

这穹庐笼盖的高原
不就是一座幸福的毡房吗
南腔北调　东海西域
大草原让咱们共有一个家
让我们手拉着手，心贴着心

一起挥汗如雨，一起飞身上马
一起建功立业，一起整装出发

安达，新时代的旅蒙商，谢谢你们
当内蒙古经济走向前列，百花竞放，一马当先
我们一定会喜泪相拥
像石榴一样盘坐在银子般的月光下
听德德玛的歌，拉齐·宝力高的琴
然后，举杯痛饮
然后，慢慢喝茶……

落地生根：为新蒙商歌唱

这是高原上的高原
离天最近的地方
这是草浪中的草浪
每一颗露珠都含着醉人的奶香

八月，古老的黄河泛起金色的波涛
八月，沉思的谷穗有了成熟的思想
八月，烈马的蹄声叩响了大地的心跳
八月，天空上的鹰，渐渐收拢起翱翔的翅膀

这是一个收获的季节呀
是梦，又一次向蓝天放飞的时光

我们，触摸到生活流光溢彩的脉搏
像几千年一梦醒来忽然长大的孩子
发现了牧草根部的营养
我们曾经犹疑的目光不再躲闪
我们羞怯的声音变得如此洪亮
我们，要为一个新的时代由衷赞美
我们，要为我们的新蒙商深情歌唱

壮美的高原何其辽阔
它孕育了诚信、勤劳、协作、共赢的蒙商精神
古老的时间多么漫长
它创造了智慧、和谐、发展、丰饶的繁盛景象
让飘香的五谷融进草原的乳香
让牧场的绒毛温暖中原的寒凉
让苏麻离青点染风靡世界的青花瓷
让一壶龙井清明馨香了遥远的西方
元朝时期，这一条河便缓缓流动了
一叶扁舟　三五驼铃　十几个马帮
草原丝绸之路蜿蜒启程了
它，架起了欧亚大陆文明的桥梁

这一条河流啊流
它千折百转，没有尽头
这一条河流啊流
它让沧海变成桑田，把岁月织成了锦绣

改革开放,潮水涌动着一个时代
落地生根,勇立潮头,勇闯天下
草原上的先行者在料峭的春寒中
用胆识、智慧、汗水浇灌梦想

是的,每一个草原品牌都闪着星光和露水
每一片翠绿的草叶上都涌动着生命的喧响
我们以高原的名义崇尚绿色发展
我们以坚定的脚步践行改革开放
让我们的思维跨越那长江黄河
让我们的目光拉直海上丝绸之路的惊涛骇浪

"一带一路",国家倡议
青山绿水,安全屏障
让浩瀚的沙漠洒满绿色的歌谣
让彩虹的长鞭放牧高原上的白云和牛羊

弘扬蒙商精神
凝聚蒙商力量
塑造蒙商品牌
永葆蒙商荣光

听,蒙商大会的集结号吹响了
看,蒙商精神又开启了新的篇章

新蒙商，时代的弄潮儿
新蒙商，社会前行的中坚力量
圣洁的哈达捧在我们颤抖的手上
新酿的奶酒荡漾在我们的心上
让我们再一次出发吧
建设亮丽内蒙古
实现伟大中国梦
打造祖国北疆这道亮丽的风景线
我们守望相助，团结奋斗，一往无前
让内蒙古这匹驰骋的骏马
插上腾飞的翅膀

为内蒙古农信女篮喝彩

元年伊始,天府之都
春的赛场,灯光替换了太阳
一群汗水浸透天鹅盛装的姑娘们
为白雪绒绒的高原
捧回了一颗金蛋

是种子,也是果实
是投入与产出的一场强手对决
这没有底儿的篮筐像一座金色粮仓
一次次灌满汗水、渴望和
胸膛里奔腾的呐喊

蓦然发现,在内蒙古
还有这样一棵大树,挎着这样一只
需要踮起脚尖儿仰望的篮筐
这些习惯了挤奶的纤手
在悄悄编织一个圆圆的梦
采摘着数不尽的桃子

冰凌也激动地得流泪
喝彩的浪潮跟着流泪
好像汗水流淌还不够劲儿
所有的激情都喷涌而出
内蒙古牛啊，牛奶好，牛肉棒
牛势如虹，牛气冲天

是的，内蒙古就是有
这么一股子倔强的牛脾气
认准了一个方向，就一直往前冲
不管山有多高，路有多长
天，总是那么蓝，风，总是那么蓝
水总是那么蓝，梦总是那么蓝
蓝着蓝着，就给这个
难忘的赛季灌满了
一个漂亮的：篮

一个胸怀天空梦想的雁阵
先以一字列队，接着
又排成大写的人字，很快
她们又迅速组成了一颗心的阵容
像石榴籽一样，紧紧地
拥抱在了一起

决赛，不只是比赛
捧杯，怀抱着的是信念
因为，还有下一个目标在等
主动抢位，及时补位
勇于突破，默契配合
抢篮板，抢夺住每一次机会
内引外联，斜插策应
以迅雷不及掩耳之势
一次次高空上篮
高原要拥有她
应有的高度

草原上的汗水是容易蒸发的
而篮子里的收获却结实饱满
87比86，何其关键的一分
咬住，咬住，死死咬住
此刻，一定咬紧不能放松
索性，来一场突如其来的风暴吧
在高原与盆地之间打一个时间差
让胜利在我们的手上聚焦
北国的心跳都提到了嗓子眼儿
快，再来一个漂亮的三分
远投118.3万平方公里
高悬着的期待

终场的哨子响了
这是呼麦的哨音
健儿们用一声长调为决赛压哨
蝉联，蝉联，无论前锋
中锋、后卫还是教练
草原巾帼，每一个都成了
高大威猛的巴特尔

雪花，为凯旋洗尘
二〇二二年元月二日，这一天
是主力队员杨力维二十七岁的生日
也是草原女篮的生日
更是二〇二二，内蒙古集结队伍
开局站位，腾跳与
跨越之时

2022 年元月 3 日夜

八月的草原花团锦簇
——内蒙古自治区成立70周年庆祝大会朗诵词

序篇:向北京亲人问好

亲爱的朋友,北京来的亲人们,各民族兄弟姐妹们,让我们背依大青山,面向大草原,共享此刻这一段幸福美好的时光。

八月的蓝天白云朵朵,
八月的草地百花争艳,
八月的高原阳光和暖,
八月的牧歌醉人心田。

朋友,爱上内蒙古会有无数个理由:
千里远眺,心驰神往;
身在其中,心会飞翔……

疾驰的骏马像箭一样飞过来了!
像风一样!

像雨一样！

像闪电一样！

像火焰一样！

像雷霆一样！

像潮水一样！

像梦一样，像梦一样，像梦一样！

呼嘞！呼嘞！呼嘞！

这飓风荡起的征尘，

让我们想起如烟的岁月；

这战鼓一样的心跳，

让我们为一个英雄的民族感到自豪。

矫健的蒙古马，骄傲的蒙古马，

你是千里草原的精灵，你是中华大地的神骏，

你驰骋的是一种精神，你传承的是一种风骨。

让我们为伟大的蒙古马精神喝彩！

第一篇章：亮丽内蒙古

七十匹高昂头颅的骏马，迈着七十年坚定的步伐。

七十匹雄视前方的骏马，追赶着七十年奋进的目标。

七十匹日夜兼程的骏马，向着光明美好的未来进发。

蓝色，是天空的颜色。
蓝色，是湖水的颜色。
蓝色，是圣洁的颜色。
蓝色，是梦想的颜色。

哈达，是牧人的深情。
哈达，是草原的祝愿。
哈达，是飘落的云彩。
哈达，是捧起的江河。

手捧蓝色哈达，阳光洒在鲜花的笑容里。
手捧蓝色哈达，幸福荡漾在高原的歌声中。

有一面旗帜，历经风雨永不褪色。
有一面旗帜，布满弹洞也依然神圣。
有一面旗帜，是黑夜里燃烧的火炬。
有一面旗帜，永远飘扬在草原人民心中。

党啊，亲爱的党，您是草原上永远不落的太阳！

风雨兼程七十载，扬鬃奋蹄又五年。

七十年来，在党的民族政策的光辉照耀下，民族区域自治制度成功实践，内蒙古发生了天翻地覆的变化！

党的十八大以来，以习近平同志为核心的党中央高瞻远瞩，情系草原，内蒙古各项事业蓬勃发展，五业兴旺，人民幸福。

内蒙古，我们为你骄傲，为你祝福！

五十六个民族，五十六朵花，五十六个兄弟姐妹是一家。

身着民族盛装的各民族兄弟姐妹，肩并肩手挽手，走在碧绿的草地上。

他们手中的花环变幻着四季，跨越了南北。
看，这秀丽的江南，看，这壮美的北国。
看，这金色的麦浪，看，这蓝色的故乡。

谁也离不开谁，是内蒙古各族人民的真实体验。
守望相助，团结奋斗，是我们七十载许下的诺言。
七十年，我们感受着团结、和谐、互助的美好。
面向未来，我们要像石榴籽一样紧紧抱在一起，亲密无间……

第二篇章：草原交响曲

【包头市方阵走过来了】
钢的骨骼，铁的脊梁。
钢的品格，铁的血脉。
这座以钢为荣、以钢为魂、以钢为纲的草原钢城，有着钢的性格、钢的臂膀、钢的气魄！

积贫积弱的新中国，多么需要钢啊！草原以她博大的胸怀与担当挺起共和国的脊梁，结束了内蒙古手无寸铁的历史。

如今的鹿城，刚柔相济，逐梦苍穹。钢铁之都、稀土之都、文明之都，让包头这座宏伟的城市更显包容大气，勇立潮头，继往开来，续写华章！

【呼伦贝尔市方阵走过来了】

茫茫草原，浩瀚林海，千条河流，万面湖水。

呼伦贝尔，你是中国北方少数民族成长的摇篮。

呼伦贝尔，你是名扬四海壮美神奇英雄出征的地方。

多少金戈铁马，多少神话传说，如今，都已化作一片片净土、一道道风景，展现在世人面前。

蒙古、汉、达斡尔、鄂温克、鄂伦春、俄罗斯等众多民族手挽着手，从历史的深处走来。

牧草的王国，森林的海洋，八方口岸，国家向北开放的最前沿，你是祖国北方最亮的一张名片！

【兴安盟方阵走过来了】

七十年，红色的七十年，绿色的七十年，多彩的七十年！

七十年，内蒙古从哪里起步，从哪里发端？是巍巍大兴安。

五一大会，你是共和国民族区域自治的摇篮。

五一大会，你是走向模范自治区光荣的起点。

此刻,乌兰夫同志亲切的身影仿佛就在我们眼前……

红色基因,绿色发展,巍巍兴安必将壮歌筑梦,砥砺前行,建设红色兴安、生态兴安、活力兴安、健康兴安、幸福兴安!

【通辽市方阵走过来了】

色彩斑斓的科尔沁版画走过来了……

一把金色弓箭,拉响日月长河。

一曲激情安代,舞动盛世欢歌。

山地草浪,青沟枫叶,一展大自然神奇造化。

四胡,民歌,乌力格尔,一起奏响壮丽乐章。

通辽,是科尔沁文化的发祥之地。

通辽,是多民族文化云集的地方。

哈民文化,陈国公主,吐尔基山,深埋着厚重的历史文脉。

僧格林沁,孝庄皇后,嘎达梅林,一代代豪杰在英雄的马背上,和我们一起纵横驰骋!

【赤峰市方阵走过来了】

红山文化,夏家店文化,契丹辽文化,赤峰的古老文化闻名遐迩。

贡格尔草原,阿斯哈图石林,达里淖尔,赤峰的自然风光摄人魂魄。

一条玉龙,牵出多少往事、多少岁月、多少遐想。

一座红山,深藏着多少神秘、多少神韵、多少神往。

啊，红山，你是一盏灯，照亮了昨天，也照亮了明天。

啊，红山，你是一声呼唤，我们多姿多彩的梦正把幸福追赶！

【锡林郭勒盟方阵走过来了】

中国的马都，世界的马都，锡林郭勒，因蒙古马名扬四海！

蒙古长调、呼麦、潮尔道，草原的呼吸像连绵起伏的远山，勾勒出锡林郭勒驰骋的轮廓。

草原文化，蒙古族文化，游牧文化，世界文化遗产元上都坐落在锡林郭勒草原。

锡林郭勒，温暖的故乡，三千孤儿草原母亲感人的故事，凝聚着人间的大爱……

【乌兰察布市方阵走过来了】

中国草原避暑之都，草原皮都，马铃薯之都，乌兰察布，你清凉的风吹动了天地。

驼铃声声，这里是草原丝绸之路的重要节点，记录着茶丝商旅的一行行足音。

炮声隆隆，这里是中国革命生死关头的咽喉。一声声啼血的怒吼，发自浴血奋战的红山口。

天风浩浩，这里是神舟飞船回家的地方，辽阔的草原张开怀抱，让放飞的梦一次次收拢起天鹅的翅膀。

【鄂尔多斯市方阵走过来了】

鄂尔多斯温暖全世界!

鄂尔多斯闻名全中国!

鄂尔多斯,是发展、创新的代名词。

鄂尔多斯,是绿色、蓬勃的栖息地。

鄂尔多斯,是激情、豪情的制高点。

鄂尔多斯,是时代、未来的烽火旗。

八百年前,一代天骄成吉思汗长眠于此,高原上留下了一段神秘的传说。

八百年后,鄂尔多斯以惊人的速度谱写了跨黄河、越高原的发展凯歌。

千百个梦的求索,千百万人的跋涉,让鄂尔多斯从高原走向高峰!

【巴彦淖尔市方阵走过来了】

一曲《鸿雁》,让我们看到了草原上飞翔的翅膀。

一曲《鸿雁》,让我们找到了草原上最富饶的地方。

巴彦淖尔,你像一双明亮的眼睛,注视着九曲黄河在这里放缓的脚步。

巴彦淖尔,你像一面镜子,映照出一代代河套人治理黄河感天动地的千古绝唱。

塞上水乡,草原粮仓,乌拉山千古岩画,乌拉特千里跋涉。巴彦淖尔,你的丰美赛过江南,你的胸襟要用彩虹丈量。

【乌海市方阵走过来了】

黄河明珠，沙地绿洲，书法之城，乌海，乌金的海，用你乌黑的煤研墨，蘸着黄河的水，来一幅书法的狂草！

赏石之城，水上新城，葡萄之乡，乌海，甜蜜之海，沙海珍珠，你黑葡萄的眼睛看到了什么？

奔跑吧，乌海！甘德尔山俯瞰着一条大河穿城而过，俯瞰着沙海上蔓延的绿色，俯瞰着你奔流的激情。

乌海，在棋盘山上下一盘棋吧，黑白两子，看一看是煤高于水，还是水环抱着城！

【阿拉善盟方阵走过来了】

用千顷松涛簇拥你的贺兰，
用万条河水汇聚你的居延。
用金色的诺言护佑你的胡杨，
用骆驼的足迹丈量你的浩瀚。

阿拉善，五彩斑斓的地方；阿拉善，让所有的脚步流连忘返。

走进阿拉善，就走不出阿拉善。这是肺腑之言，更是至理名言。

看不尽的美景，数不完的汉简，刻不完的岩画，无怨无悔的奉献。

阿拉善，你的忠诚由来已久。万里回归，十年迁徙，你对祖国的赤诚载着神舟飞船，一梦飞天！

【呼和浩特市方阵走过来了】
中国的乳都,"一带一路"的重要节点,
呼和浩特,你的魅力飘向四海!
一座大窑,历史老人时间的打磨声依稀可辨。
一声呼啸,赵武灵王,胡服骑射,饮马阴山。
一片盛乐,开疆拓土,黑水回望,北魏南迁。
一段佳话,昭君出塞,胡汉和亲,千古相传。
长城与黄河在这里牵手,
农耕与畜牧在这里共欢。
草原丝绸之路重振雄风,
塞上老城旧貌已换新颜。
看今天的首府呼和浩特,看她的腾飞,
看她的激情,看她头顶上荡漾的银碗……

第三篇章:中华一家亲

【千人服装服饰秀走来了】
朋友,你看见过孔雀开屏吗?
你欣赏过百鸟朝凤吗?
你目睹过彩虹落地吗?
你领略过高原风情吗?

最美的风景不是山峦奇峰,
是牧羊姑娘迷人的身影。

最好的珍藏不是珍珠玛瑙,
是牧草深处翡翠般的心灵。

姑娘们的巧手裁剪着生活也装点着生活,
她们创造风景,自己也是一道道风景。
让我们用勤劳的双手酿造美好的生活,
让我们满怀激情把美好的未来憧憬……

【千人安代舞表演开始】
把火红的彩绸甩起来,跳起我的安代!
把雪白的毡靴踏起来,跳起我的安代!
把所有的苦难甩到天外,跳起我的安代!
把欢乐幸福请到草原上来,跳起我的安代!

热情的安代,脚踏着大地,歌声飞到云天外。
激情的安代,从今天跳到明天,从远古跳向未来。

把火红的绸子挥起来!
把长长的辫子甩起来!
让无边的欢乐迎进来!
让天上的草原转起来!

【千人马头琴表演开始】
一把马头琴,留下一段古老的传说。
一束马尾,流淌出一条千年的长河。

马头琴，让我们听懂了一个民族的心跳。
马头琴，让世界为草原的呼吸侧耳倾听。

尾声：共圆中国梦

【全体起立，童声领唱，共唱《歌唱祖国》，放飞鸽群】
矫健的雄鹰总是飞翔在蓝天，
奔驰的骏马总也离不开草原。
火红的萨日朗总有着绿叶相伴，
高扬的旗帜下涌动着我的草原。

建设亮丽内蒙古，共圆伟大中国梦，是习近平总书记寄予我们的殷切期望，是时代赋予我们的崇高使命。

让我们高举中国特色社会主义伟大旗帜，更加紧密地团结在以习近平同志为核心的党中央周围，守望相助、团结奋斗，把祖国北疆这道风景线建设得更加亮丽，以优异成绩迎接党的十九大胜利召开！

祝愿内蒙古的明天更加美好！祝愿全区各族人民幸福安康！祝愿伟大的祖国繁荣昌盛！

后　记

　　中华诗文长于传递汉字音韵、节律、抑扬带来的兴发感动，这一优长在华夏文脉中源远流长，奔腾不息，造就了书海之上蔚然壮观的波峰浪脊。近年来传统文化复兴，朗诵艺术苏生，特别是群众性诵读活动的蓬勃态势，宽慰人心。

　　自古以来，先贤们总是将诗文与吟诵珠联而成，脍炙人口，代代相传。而一个时期这一传统渐渐散失了，读诵各行其道，传播效应陡减，令人叹惋！好在沃壤千尺，春风又暖，"绿草长吟"矣……

　　常有一些朋友向我索要适合朗诵的作品。

　　什么样的诗文适宜朗诵呢？我也拿捏不准，因为自少年作文始就没有过这方面的训练和准备。不过，多年练笔积蓄一定数量作品之后，不经意间也有诗文被朗诵，被录制，被广为传播，如《春天临近，想起一个人》《青春草原》《我和我的安达》等。于是，我便依凭这种感觉选编了自己的朗诵诗文，是否可用，只能交由诵读者裁定了。

　　赓续传统，复兴吟咏，使文字有声、有色、有味，有震动心灵的场域效应，当是吾辈需要担承的时代责任。文字与歌吟相映成趣，普及与提高互为砥砺，一个全民诵读文化繁盛的时代已然到来！

感谢内蒙古人民出版社慨然相邀，蒙汉四册朗诵诗文合璧付梓在即，墨香沁人心脾！在贵社效力十载，首度出书，一种游子回家的感觉油然而生，颇觉兴奋！

米寿之尊的文坛泰斗王蒙老师题词勉励，不胜惶恐；大诗人吉狄马加主席拨冗作序，挚情暖人。惊动巨擘高光加持，喜不自禁，日后的耕耘须多一些汗水跋涉，以不负众望……

2021 年深秋

阿古拉泰朗诵诗文选 下

阿古拉泰 著

内蒙古人民出版社

散文要像诗一样朗诵出来。好的散文,要饱含诗情。诗是灵动的泉,而散文的湖里有荷,有鱼,有倒映的云影,还有飞翔的梦……

绿草长吟

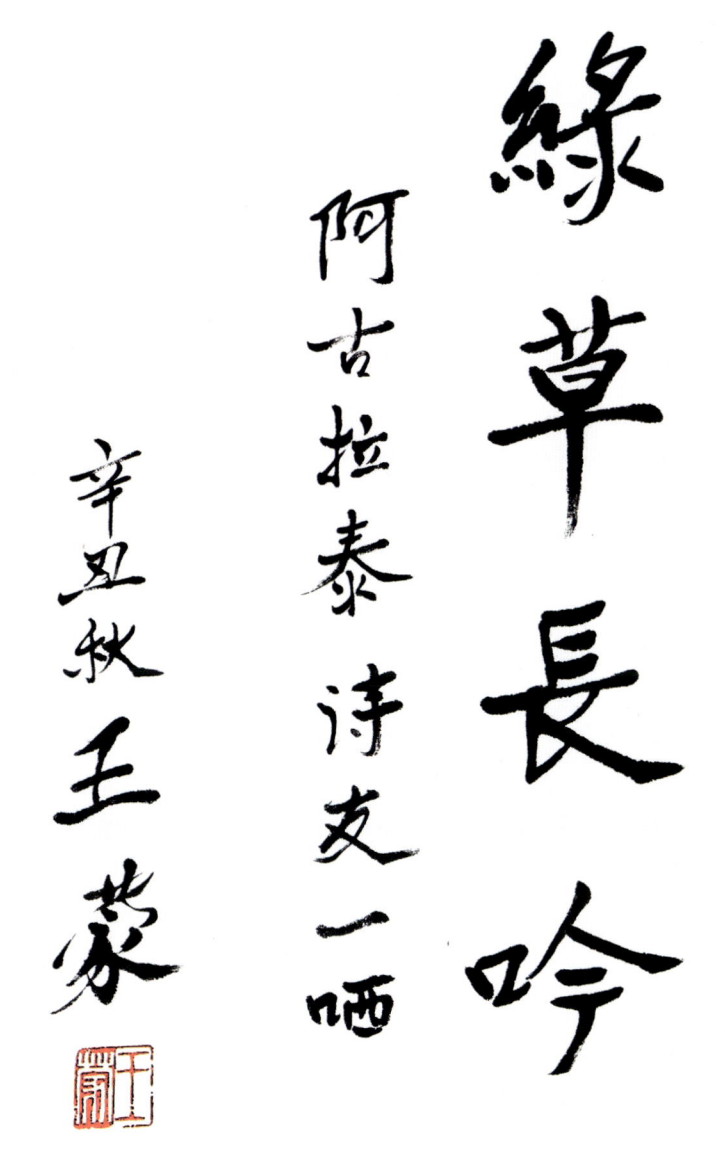

阿古拉泰 诗友一哂

辛丑秋 王蒙

著名作家、"人民艺术家"国家荣誉称号获得者王蒙先生题词

骑手的歌唱

阿古拉泰是我的老朋友了,二十世纪八十年代,他在内蒙古创办文坛瞩目的《诗选刊》,也就是从那时起,我们结下了深厚的友谊。如今再读他的回忆散文《不老的艾青》,又将我拉回当年诗意蒸腾的岁月,让我再次回想起与艾老一起谈诗的美好时光。

"这额头是独特而富有诗意的,青筋暴突,像一条条蚯蚓,耕耘着思想的沃土。花白的头发向后拗过,使人想起秋天的芦苇,保持着风刮过的形态和抗争的姿式,不屈,不挠。"没有任何人能抵挡住光阴利剑的锐利和无情,只有诗歌能够带来长久甚或永恒的回溯之眼,只有诗人能够做到约瑟夫·布罗茨基所说的"诗歌是对人类记忆的表达"。

阿古拉泰的诗歌、散文、歌曲以及参与创作的交响音乐史诗《成吉思汗》和舞台剧《马可·波罗传奇》,都让我印象深刻,这也印证了阿古拉泰是一位全能型的创作者。尤其是他的诗歌和散文,各具特色,又相互映照、彼此打开。二者不是主次的关系,而是具有各自的重要性和不可替代性。

因此毫无疑问，阿古拉泰是当代极具代表性的蒙古族诗人之一，更为重要的是，他还是一位行动的诗人和歌者，由他创意、组织、参与的许多诗歌活动，因饱满的激情、浓郁的民族特点和地域特色，都在诗坛产生了较为广泛的影响。

对阿古拉泰的创作我一直格外关注，通过他的文字我也在思考，一个具有少数民族身份的写作者如何有效地传达生命体验、民族意识、地方性知识，进而能够在民族文化与汉字之间完成有效的转换与升华。

阿古拉泰一直是一位驰骋的"骑手"，一直都在风雨中歌唱。

此次结集出版的《阿古拉泰朗诵诗文选》，实则延续了中国当代诗歌发展的一个重要脉络。在写作越来越碎片化和无限强调个人日常经验的背景下，他仍然坚持诗歌应成为通向大众、现实和时代的精神共鸣。也就是说，通过这些具有耳感的能够在"城市""乡村""广场""街道"等公共空间传播的"朗诵诗"而强调诗歌的大众性。就阿古拉泰这些诗作的题材和主题，我们会发现，这是一位具有深沉的社会责任感和语言使命感的写作者。他的写作总是尽量发掘能够引起广泛关注的社会题材和重大主题。当然他也一直歌唱着那些普通人和日常事物（如《为土豆歌唱》《为劳动者的汗水歌唱》这样的诗），但他不是为了歌唱而歌唱的平庸的写作者，他深谙或实践着"不是看见了什么，而是'发现'了什么；不是记下了什么，而是放大了什么，抑或浓缩了什么"

(《凝视一个眼神》)。

正是得力于他的民族基因和文化积累,阿古拉泰总是能够为文字插上飞翔的翅膀,为诗歌找到动心的乐音,为诗性找到一个又一个不竭的文化源泉。我想,这一点是需要特别肯定的。这让我们思考的是,无论诗歌的道路多么众多,无论诗歌的流派和主义多么繁杂,诗歌总是存在一个基点和起点,也就是,真正的诗不仅应该只具有个人性和美学特质,还应该具备能够反映国家、民族、历史、时代和本土性、传统性、现实性的诸多因子的广阔思维,而这正是艾青、贺敬之、郭小川、李季、闻捷、李瑛等大诗人形成的"当代诗歌"的重要精神血脉。循着这一创作传统,诗歌才能够成为T.S.艾略特所说的既是个人的又是非个人的,从而在此基础上,诗人才能够超越日常的个体经验和局部经验而在人类命运、精神共同体的意义上,使得诗歌是及物的、有机的、生长的;诗人由此才是有血脉和根基的,诗歌也才能够面向未来和读者。而这些,得力于诗人绵绵不绝而又引灌后世的丰盈的生命力,这也正是多年来阿古拉泰在诗歌和散文创作中一直坚持的精神方向和行走路径。

无论是在长诗还是一般意义上的短诗以及散文探寻中,阿古拉泰始终是一位骑手和歌者。他既是燃烧的又是沉淀的,既是歌唱的又是对话的——"我要和你一起歌唱,用琴声、欢乐或者闪电",他的激扬的声调和沉思的质地总是能够比较和谐地统一在一起,由此而产生宽广的共鸣。

阿古拉泰的创作让我们看到一个十分显豁而诗意的"北方"文化背景，这就是辽阔苍莽的蒙古高原和茫茫草原——他的诗歌中反复抒写的"牧草""小草""青草""草原"，这是他的诗歌脐带，是他文化意义上的父亲和母亲。

　　诗人在马背和歌声中一次次起飞，诗文也一次次洗亮了穹庐、尘心、灵魂和远方……

　　在此，衷心祝贺《阿古拉泰朗诵诗文选》的出版，也希望看到他的好作品不断问世。

著名诗人、全国人大常委会委员、中国作协副主席　吉狄马加

2021年10月于北京

目录

- 001 **第一辑 仰望一朵白云**
- 003 不老的艾青
- 013 棕榈常绿忆晨声
- 024 老"人参"黄永玉
- 029 只是因为风的缘故
- 034 仰望一朵白云越飞越高
- 040 秋光遥远
- 045 需要仰视的胡日查
- 050 又是八月山丹红
- 059 骑士的风骨
- 064 春风里,你那温暖的笑容
- 073 又是一年春草绿
- 076 谁是这个世界的富翁

083　**第二辑　我和我的安达**

085　我和我的安达

088　金花，草原上一朵会唱歌的花

089　凝视一个眼神

092　这一缕花香永留人间

095　围场突围

098　岁月深处的那一盏油灯

102　那遥远的遥远的灯光

107　生命的原色

110　老醉鬼

113　悠荡锤

116　一言难尽萨日娜

120　表嫂

127　远在天边的西旗

134　故乡，我是你胸膛上萌生的小草

138　天地之间这一棵苦命菜

145　含泪为慈爱的爸爸送行

150　送别

153　送子求学留下一封家书

156　生命里的乔乔

164　追梦的人

170　一份情　一份爱　一份目不转睛　一份拭目以待

177　**第三辑　倾听一种声音**

179　黎明

184　廷懋将军与他的牧民儿子

189　玉儒，草原呼唤你

197　让激情与爱蓄满人生的脚印

204　有一种绿让人泪流满面

208　倾听一种声音

210　内蒙古文学的心跳

213　一路追风的蒙古马

217　让高原的风擦亮我们的镜头

219　多彩的长江

221　岁月里，弹拨自己的心音

223　一朵雪花无声的反哺

225　雨露之恩　光泽千秋

227　静水流深　天地同音

230　时间的力量

233　星空草原　诗河璀璨

235　我们的歌唱将刻入时代年轮

237　向诗与歌的摇篮致敬

239　青草万岁

244　后　记

第一辑 仰望一朵白云

不老的艾青

岁月的河水,漂白、冲走了多少浅淡的记忆;而精神这壶老酒,在光阴的窖藏里,点点滴滴,却越酿越醇。

一九八二年,我从一所大学毕业,来到另一所高校教书,两年多的时间心也没煞下来,这山望着那山高,朝思暮想做着诗人的梦。好心的毕力格太老师手执电筒,明明灭灭,深一脚浅一脚,在泥泞的街巷里跋涉了若干个春天的夜晚,谈妥将我调往出版社时,已是炎炎夏日了。心愿已遂,如蒙大赦,如"弃暗投明"。手续未办,便心急火燎奔赴新岗位,昼夜不舍忙碌着《诗选刊》的草创。

在寂寞偏远的西部草原办一份"选刊",谈何容易!要有名师指点,要请名家来当顾问。名家首举艾青,他是诗坛泰斗,当之无愧。于是,连夜写信寄往北京。苦苦的企盼中迎来喜讯,高瑛老师信称艾老已允,并有题词一幅"新诗充满希望",随信寄来。

简直是一夜之间梦想成真!

好像有了愿望有了渴望,就注定能迎来这"希望"。于是,黄彦、雁北、我等若干诗人斜坐在电影宫旁的临街小面馆里,滂沱地饮起啤酒来,伴着傻笑。大街上,踩着自行车悠然路过的人们不住地回头,猜不透这几个人究竟是得了什么奖还是得了什么病。

创刊当年,《诗选刊》只出了两期,竟已是声名鹊起。我和雁北喜不自禁。于是,怀揣着激动,前往北京拜谒威震诗坛的大诗人艾青。

约好下午四时整赴约东城区丰收胡同十三号艾宅。心跳得有些按不住,不停地清理喉咙,又到王府井附近的商场买了一件西服上衣,另加一双白边平底休闲鞋,期望初访大诗人不要留下丑陋寒碜的印象。如今想来,那样子一定十分滑稽,生怕"土气",却也"膻气"得可以了。

北京于我是永远的陌生,一个地方去过十次也记不牢靠。为确保无误,特邀北京的同胞诗人查干引路。他风度翩翩,身后,影子一样尾随着新婚宴尔的娇妻吕洁。

四时整,"当、当、当、当"四下,我们时钟般准确地叩响丰收胡同的红门。保姆有礼貌地迎来,不多话。高瑛老师盛情将我们迎进客厅,寒暄,斟茶,然后从内间书房里请出伟岸的诗人。

大诗人傲然走来,严峻的面庞上仅挂着一丝的笑。与高瑛老师的热情相比,他的温度仿佛全在内心。好像也没怎么握手,艾老从容地坐在对面的藤椅上,泰然。窃以为是诗人,无论大小,属同宗一科,故完全可省略繁缛客套,像诗一样简洁即是。

"噢,好漂亮的蒙古族小伙子啊!"

我以为是在说查干。查干却无私又诙谐地说:"我年轻时就这么漂亮,信不信,艾老?"然后把目光斜向我。我也想及时补一句:蒙古族小伙子都很漂亮。话到唇边,又怕蛇足没有多少诗意，于是咽回去，浅笑，注视艾老宽广的额头。

这额头是独特而富有诗意的，青筋暴突，像一条条蚯蚓，耕耘着思想的沃土。花白的头发向后拗过，使人想起秋天的芦苇，保持着风刮过的形态和抗争的姿势，不屈，不挠。

艾老询问《诗选刊》的情况，我一一作答。艾老说，诗要合着时代的脉搏，要表达人民的心声；诗可以轻歌曼舞，但更要振聋发聩；诗，应成为黑夜里的火把，不要陶醉于做庆典午夜的礼花……那么多奇妙深邃的宏论，使我眼界大开，深受教益，只悔恨自己为什么没有带上小本子，完整地记录下来。艾老的谈话深邃，凌厉，陡峭，超拔，刀劈斧削，棱角分明，就像客厅里那尊女雕塑家张得蒂为他创作的铜像，深沉而又凝重。

艾老问起查干夫妇在北京的新生活，使我腾出眼睛来环顾客厅四壁。左面是西方现代派画家的作品，怪诞而抽象，色彩华丽，找不到时间的缝隙问出自哪位大师之手；艾老背后是著名画家黄永玉那幅著名的《猫头鹰》，不过此猫头鹰非遭批判那只猫头鹰，那一张是大泼墨，黑的，这个着了些色，温暖了许多，款题"益鸟也 为人造福 却常常生活在毁誉之间 ××年 黄永玉"。

由此，我注意到艾老的眼睛，一只明亮，一只紧闭。——那段特殊的日子里，艾老的一只眼睛失明了。我的目光在画幅和艾老之间来回移动，心里调集起中学时代学到的有限语文知识——象征—比喻—拟人，暗自叹服黄永玉先生的才情，哦，是厉害，不得了！

其间，高瑛老师几次接电话婉拒造访者。是的，艾老年事已高，哪有精力接待那么多慕名而来的诗歌后学呢？这使我想起反右时《诗刊》上发过的一篇沙×诗人的批判文章，说大诗人在自家门前踱步，有诗歌爱好者前来探问："诗人艾青的家在这里吗？"艾说不知。难测此事的真伪，就算真的又怎样呢？诗人又不是大堂经理抑或水煮三江的阿庆嫂，每日春风满面地喜迎八面客招待十六方，诗人的使命，当是激情下的思考，这没什么错的。

不觉一个小时过去了。高瑛老师捧来热腾腾两套新近出版的《艾青诗选》，像刚刚出屉的佳肴。艾老从容签字赠书。与众不同，艾老的题字，从未见"请××指正"或"遵××嘱"之类，一律直写"×× 同志 艾青 ××年"。省却了所有的谦辞与客套，倒不是大诗人刚愎，无须他人为其指正。

我们起身告辞，真是满载而归。艾老微笑着站起来，握手，简捷地道别，尔后径直走向书房。望着艾老微驼的背影，心中感叹，历经了多少风云与沧桑啊，诗的思维还是那么活跃，那么年轻，像海。

走出艾宅，手心汗涔涔的，心里却是无边的快乐。夕阳已落在景山后面了，点点灯火似在召唤。我说："查干老兄，今晚咱们一醉方休！"

再次来到丰收胡同十三号，是一九八六年盛夏。这里似乎变得十分眼熟，虽然中间仅来过一次，却常有电话和通信，尽管艾老多由高瑛老师代劳。此次造访，除了工作，还有一个心愿，求艾老一幅题词，以警策稚嫩的诗情。不敢跟艾老直说，怕就此打住便从兹无望，于是窃窃又怯怯地求助高瑛老师。哪知高瑛老师揭秘似的冲出书房高喊："老艾，'小蒙古'请你题个条幅……"吓出了我一头的汗。足有半分钟，艾老像诵诗般地吐出一句："我的字又不好，有什么用？"我的心一揪：这下完了。又过了半分钟，"明天来拿吧！"这一句，像《黎明的通知》一样荡气回肠，入心入肺。心旷神怡、喜出望外，却不知该走还是该留。不走吧，怎忍心无端侵占先生宝贵的生命；走吧，又怕这突如其来的喜气还未扎下根便急匆匆带走，瞬息挥发掉了怎么办？

"给思想以翅膀"——艾老苍劲的笔触与他的思考一样给人以力量。艾老说，过去我跟你讲诗要表达民声，要跳荡时代脉搏；但诗不是宣言，不是空洞的口号，要有形象，要带着思考飞翔才是……

如获至宝，却误了火车。

汗流浃背地追赶下一趟车，向乘务员讲述失去卧铺的缘起与痛苦，却无济于事。这时，恰好头顶大檐帽的列车长过来查票，慌乱之中我展开墨宝再陈，那车长居然眼睛一亮，用手摸了摸，像是在验票，然后微微点头首肯，吩咐乘务员带我到软卧下榻，补张硬卧票即可。哎呀！如此开恩，这可是我至今二十多年旅途经历中最高的一次礼遇了。我坚信，那位情深意长的车长，一定是一位诗人，真的。

又一年春天，葡萄牙文版的《艾青诗选》在澳门举行首发仪式，特邀艾青伉俪剪彩，那时澳门回归尚有时日。我来到丰收胡同，诗人夫妇正整装待发。艾老西装革履，依旧是当年在法兰西留学或陪聂鲁达在海滨拾贝时的风采，神情却显得有些庄严凝重。艾丹向我讲述办理手续的烦琐与缓慢，艾老接过话茬："噢，接受别人邀请，到自己的土地上去做一次'贵宾'……"

凝望着诗人的目光，触电了一样，我真切地感受到艾青不老，他对祖国的挚爱是那样的炽烈，这使我不由得想起他那句诗："为什么我的眼里常含泪水？因为我对这土地爱得深沉……"诗人自诞生那日起，便与祖国同呼吸共命运。他饱尝了苦难，信念却历久弥坚，成为名副其实的"活化石"。艾老不老，激情犹在，是海！

《诗选刊》异军突起，声誉日隆，社会影响、经济效益稳中有升，一九八七年，发行量已过三万份，人气好旺。来稿、来函，乃至来人源源不断，隔三岔五，便有一两位风尘仆仆、衣着不整、面色憔悴、披散着长发的男诗人或削着短发的女诗人，背着行囊骤然降临，勇士一样自报家门：诗人××，徒步考察黄河……长城……造访"驿站"《诗选刊》。像怀揣"鸡毛信"的海娃历经艰辛终于见到组织，纵情倾诉一路艰辛与欣喜，半躺在破椅子上，望着天花板话语滔滔地颂扬《诗选刊》，讲述一路的见闻，尔后奄奄一息的样子……我和雁北责无旁贷地掏出散金碎银，精心打点这些踉踉跄跄、披头散发、同命相连的诗人们，自然也是苦中有乐。

一个月刊两个人办，每每还要招架此等意料之中的"意外"，我们一点也不比徒步考察轻松，甚至有些身心疲惫，却乐此不疲。

正喜滋滋谋划着扩版事宜之时，却接到指示：停刊。理由是，刊发的作品多出自区外作者之手。真是晴天霹雳！真是天大的笑话！"选刊"不选区外作者的作品，如何走向全国、走向世界呢？难道文化还要"自治"吗？那大诗人艾青为什么写《一个黑人姑娘在歌唱》呀，频频出版单田芳的评书也没说内蒙古的事呀，温暖全世界的鄂尔多斯羊绒衫还出口卖给外国人穿呢！

秀才遇见了兵有理说不清，说清了人家也不听；胳膊哪能拗过大腿呢，何况连胳膊也不是！

如火如荼的《诗选刊》偃旗息鼓，我们像泄了气的皮球，渔民沉了船篷，骑手胯下没了骏马……到了这个时候，还能说什么呢？

一脸沮丧地去见艾老。他问缘由，却不像问询创刊时那般细致了，猜想是怕我太过伤心吧。艾老宽慰说，不让当勾兑师，索性开酒坊吧，自酿自饮——好好写诗。瘪了的茄子又鼓起气来，我借着忧伤和哀怨斗胆说："艾老，我一定不辜负您的期望，好好写诗！"接着道："去年您题的那幅字有点儿小，能再给我题幅大的吗？"

"好！"斩钉截铁！艾老真的是救苦救难于水火之中，在无限苦闷时给了我莫大的安慰。于是，我有了同一内容的两幅题词——"给思想以翅膀"，这恐怕在中国诗界也是绝无仅有的了。

最后一次见到艾老，是一个冬天的下午，大概在一九九四年。那时，艾宅已由丰收胡同迁至东四十条。辗转来到诗人舍下，已是傍晚。高瑛老师坐在一个缝纫机似的器物前，脚下滚动着窸窣之声，说是香港某诗人朋友所赠降压之宝。我急问艾老健康状况如何。

"大不如前啦，等会儿一起用餐吧。"高瑛老师无奈地说。

进了餐厅，艾老已端坐在那里，身着灰色中式袄罩，表情凝固，右手轻摇示意我坐下。艾丹说，饭菜简单，你来了加两个，咱们喝点儿小酒。我望了一眼艾老，知道如今他是不可以再饮的了。诗人却突然说话："给我点红酒好吗，丹丹？"声音弱弱的，似乎有些无助，我心一颤！那餐饭我吃得麻木，不住地望着艾老，心里翻江倒海。那张棱角分明的脸膛变得圆润了，像温善的慈母，像无邪的孩子；海浪般崛起的头发平息了下来，留下一层泡沫似的银白；宽厚的嘴唇缓缓地嚅动着，像是反刍着岁月；目光全没有了当年的光彩，却浓缩汇聚了生活的全部。

餐毕，艾老示意我们先走。我和艾丹在晚霞饱和的庭院里伫立。一会儿，艾老挂着拐杖步履维艰地走出餐厅，斜阳暖暖地落在那张折射着印象派光芒的智慧的额头上。我向他招手，他轻轻地向我挥手。我向他挥手，他再向我挥手，却停住，不走了。我担心天冷风寒别冻坏了老人家，示意目送他走进卧室。他再度挥手。艾丹告诉我："他不愿熟悉的人看到他这个样子，他太坚强，骨折后走路已十分艰难，但一直不肯坐轮椅。"

我的眼睛湿润了。啊，不老的艾青，不老的诗人！

这就是那个血气方刚的青年，在巴黎听到"中国人，你们国家都亡了，还在这里干什么"之后，毅然扔掉画笔拿起枪，让彩虹化作闪电，从胸膛里飞出血丝用呼吸摩擦铜号发出呐喊之声的战士吗？这就是那个在狱中望着窗外飘落的雪花写下《大堰河，我的保姆》，澎湃着火热激情的赤子吗？这就是那个在阴霾密布时戴着"帽子"稳步走在清明的天安门广场上，不畏倒春寒的斗士吗？这就是那个沉寂多年后火山一样喷发炽烈情愫写出《鱼化石》《光的赞歌》的伟岸的诗人吗？而此时此刻，他，正礁石般挺立在夕阳的沐浴之中。叱咤风云的诗人，波澜壮阔的诗人，胸怀天下的诗人，如今，他的身边已是一片平静的海，他的炽热、冷峻、深刻与博大，与海同在。

我依依不舍地告别了东四十条，告别了这镀满余晖的四合院，诗的丰碑耸立在心中。

两年后，我到一家报刊社工作。回想起来，年轻人真的是无知无畏，哪晓得天高地厚啊！艾青那样顶天立地的大师都有无奈的时候，我算什么呢？可就是不服气，不信邪，非要弄出点什么动静来，拣起一个奄奄一息的刊物办不算，还想一口吃成个胖子再开辟两张报纸，披星戴月目不斜视地盯着格子里的墨迹，直看得月冷星稀天高云淡。

一九九六年初筹办《内蒙古青年报》，其时艾老已不能动笔，由高瑛老师口头代为祝贺。五月三日，隆重的首发庆典接近尾声时，脚下似有隆隆的雷霆滚动——包头地震了。于是，中午的酒辞中就有了句"青年报的创刊引起震动……"，聊以自慰。

急匆匆赶赴震中采访，一路颠簸，饥寒交迫。返回家中，新闻联播刚刚结束，爱人静静地说："艾老去世了，今天。"

本是预料之中的事儿，心血还是潮涌。走到窗前，在五月五日那页日历上写下:"泰斗艾青谢世,当代中国最伟大的诗人。"

是的,当之无愧,艾青是最伟大的诗人,在当代,在中国,在世界。他以啼血的呼唤,记录了风云变幻的历史,又像号角,坚定地表达着人民的心声。他,是诗的化身。

2005 年 4 月 15 日

棕榈常绿忆晨声

飞机稳稳地降落在广州新白云机场。走出机舱，一股热浪扑面而来。从呼和浩特到广州，三个小时的飞行，一下子从深秋又回到了盛夏，时光居然真的能倒流过来！

车子向市区疾驶。接机的朋友不停地嘘寒问暖，表达着南国摄氏三十度的高温热情。我一边搭话，一边搜索着那个熟悉的地方。

三元里。广园路。记忆开始葱茏起来。对，就是这个地方，这就是诗人晨声的家！八年前，晨声兄盛情邀请我们一家三口来这里，在羊城过了一个喜气洋洋的"洋年"。如今，这个家已是鸟飞巢空。晨声兄一年半前驾鹤西去，爱子姚蓝携女友双双飞往澳大利亚留学，巢中只留有阿罗嫂子一只老鸟，独守着寂寞。

八年前的情景，又一次浮现在眼前。

走出机场，晨声兄、姚蓝的鲜花和拥抱，早就在迎迓我们了。

上了车，晨声兄说："家里满屋'激素'在迎接你们！"

"激素"，还是"鸡树"？不至于一进广州就打"激素"的吧，那肯定是"鸡树"了。花城不愧是花城，闻所未闻的花树能装点满屋，不得了！

进了晨宅才恍然大悟:"激素"者,橘树也!各种造型的橘树,金灿灿地摆满屋。晨声兄为迎接我们,竟有如此创意,真是煞费苦心,倾尽全力。那一个春节过得既喜庆,又畅快。走花街,看花灯,水族馆,越秀公园,风光满眼;珠海、深圳、番禺、东莞,一路穿行。

年夜饭是在广州饭店吃的。这里的饭要提前一年预订。两家人在一起成了一家人,笑逐颜开。晨声兄拿出他存放多年的茅台酒,劝我畅饮,然后用深情的目光凝视,那样子,好像比饮者还过瘾、还陶醉,他却永远滴酒不沾。酒过六盏,他又严肃地说:"以后不要喝酒喽,损害身体的啦!"他就是这样,对一个人好就好得咬牙切齿、不留余地,让你透不过气来。说罢,自己又猛劲吸几口烟。他吸烟是厨房里抽油烟机那种吸,沁人心脾、感动肺腑地吸,一直吸到丹田,绝不是摆摆姿势,表示一下了事。我也回敬了他的"爱":"今后你也不要吸烟喽,损害身体的啦!"他表情凝固,大幅度地点头,像是深深地懂得了,虔诚得很。然后用慈爱的目光看着我,像一位严厉的兄长在接受幼稚的批评,又像一位尊严的叔叔,在倾听晚辈的建议。晨声兄一九四三年出生,年龄大我十多岁,当属这个辈分。

与晨声的友谊,缘于著名作家冯苓植。

二十世纪八十年代初,我正在编辑文坛瞩目的《诗选刊》。冯老师那天在文联宿舍大楼值班,左臂上戴一红箍,雄赳赳地闯进办公室,大声宣布:"老弟,广州有位诗人叫晨声,豪爽大气,天真无邪,是哥们儿,给他发上一组诗!"

不出一周,就收到晨声寄来的作品。他的诗怪诞,山呼海啸般的喧嚣，雷鸣电闪，不由分说，不给你回味思索的缝隙，句句是真理，行行是结论，仿佛一位斗士，慷慨激昂地在给一群稚童宣讲深奥的人生哲理。不过，他的信却真挚得可以。读罢我想，这人不是大侠就是骗子，至少神经受过什么刺激。岁月证实，他是前者。他的豪情与真诚，让瑕疵变得天高云淡。

这之后的几年间，你来我往，鸿雁传书。

见面的机会终于来了。一九八六年五月，全国诗刊诗报负责人会议在穗举行。那时的通信条件差，打长途电话也不是件容易的事。隐约听说我来参会，他天天到白云机场等候，手执"诗人阿古拉泰"纸板。接一个不是，再接一个还不是。那时候人们还挺看重诗的羽毛的，只要提起有点小名气诗人的名字，就好像有血脉关系似的，个个自来熟。结果，他接一个诗人就是与阿古拉泰神交已久的挚友，接一个又是，连接三四次，都奉为上宾。第三天，精疲力竭的他终于将"真人"接到，约莫已是弹尽粮绝囊中羞涩了，于是，让我到家中做客。

晨宅当时不在广园路，好像是石龙塘。进得家中，很快开宴。第一道菜令我惊讶：鸡爪子！这在我们那儿都是褪毛时剁掉扔了的东西，居然款待初次见面的诗友，南方人真小气！可接下来蜂拥而至的鱼虾王八等由苦到甜，让人匪夷所思，开心开胃。后来才知情，鸡爪子这东西长在南国就金贵了：凤爪！凤毛麟爪的爪——稀之贵之，赶上那时代的诗人了！

诗会开得别开生面，令我这个蒙古族大汉眼界大开。当时的广东正开改革开放风气之先，一派繁荣喧闹景象，风流云散，目不暇接。在我看来，好像有点儿"资本主义复辟"，高楼林立，榕树下，几个浓妆艳抹的女子顾盼流连。晨声放开喉咙介绍道："这都是妓女。不要理！"我们一行人哪见过这阵势，紧张得说不出话来，既尴尬又担心他这般直率会招惹来麻烦，个个呆若木鸡。

这里的人，不论诗人还是老板，怎么都像刚刚打捞上来的深海花螺，锦囊柔软，面容粗粝清癯，说话的声音像拉大锯似的，丝毫没有南国的秀美细腻，白瞎了那么多的美味佳肴让他们吃！不过他们为人的真率却令人感动，大大超出了我过去对南人的判断。

更令人开眼的是人们的观念。满大街刷着"时间就是金钱""速度就是生命"云云，几乎没有一条传统意义上的标语。会议着实开得高妙，广东的特区、开发区，参观游览殆尽，风光无限。

会议结束，晨声感觉地主之谊未尽，叉着腰，"南霸天"似的宣布："不去海南岛，等于没到广东。走，随我去岛上转转！"

那时，海南还没建省，旅游尚未开发，神奇而又诡秘。从小看《红色娘子军》，就知道万泉河、椰林寨，神秘朦胧，而洪常青的形象是那样的光彩照人。心里想，见不到吴琼花的影子，也许能看到南霸天的老宅呢！更何况，胡吃海塞半个月等于没来广东，心何以甘！得，去吧。

结果是，一大帮"血脉亲人"般的诗人们又自来熟地黏在我周围。同去的有芦萍、黄淮、刘明达，还有一位严姓诗人，还有一位半老女诗人。半老女诗人才华横溢，不拘小节，搔首弄姿，一路上惹得晨兄龙颜大怒，大声呵斥，使得我们都替那位感到窘迫，诗意全无。不过半老女诗人毕竟"半老"，过后大赞晨声之为人，并写了一组诗发表在刊物上。晨声直率的诗人魅力，可见一斑。

此番南海之行，终生难忘。从海口到三亚，每到一处，当地的要员都春风满面，高礼相待。绕亚龙湾，登鹿回头，涉万泉河，钻椰子寨，望五指山，观天涯海角……诗人们真正饱览了南海风云。所以，后来多有造访海南的机会，都被我一一谢绝，我怕破坏了那自然与心灵和谐美好的记忆……

当然也有惊险。

从海口乘船返广州，遭遇大风。在船上整整颠簸了二十八个小时，真的是苦海无边。夕阳把海水染红，人在甲板上被摇得癫狂起来，像某些半瓶子诗人喝了一瓶子的酒，不小心上了"贼船"，吐又吐不出来，下又下不去，又后悔，又无助。晨声见我紧张，大发诗兴："啊！草原就像大海，大海就是草原。蒙古马，为什么在草浪上颤抖起来……"

这以后，两个人的情感笃如兄弟，隔两个月就会收到他气贯长虹的电报，内容大体一致："阿古拉泰，我的好兄弟，美丽的山峰！我想念你！念！念！念！！！！！！……"这哪里是电报，分明是诗人的呓语。即便写信也不该如此浪费。其实，电报是无须加标点的，即使加，感叹号有一个也就足够了，他非填十几个，以表深情，好像南方的电报局标点是不收费的。

在海潮中长大的晨声，下海了。

我替他捏着一把汗。这样的秉性，做得了生意吗？

然而，他成功了。写来长信，抒豪情，立壮志，教导我涉足经济。他用赚来的钱在海口开了一家颇具规模的餐馆，阿罗嫂子执政，他遥控。信末尾说，已寄来五万元钱，搞点小经济做本钱。赚了，就还；赔了，就算演习；不够再寄。五万元！二十世纪八十年代的五万元钱，简直吓了我一大跳！生怕弄没了对不住兄弟，赶紧分两下整存在银行里，稳住不动。数年后，他的经营遭遇不测，饭店倒塌，我立即"完币"归还。收到钱后他说了一句："寄来干吗？不要搞嘛！"

十几年的时光里，他人在山东，心驰天涯，一边写诗，一边施工，诗还是那种排山倒海般的翻卷，钱也被排山倒海地卷走。他怅然，想见我。

于是，一九九五年孟夏，好像是六月二十二日，我们在北京相见。他点了一大盘子我爱吃的基围虾，坐在对面看着我饕餮，还是一副老迈的兄长的样子。

又是几年过去，他的经济几近到了崩溃的边缘，甚至很难说瘦死的骆驼比马大了。在济南宾馆，他将常年包租的两套客房退掉，住进了平房，生活上十分节俭。山东的朋友说，晨声自己苦着，朋友相聚，每次还总是他奋力掏钱。听后，我心里很不是滋味。

二〇〇一年秋，中国诗歌学会理事会在京召开。我们不约而同地向对方发出邀请，聚首诗会。那些天我们形影不离，快乐无比，彻夜长谈。激动时，我举重般地把他挺举过头顶，然后抛在床上。说是举重，他已经不重了，身体轻飘飘的，真的成了诗的羽毛。他每天熬夜、吸烟，不正经吃饭，高谈阔论，使劲喝浓茶。他说他靠的是精神，能战胜一切，没有问题。我说，多少人不注意养生都与世长辞了，你怎么能抗拒自然规律呢？这话好像打动了他，他一改往日的超迈，幅度很小地轻轻点着头，像是真的懂了。

但分别不久，他打来电话，说要动手术。一种可怕的病魔正向他扑来。电话里，他不停地安慰我，好像患病的不是他，是别人，别人正在水深火热之中，而他在岸上，他有能力营救别人，正在奋力，别着急！

他表现出了极大的意志力，与病魔抗争。这段时间，我们电话频频。有时他不按时服药，我提示他，他无奈地说："我懂，但是，没有办法的啦，兄弟！"我想，他是在为身后的事做准备，为老婆孩子着想。

终于未逃过劫数。一枚飘零的叶子由青变绿，由黄变红，最后化作通体紫色的句号，凋落在他出生的那个岛的大榕树根须之下。那根须，令我想起他那可爱的络腮胡子。

二〇〇三年六月五日，端午节的次日，晨声兄走了。我想，他是一个尽职尽责的诗人，他要为屈原祭奠之后才走。晨声兄，愿你的诗魂在天国与三间大夫结缘！

事后，三亚边防站站长苏文良兄在电话中说，弥留之际，晨声很想见我。当时，"非典"闹得正凶，而海南是全国唯一没有疫情侵染的省份，对"疫区"过来的人，恐怕连灵魂都要被拷问、消毒与排查；且病已到了那步田地，兄弟相见，只能是苦多泪多，还是不来的好。于是，文良兄让他打消这个念头，他无奈地接受了。想想，一个视情如命的诗人，在命运交响临近尾声的时刻，连这一小小的愿望都无法实现，该何等酸楚！每每想到这里，我的心就会咯噔一下。于我，这遗憾，会长久耿耿于怀的。

晨声兄的一生，大开大合，大起大落。海岛出生，一世颠沛，风推浪涌，从未消停过。既是环境命运所致，也缘于他躁动不安的性格。他童年很苦，睡街、乞讨，这样的生活无法想象，与吴琼花相比，只差坐水牢了。他凭着顽强的毅力和大无畏的精神闯荡人生，赢得了人们的尊重，但付出得太多，提前透支了生命。生意场上起起伏伏，有成功也有惨败，失败尽在情理之中，做生意他怎么能成功呢？对此我常常疑惑。

晨声兄侠肝义胆，豪气冲天。朋友有难，拔刀相助；遇到知己，掏心剖腑，不遗余力。不媚俗，不趋炎附势，不懂人情世故，甚至不通达交往中简单的礼节与规矩。在诗界，韩作荣老师是很受尊重的，他诗好，人也好，又雄居《人民文学》主编宝座，晨声兄居然经常在人丛中大呼："韩作荣，你过来！"大家侧目。这样的做法，恐怕只有艾青活着的时候才有资格，而且也不会用这样的口气。不过，作荣兄却不以为然，他认为晨声人好，坦诚，真率，是哥们儿，绝非不敬。

晨声兄粗声大嗓，不会耳语，讲话全是高八度，电锯一样的音频，并且爱管闲事。有一位女诗人，将自己的诗印成彩色卡片在街上兜售，被他发现，冲过去把人家心灵和物质的结晶撕得粉碎，警告不许给诗人丢脸，吓得那位女诗人连连认错。

一位军界诗人朋友刚提升为大校,弟兄们为其祝贺。大家正在赞美,晨声却猛然站起来说:"你有些变了,不要变!"其实那位诗友人挺好的,除了肩牌变了,别的好像没怎么变。晨兄也许有独特的发现?不晓得。总之搞得人家很尴尬,但军旅诗人气度不凡,仍把晨声当好哥们儿对待,这还不是晨声的人好所致!

晨声兄生活上很不讲究,为朋友却舍得花钱,只要兜里有,就挥金如土,像李太白那种的,可惜就是没有李翰林的酒量。幸亏没有,倘若真有了酒量,他又该癫狂到何等地步呢!

他做事容易走极端,有失分寸,不是分寸,是尺度。但朋友们还是爱他、念他,当然也怨他。他满腔热血,一路风尘,一路行吟,披荆斩棘,不免遍体鳞伤;有时无所顾忌,难免殃及他人,自己却浑然不觉,因为这并非他的本意。他诗外有诗,情中有情,但最终对儿子对妻子是负责的,也因此让独守空巢的阿罗嫂嫂每天烟雾缭绕地为他上香。九泉之下,他当心安了。

晨声兄一生与风浪搏击,愤世嫉俗,特立独行,心洁如月,从善如流。他喝浓茶,茶浓似血;猛吸烟,硝烟弥漫。他一意孤行,不信邪,不听劝,却信神、信佛,不知来世佛祖能对他会有多大的关照?他试图物质和精神双丰收,殚精竭虑,留下几幢房产、五部诗集和一个诗人的立体雕像。这就是他。

他朋友遍及四海,上至省长、部长,下至黎民百姓。他不会寒暄,不会客套,有件事却做得细致入微,疑是阿罗嫂子或姚蓝的点子。一九八八年,我让妻子哈萨为他们一家三口每人织件毛衣,寄往广州。春节,一家人厚厚地穿上,千姿百态拍成照片寄给我,说这是友情的温暖。后来我们一家到广州过年,才知道厚毛衣在那里是永远不能穿的,除非古代患了疟疾,无医无药,用来发汗……

如今,这些往事都成了甜美而痛苦的回忆。

一次,看望著名诗人贺敬之,提到广州诗人韩笑的故去,他眼里噙着泪花说:"那座城市已经与我没有什么关系了……"昨天晚上,在白云山上眺望羊城斑斓的夜景,我想到了这句话。不过,我与贺老想法不同。晨声兄虽然故去,广州城还是我心中一片抹不去的绿茵。他在这里生活了多年,越秀凉亭,珠江渔火,天上的白云,地上的碧草,他都用诗的目光一一感悟过,他与这座城市同在。只要提及广州,我便立即想到晨声,想到我亲爱的兄弟!

此番广州之行,一大半的因由,是来为晨声兄扫墓的,也来看看阿罗嫂子。

五日,是晨声兄的祭日。赶在这一天,阿罗、阿强陪我驱车前往距广州二百多里的增城郊区正果万安园,为诗人扫墓。

诗人的栖身之所,云雾缭绕,青山苍翠,秀竹如笔,一池莲蓬,一湖碧水,偶尔传来小鸟的啁啾之声,真乃诗的境界。

走近诗人墓碑,两行铭文映入眼帘:"梦去梦回多少辛酸肥春草/天晴天晦奈何遗恨瘦黄泉。"嫂子说,这是在济南清理晨声兄遗物时发现的。我想,这是诗人命运的写照,也隐含着他抱恨黄泉宏图未展的怨憾。

　　一个情深似海的人，一个熊熊燃烧的人，就这样退潮，就这样熄灭了，他，怎么心甘呢？火的性格，水的激情，像酒，而诗人却无点滴的酒量。不过，他的生命却充满了诗意与醉态。目光单纯，踉跄摇晃，一路走来，心无旁骛，旁若无人。汇集水火于一身，而水与火是不能相容的，且诗人又将二者蕴蓄发挥到了极致。这平庸的世界，哪儿容得下他！

　　"……蒙古包没拥抱过你的身躯/千里草原顿失十二分诗意/船儿还在浪上泊着/心的桅杆却已经失去/骏马在晚风中伫立/断了弦的马头琴默然失语……"伴着明明灭灭的香火，录音机里的女声，缓缓朗诵着我写的那首悼诗。

　　别了，可敬的诗人！别了，慈爱的兄长！什么时候南海的棕榈都绿，什么时候北国的大漠都渴，我还会再来看你的，我的哥哥。

　　正值广州灰霾天气，一切都被阴郁笼罩着，像挥之不去的往事，像我的心绪。隔着车窗，我不住地回望那座青山，一个超凡脱俗、高蹈桀骜的诗人，隐没在了万绿丛中……

2004 年 11 月 5 日于穗

老"人参"黄永玉

黄永玉先生的新著《比我还老的老头》，成了我枕边的"新宠"。

粗读，精读，选读，快五遍了，还是想读。每读一次，都有新的感悟；每读一次，就像出海的渔民，张网，就有不菲的收获。他的作品轻松、俏美、睿智，赏心悦目。都八十岁的人了，满纸都是快乐的墨色，寡淡的方块字，在他的妙手之下，被伺弄得云蒸霞蔚。这可爱的老头儿，哪儿来的这么多的"仙气"呢！

黄先生说，写文章，画画，不要老提什么"创新"，"创"什么"新"？舒服，好看，比什么都要紧。读黄老先生的作品，你常能笑出眼泪来，他表达愤怒的手段，是让你发出会心的笑声。这简直就是鬼使神差。他就是这样，叫你揣摩不透而又敬佩不已。唉，这可亲可爱的老头儿。

有过一次造访黄永玉先生的经历，说起来简单得很。

二十年前，也是这春尾夏初时节。去北京组稿，辗转找到三里河南沙沟"高知楼"的黄宅，时辰应该在午睡醒来时分。惺忪的门楣上醒目地贴着雪白的告示："敝人繁忙，素昧者谢绝造访；笔墨金贵，索画求字者免开尊口。黄永玉"

好鲜明的个性！不含糊，不躲闪，有一说一，省却了多少麻烦。

进得门来,地毯上围坐着一大堆清一色胖乎乎的孩子,约莫五六岁的样子,正嬉戏喧闹,旁边几只体态相仿的小狗,自愧弗如地仰望着"群雄"只咂舌头。一面墙是放大了的黄先生在万绿丛中的彩照。那时,看到一幅七英寸左右的彩照就够"生猛"的了,如此"彩扩",仿佛在军事望远镜里看到黄先生在远景中的风中伫立一般,栩栩如生。

与画框里的"彩照"相比,真人的黄老先生更精干,两道目光清澈得使人心中产生沁凉之感;一枚硕大的烟斗,不是衔着,是生在唇边,不时腾起一缕青丝;脸庞上的皱纹深刻得一道都不含糊。一望便知,先生果真是搞木刻出身的。

我说明来意,请黄先生选一组自己最喜爱的诗作,发在《诗选刊》"诗人自选诗"栏上。黄先生倒来一杯茶,同时带出一句话:"我是画画的,偶有兴致写几行诗,不成'气候'的。自己选自己的东西,容易走眼,你替我选罢。"

谦逊得有些傲慢!随着话音,云雾般的烟缕从烟斗中袅袅飘出,像渲染过的画面。茶几上满满地堆积着一大盘烟斗,不知是常用还是备用的,造型各异,宛若刚刚缴械的短刺。不过,这些"战利品"个个被擦拭得光泽剔透,温润,没有一丝的寒光。

黄先生清癯精巧,并不高大,而烟斗、器物却如胖孩子们一般,个个敦实,憨态可掬。这或许是他的另一种审美。

胖墩儿们不知何故闹起纠纷,其中一个用沙哑的嗓子冲天怒吼。黄先生笑吟吟取来上好的巧克力解围。那胖墩儿们对黄先生居然没有丝毫的敬畏,沿着他的手臂,云团一般升起，争抢着果实。狗儿们也凑趣儿去扯裤脚。无疑，黄先生是这快乐的中心和源头，同时，他也享受着自己酿造的快乐。

我在这轻松的环境中分享着夕阳与黎明交汇的温馨，并虔诚求教。

黄先生随手拿起一张《讽刺与幽默》，"你看，这幅漫画多辛辣，多么诗意！"——画面上一尊大佛盘膝而坐，脚掌阔大地散开，一个游人在大佛掌上题字留念。题目是《难以忍受》。一语双关，看罢，心头好痒。

黄先生出语不凡，节约而高亢，不像画家像军事家。有些舍不得这每一寸时光。每一句话，都如他笔下的墨色一样，珍贵而华美，不可多得。

"您忙，我就不打扰了。"

"不忙。你们走就不送了。"说罢，拿出一册新出的诗集放在茶几上，又投身到胖孩子们的纷扰中。

简单的造访，为我留下了难忘的记忆。他的散淡、诙谐与真率，是独有的。此后，他的作品，每见必读，百读不厌。他峭拔的文字，对正襟危坐的文坛，无疑是一种冲击乃至颠覆，至少是一剂讥讽和针刺。一个以画为生的人，能把文章经营到这步田地，是文坛的过错，还是他的过错，说不清楚。

记得好多年前，黄先生一大组诗发在《诗刊》上，题目是《需要认真思考回答的札记》，标题式的写作，每一句都发人深思，那真是含着眼泪的笑。从形式上看，更像散文或寓言，读起来，却含着浓浓诗意。那时，"文革"的熊熊大火刚刚熄灭,人们仍能"身临其境",他写:"手套——办一个十人的学习班。"一句话,把思想禁锢的时代描绘得入木三分。谁的心灵能不在这含泪的笑声中,再一次震颤呢!

没收藏到黄先生的画,他的书倒藏得不少,其中蕴蓄着的宝石般的智慧和灵光,谁也发掘不尽。

在珠日河牧场,《美术》杂志主编王仲兄对我讲起一件趣事。有一个"老外",在某画展上看中黄先生一幅标价十二万元的小画。讨价。不理。隔日再来。"二十四万,少一分不卖!"一夜之间整整翻了一倍,"洋人"傻了,于是乖乖买下。事后黄先生说:"你以为是卖小白菜吗?转天就黄了。哼!"

黄先生最近在绘一幅巨制《春江花月夜》。武侠小说大师、挚友金庸提前订购。朋友归朋友,"润格"是不能少的,他说,这是对艺术对劳动应有的"敬重"。

这才是黄永玉。

永玉先生个性飞扬,履痕崎岖,却往往绝处逢生。是命运的差遣,还是其睿智使然?他思想"另类",思维怪异,常说一些离经叛道的话,这样一个人,大小运动经历得数不胜数,怎么也该弄顶什么帽子戴戴吧,可阴风总是擦肩而过。他的"擦边球"打得高妙,总是博得满堂喝彩,眨巴着眼睛,他却不以为然。肥硕的烟斗冒出缕缕青丝,云山雾罩,让丈二和尚们永远摸不着头脑!

他戏称自己"狡兔"五窟,香港、凤凰、北京,宽敞地建筑着他的好几处别墅。一不小心,他竟然把豪宅搭建到意大利的山坡上,让文艺复兴时期绘画大师的画室,在山脚之下望其项背。这事恐怕只有他能干得出来!

人们问,建这么多宅子干吗?他也斜着眼睛反问:"来这世界一趟,留下一点痕迹,不为过吧?"

冷峻的黄永玉,情感炽热。看河南画家李伯安的画,热泪沾襟,他说,"人们恭维我是大师,我算什么呢,李伯安才是大师,他累死在画室里,他的画能震撼世界,他为祖国争得了面子……"

八秩高龄的永玉先生,思维清晰,言语不赘,常看拳击比赛,着急了,还小跐儿几步往电视机前跑,眸子清亮亮的,好像凤凰城里那潭湖水,清澈,闪着蓝蓝的童真与诗意。他上好的文章,像科尔沁的五花牛肉,营养丰富,口感上佳,肥瘦相间,令人大开胃口,还会上瘾的。

这个八十岁的老顽童,还在不停地写呀、画呀,诙谐、幽默地侃大山。人都说戒烟有利健康,可耄耋之年的他仍是烟不离口,"枪"不离手,怎么了,还不是比谁都健康,天天都快活!这个老"人参",道道地地的"国宝",简直是成了精了,八十岁,我看再活八十岁,恐怕还是他的盛年。

2005 年 5 月 5 日

只是因为风的缘故
——秋风又起，怀念心中的洛老

见到洛老已是初闻先生大名之后的第三十个年头了。

二〇一五，那一年的秋天似乎来得有些早，风冷，霜欺，不大像有远方的贵客造访草原的样子。总是满面笑容、一双下弦月细眼睛的著名诗人温古盛邀洛老壮游草原，心诚可感，惜时节有些不对——在内蒙古，一过八月草梢日见变红，渐次变黄，不等进入十月，肃杀之气便土匪一样追杀过来！

温古一路陪同洛夫先生、琼芳师母二位老人，从呼伦贝尔飞抵青城呼和浩特，风尘仆仆。晚宴洗尘，作陪的有湖南一洛老美女粉丝，草原诗界贵荣、天男十几干人等。

席间，我忆起初闻先生的缘由。

一九八五年，也是秋风乍起，我正在做《诗选刊》下年度重点栏目规划，收到大诗人流沙河来信：这些年两岸阻隔，信息不通，台湾诗歌受域外思潮影响收获不可小觑，向大陆读者推介一下。一年十二期，就叫"台湾诗人十二家"，如何？这还有什么犹豫，立即拍板敲定。《诗选刊》首推，"台湾诗人十二家"在大陆诗坛产生了巨大影响，洛老首当其冲！

因为一首《乡愁》，余光中在大陆影响广泛，而在宝岛，其诗名则在洛夫之下。读了洛老的诗，懂诗的人自然神会。

洛老对我说，三十年的诗缘，方才续上，意外更欢喜。

第二天由我做东，换了一个场地。举樽之前，洛老的华发垂至额前，令人想起《因为风的缘故》中的句子："芦苇弯腰喝水……"我说：师父，为了不让这华发的芦苇弯腰喝酒，我先用秋风的手指为您蓖拢一下？大家欢笑。我为老人梳理秋风吹乱的华发，诗友拍下了珍贵的瞬间。

那一晚，洛老破例豪饮了四杯，很是开心，将我们三十年缺漏的交情全部续上。

次日，在温诗人别墅陪洛老写字。那一个秋天，我珍藏起两副对子三个斗方，保留至今。

天气渐冷，我为二老找来羊绒围巾和披肩、自制托县辣椒小菜，洛老喜爱得很，一直带到北京辗转上海，直至飞往台湾前才如蒋某人将空空的坛罐抛下……

三天时间，我与二位长者形影相随，交流甚欢。真诚的温古倾其所有。可笑的是，大陆上长大的温诗人普通话比起彼岸诗人的标准华语相差甚远，障碍重重。于是，我做翻译，译一句问一句，准确否？过程比结果还有趣三分。

十月三日机场送别，我带上儿子阿吉泰。洛老坐在轮椅上神色凄然，拉着我的手说："这次见到你，真高兴！见一次——是——一次啦！"猜想他欲说"见一次少一次"，一是觉得不爽，二是觉得不甘，所以就有了这样的表达。言罢，他的眸子里噙着泪花。

我说，师父，我们会很快见面的，您和师母保重！

送别洛老,心里有些怅然。先生的话并非戏言,八十八岁高龄,无论跨越海峡宝岛还是远赴加拿大温哥华,相见,岂是件容易的事呢!

不到二十日,接师母来电:"三峡大坝要为洛老的诗碑举行揭幕仪式,海内外十位诗人见证,特邀请你!"

简直不敢相信,这意外的再逢多么难得。

落地宜昌。洛老、师母已在候机厅温茗等候。

寒暄之后,二老不停地张望。原来,上海转机时行李被托到其他航班上,行囊也搭错机,怪不怪?在车上,我劝慰洛老:上海对您情深,留不住人留下行囊也是一种表达嘛;再则,"包袱"丢了,岂不也是一桩好事!

二位老人立即朗声大笑,小小不快雾一样散去。

晚宴,餐桌上长江白鱼穿梭不息,眼花缭乱,垂涎不断,胃口大开。餐毕,过江举行诗诵会。两岸满满站着"国军"戏装的男女。我问洛老,您当年离开大陆时可是这般模样?他说,狼狈十倍!

当晚,我受托朗诵了洛老的诗,同时也朗诵了一首即兴之作《峡江之夜》,献给慈祥的诗魔。

活动结束,大家聚集在洛老房间。窗前明月,江潮萦耳,莫凡的十几好友卫青导演等围坐一周,欢歌笑语,话语滔滔,彼情彼景,令人难忘。

二〇一六年春,我担纲编创指导的《马可·波罗传奇》赴温哥华演出。巧又不巧的是,我离温的前一夜半时分洛老和师母从台湾飞抵温哥华。二老执意连夜看我。十几小时的飞行一落地就看晚辈,如何也使不得!我果断决定,次日清晨登机前赶到二老雪楼别墅共用早点，万事大吉！

有幸能到雪楼一晤，多么大的喜悦，我和美蓉小妹留下难忘的记忆。

二〇一六年，又是秋风秋雨，洛老书法展在上海举办。台湾诗人方明，还有岳平、美蓉、安娜、我从四面八方汇集沪上，又逢台湾光头才子凌峰莅临，黄浦江之夜一片明灯闪耀！

展览吸引了众多海上政要名流，人潮涌动。餐毕，二老却毫无倦意，与我们相伴海阔天空。此时，莫凡反倒显得有些生疏了。我打趣说：莫凡，我是长子，你是次子，不然，你就退避三舍吧！莫凡那几天紧张劳累，顺势而退，大家笑声相送。

师母提议，建个阿古拉泰家族群吧。我说还是叫"洛家群"。洛老执意叫前者。此群只五人，却异常活跃，两岸之地——大陆、台湾、温哥华，是我们友情的证明。

二〇一八年三月十九日，海峡那端传来洛老谢世的消息，我的心一沉，半晌呆立不知该做什么。与美蓉商量去台湾为诗父送行，师母冷静告知，此时两岸交通不畅，相约周年之时再做此行。

一周年到来之际，美蓉、我和刘艺订好机票下榻，准备出行。我又忽接任务不能赴台，心中很是凄然！好在刘艺小妹代我前往，不安的心才稍有平伏。

洛老的周年活动十分成功！莫凡偕大陆朗诵艺术家胡乐民主持，增色许多。电话里，我为师母朗读了为洛老诗父写的文字，海峡两岸涛声又起，泪水涟涟……

我和诗父、师母相识不足十年，却有血脉相连之感。洛老在，我们不时通话、发信；洛老走了，我像惦记母亲一样牵挂师母。琼芳阿妈慈爱有加，断续发来语音，叮嘱保重身体，不可多劳，慈母心肠焐暖人心！

这世上有割不断的血脉，也生长着没有血缘的亲情——而此情又何其弥足珍贵！洛老的笑容、阿妈的语音，像风帆，像襁褓，像摇篮曲，招引着我，护佑着我，滋养着我，让草原诗歌骑手细细品味着诗魔的魅力与人间真情！

近日捧读《洛老情书》，字里行间跳动着诗人的赤诚、纯真、挚爱与辽阔。琼芳阿妈保重，秋风又一次莅临，想起洛老和您，指尖微凉，心中炽暖……

仰望一朵白云越飞越高
——送别久卧病榻上的老诗人安谧

病榻上，他浅笑着，像一个幼稚的儿童，天真、无邪，而又有些无助；更像是一朵白云、一汪泉水，自由澄澈，没任何的杂质，干净极了。看到我，那波纹明显地扩大了，笑，漾溢着，瞬息间又凝固起来。像诗，冰清，玉洁。

夫人柴老师问："知道这是谁吗？"

点头。诗人的喉咙里泛着冰排行走时河水奔流的声音。柴老师"翻译"着："知道。就是叫不上名字来了……"

我有着一丝丝的苦痛与失落。原本是期待着他还会有当年那独特表达的。

十八年前，安谧老师大病初愈，几位青年诗友携手探望。床榻上，一方小书桌抵在胸前，诗人正用笨拙的左手练写着大字。力透纸背，汗流浃背。看到我们，他幸福、慈祥而又惭愧地笑了，儿童似的那种笑。笑着，笑着，眼里竟又溢出泪花来。家里人说，病后，他的思维变了：要排尿，他说"水——"；看见孩子的尿布，他说"旗——"……

"通感！"我说。

是的，"通感"的诗人是以苦难一生相伴的命运来"炼"诗的。与天"通"，与地"通"，与坦坦荡荡的草原

"通"。安谧的诗厚重、老实、内敛、大气,浅薄、矫饰、浮华、俗套,与他的诗无干。

早年当兵,在马背上,磨砺了风骨;沉冤卖菜,心口横着一杆秤,定盘星从未偏过。国家不幸诗家幸,命运为诗人打下的烙印,也正是诗思喷涌不竭的源泉。

木讷的诗人应对不了这纷繁多变的世界,索性一门心思地写诗。诗如泉涌的时候,上帝却无情地把笔从他的手中抽走。与世界对话的唯一方式没有了,凝望着病房纸一样惨白的墙壁,他咀嚼、反刍、回味,满肚子的诗循环着,却一行也不能问世。隔山望海,这该是多么大的苦痛呢?

初见诗人,是春夏之交的一九八四年。那时,我正和雁北不可一世地张罗着《诗选刊》的创办。临近下班时分,一老者推门而入,确切地说,是一位"老汉"。有人闪进介绍:"这是诗人安谧。"

安谧?这就是大诗人安谧?!

一脸皱纹,一脸沧桑。一脸的田垄,黄土地一样歉意地笑着。老农民一模一样的老头儿,怎么看都是一位耕者。没有裤线,裤管松挽,一高一低。一只手上缭绕着烟缕,另一只手提着菜篮,翠绿的叶子缤纷地斜射出筐外。谁都知道,诗人卖过菜的,现在改买菜了。从仪表上看,更像是种菜的。

拨乱反正,云开雾散,那正是诗歌复苏的时节。忧郁的诗人,不得烟儿抽的诗人,又蠕动起来,在桑叶般的稿纸上,蚕一样摇头晃脑,吐起"诗"来。

默不作声的安谧,吐出的"丝",绵长、细密而又光亮!

丝丝缕缕，不绝于心，缠绕着你，编织着你，温暖着你，也震撼着你。

而最令我震撼的，是诗人一九八八年那次文代会上的发言。

会议讨论增补一文联委员人选。二十几千人马，几乎每人都被相互廉价而又商业地提名一遍。闹市般的会场终于疲惫，静，地上掉一根针都能听见。

"我提一个。安——谧！"

众人侧目。提名者正是安谧本人。他郑重地投了自己一票，用他那倔强的山东调儿。

空气凝固了，继而发出雷鸣般的掌声："同意！"

"我不当。我是说这个事儿！"诗人徐徐吐出一口烟，缓缓地说，还是那山东调儿。

晚宴的路上，安谧老师对我说："成了做买卖啦，互相提。这不好，我要刺一下。"

真是一针见血！

前些天参加一场聚会，一青年舞蹈家说："讲话，不是我的长项，但也不是别人的'专利'。很想表达自己的情感，就是我的蒙古语不听话，说着说着就跑（调）了。"大家笑。安谧的山东话也不听使唤，该说的不该说的随着思想都溜达出来了。没见过他浩瀚铺排隆重的演讲，要讲，就出其不意，诗意盎然；要讲，就单刀直入，刺刀见红。我有时想，如果没有安谧老师那独特的"提名"，那天的会要拖多久，又怎样收场呢？

快二十年了，这事儿一直埋在我心里。我不想说。说什么呢？在场的都是前辈，我是最小最小的"小萝卜头"。

安谧是不幸的。他坎坷的一生，几近与苦难形影不离。好像历届"运动"他都沾边儿，好事摊不上，糟糕的事几乎都不能幸免。熬过严冬春风又绿，可恶的病魔却骤然降临。寒风彻骨啊，一刮便是十八年。健壮的时候他就不善言辞，不会指手画脚，老天还嫌他单纯得不够，花甲之年还让他在病床上牙牙学语，用左手练习童稚的大字。难道，这是一个大诗人必备的经历吗？

诗人是无愧的。在风雪与泥泞中，他牧人一样坚定，不懈地跋涉；然而在牧草金黄的时节，命运却让他的歌唱，戛然而止。

像一股小溪，安谧的诗静静地流淌，从不喧哗，却蕴蓄着撼人心魄的力量。"年过花甲了/怦然想到/手里拎着鞭子/为什么还把马儿称作伙伴呢"——这就是安谧！他以一颗诗心面对着世界，真诚，果敢，毫不修饰，毫无遮掩。那颗心，是诗人自己的，也是众人所呼唤着的。

像一块冰，安谧透明着，在爱的阳光下不停地融化。当年的鲍尔吉·原野迷恋诗歌，一句"假如雨滴停留在空中"，让老师安谧兴奋得合不拢嘴。为这美妙的意象，大诗人足足在走廊里盘桓了一个日出。

像一枝花朵，安谧的情感孩子般绽放。十几年过去了，一提起已故蒙古族诗友其木德道尔基，他便会呜呜地哭起来没完。

纯净的安谧，是一面镜子。平坦、深邃、耀眼而又真实。我想，诗人的心就是一面镜子，首先照亮的是自己的灵魂。其实，在茫茫无际的草原上，一个诗人就是一朵蹄花、一缕炊烟、一声鸟啼抑或一句无声的呼唤。

由此，我想到精神的生态。号称参天大树的，恐怕只是随风摇曳的芦苇；总想掀起风暴的，留下的差不多也只能是沙尘。像安谧一样多好啊，心无旁骛，心甘情愿地做一棵小草，沙土里生，沙土里长，悄没声地绿，悄没声地黄，叶片上，小心翼翼总是含着一颗透亮的露珠……

病榻上，诗人稳稳地坐着。八十年的风云全部汇聚在这里。我把一束含露的玫瑰轻轻放在他的怀中。诗人的女儿暖暖地说："爸爸，玫瑰花语，是爱的意思。"

诗人孩子般委屈地哭了。

走出医院，阳光明晃晃的有些耀眼。一朵白云高高地飘在蓝天上，凝住不动。

仰望。潸然泪下。

这篇文字刚刚写完，诗人安谧平静地谢别了这个喧嚣的世界。

一个纯粹的诗人。一个苦难的诗人。那一支柔韧的诗笔，究竟是蘸着什么，写就了人生与命运的呢？谁都知道，在这样一个经济很热的年代，即使是健康的安谧，也是制造不出一方冰砖、一听消暑饮料的。但他干净、天然而梦幻的诗歌，却能给我们浮躁的心带来一片月光、一泓溪水、一阵蛙鸣……而且，随着时间脚步的奔走，那些"冰砖"和"饮料"都将融化、挥发殆尽，而安谧的诗，却还会持久地给心灵以萤火般的烛照与辉映。这就足够了！这也正是我们垂首静默的时候，仍能拥有情感上足够宽慰的唯一理由。借此，我们会感叹也感恩，轻盈的诗歌为沉重的生活带来的缤纷与美好。

生活中的安谧走了，而诗的安谧，仍会长久地莹动在深黄或者浅绿的草叶上。

诗人行前有话，省略所有的繁缛与客套，平平常常地来，安安静静地走。

这是一位真正的诗人！他起伏波荡的生命轨迹，像他的名字一样——安谧。啊，安谧！仰望着蓝天上那梦一样的云朵越飞越高，我们要收住蜿蜒的泪水。可亲可敬的诗人，默念着你露水一样寂静澄澈的名字，我们，诗意地为你送行。

2007年2月9日子夜

秋光遥远

——写在著名作家超克图纳仁老师九十华诞

一个健朗、矍铄、睿智而又温善的老人,多么令人钦敬与羡慕!九十岁,这年龄本身就令人肃然起敬。除了遗传、养生、境遇与命运等因素,如此高寿,一定有着良好的道德与之相随。浮现在我们眼前的是一位生活的智者,他一定把生活中所有的事情都想开了。

生命真是一个奇迹,蓄满了太多的光阴、激情、隐忍,包括苦难。而这些非物质元素,构成了生命重要的基因与重量。因此,当我们向一位耄耋长者表达敬意的时候,也是在向岁月、风雨、坎坷与坚守,表达着一种深深的感恩。因为这些点点滴滴,有形或无形,有益或无益,都在完善着一个人的一生。

超克图纳仁老师九十岁生辰之际,我想起了圣主成吉思汗的一句箴言:"手握日月的人,才能拥有春夏。"

我无力诠释祖先的话,成吉思汗光照四海,对他的哲思各有所悟,用心去慢慢体味才是最好的解读。

一个人,有了前行的目标,心中就有了太阳。跋山涉水,穿云破雾,在登顶歇脚的时候,一定有大片大片的阳光前来簇拥。

一个人，在风雨中飞身上马，箭一样穿过时光与命运，那些抽打过他的风雨、风雪、风沙、风暴，最终都成了他的披风、皮袄、战袍和铠甲。

一个人，甘愿把自己当作一棵小草而不是套杆，与所有的小草挽起手，肩并着肩，根连着根，就汇成了绿色的海洋。

一个人，眼里揉不得沙子，沙子却往往极易侵入眼中，他会流泪的，但，被泪水洗过的这双眼睛，更能穿透黑夜与迷雾。

一个人，年轻时就没喝过假酒，没举过空杯，没掺过水，没有把马奶子的精华故意摇晃在地上，九十岁的时候，他依然还是海量。

最初来到这个世界，迎迓他的并不是真正的草原。成吉思汗从科尔沁打马走过，风流雨散，这里的绿色一点点褪尽了。

他看见的是一条河流，被叫作松花江的河流，奔腾，清澈，像他细长细长的眼睛，一生都闪烁着纯粹的光泽。

这一生，他似乎为寻根而来。沿着太阳手指的方向，一路西行，寻找着英雄的足迹，寻找着父亲的足迹，寻找着祖先的足迹。从平原，到草原，直至高原，他找到了祖先遗留的这一片牧场，心灵的牧场。他找到了那座温暖的毡房，找到了迎风而立的那匹马，找到了相依相伴的马鞍，找到了母亲的乳，找到了长夜里跳荡不熄的一盏灯……

这一生，他似乎为寻梦而来。儿时的梦，少年的梦，青春的梦，马背上的梦。一马平川就不说了，阳光灿烂也不说了，风雨，跋涉，苦难，孤独，甚至绝望，他始终没有丢失自己的梦。这梦里，有憧憬，有未来，有一颗不死的心。梦不灭，因为有一份责任，有一种担承，因为身后有一大片凝视着的目光，他不能懈怠，不能停顿。梦，一直在头顶延展，在前方，在天边，奋飞着，翱翔着，那是一只鹰，金色的鹰。

那片冻裂的黑土地没有忘记，那条涌动着春潮的河流没有忘记，那堆河畔噼啪作响颤抖的渔火没有忘记，那漂流在河心上又大又圆的月亮没有忘记……

然而，那片流油的黑土地，那片深绿色的草场，经过了岁月的漂白淘洗，摇曳成一片丰收的牧草，在高原的晚风中海浪一样起伏。

从不想当头儿，而今却不期然地当上了"头儿"。健在的蒙古族作家当中，他最年长，他笑着说，稀里糊涂怎么就活到了这么大岁数呢！

从不低头，除了对生活对真理的敬畏。从不弯腰，除了系鞋带，除了力所能及去扶摔倒的路人。筋骨好，腰板直，腰杆硬，目不斜视，心无旁骛。

不高声说话，不说空话，不说多余的话，不说过头的话，不说谄媚的话，不打断别人的话，哪怕你的话幼稚得还不如一叶小草，哪怕你比他迟来这个世界半个世纪还要漫长，他也要等，等你把话讲完。这是修养，更是胸怀，不着急，他似乎有更多的时光耐心等待。

同时代的作家各有所长，他记着别人的优点与长处，忽略着自己。讲别人的好，如数家珍，吸优纳良，营养丰沛，这是不是他如此健康的一个秘诀呢？

手不释卷。案头摆满了古今中外的经典，包括当下青年作家或不知名作者的上乘之作。阅读，是他每天的必修课。他是一个快乐的书童。书房琳琅满目，淡墨幽香。丰厚的精神配餐，十分补钙。

不知是长生天的安顿，还是命运之马的驱使，这一天恰是中秋。

有人说，蒙古人不过中秋节。不对！蒙古人对秋天的爱恋超乎寻常，蒙古人对月亮的圆满情有独钟，蒙古人为了收获流下了太多的汗水。

月圆之时，寄托相思；月光之下，表达爱意；月光如水，轻歌曼舞；就连牛羊骏马，也愿驮着一片月光漫游在自己的草场。

而我们的超老，心中自有一轮皎洁的明月，这一轮月光如影相随，如梦相伴，一个甲子匆匆过去，他们彼此照耀，心心相印……

由月亮，我不由得想到了太阳。

秋天的太阳亲人般温暖，像仁善宽厚长者清澈的目光，抚慰着所有的欢乐与忧伤。不像顽童般调皮的春光，蹦蹦跳跳，花皮球一样一转眼就没影了。也不像恋人般的夏日，热烈时透不过气来，好着好着，突然劈雷闪电，又各奔东西。那冬天的太阳仿佛不知是从哪儿借来的，灯笼一样，怎么也照不暖寒冷的心。唯有秋天的阳光，饱满，持久，绵厚，踏实，微凉之中让你周身赤暖。

它积蓄了太多的热情与等待，它经历了太多的风霜和雨露，它真实得那样裸露，它结实得不需任何补充，它坚实得不惧任何风雨，它壮实得堪称四季的榜样。

秋阳把它的温情与爱无私地洒向大地，蓬勃的小草举起了一颗颗感动的露珠。

超老九十华诞，正值秋光遥远的时节，我和我的祝福沐浴在秋阳秋月的光晕之中。那张慈祥宁静、可亲可敬、饱经风霜的阳光面庞，正在向我们微笑。我以一颗牧马少年的心，举起心中这碗酒，表达一棵小草对给予了自己默默光照与引领的长者一份深深的敬意。

超克图纳仁——永远灿烂的阳光。

2014 年 9 月仲秋将临

需要仰视的胡日查

国庆长假期满，迎来的竟然是一个噩耗：年过九旬的胡日查老先生辞世了！

老人家虽年事已高，却一直精神矍铄，毫无龙钟之感。二〇二〇内蒙古文学艺术界迎春联谊会上我迟到了一会儿，胡日查老师不停地问："阿古拉泰来了没有？阿古拉泰在哪儿？"见到我，他立刻拉住我的手，问我的创作生活等情况，慈祥的目光、温暖的语音让我心生暖流，十分感动！

我与胡日查老师属忘年之交，亦是君子之交，而对这位长者的崇敬却是根深蒂固的。此刻，先生的形象再一次浮现在眼前……

胡日查其实并不高大，但我一直在想，对他，需要仰视。

四平八稳的脚步走在人生不平坦的路上，目光总是斜视着天空，通常是向右，不知道是不是因为戴了几十年某种帽子养成的良好习惯。他，就这样高低不平地走着。

认识胡日查老师快三十年了，并非过从甚密，印象中居然没有同桌吃过一次饭，似乎也没有过一次推心置腹的交流。但我感觉很了解他，他那木刻一样棱角分明的形象常常浮现在我的眼前，隐约有一种血脉相通的感觉。

都说人的眼睛是心灵的窗户，这话很有几分道理。胡日查的目光是干净的，准确地说，是有些冷峻，冷峻得甚至有一股寒意，像一汪泉水，溢动着智慧的波纹。

胡日查的表情是独特的，在常人看来似乎有些刻板。他的表情不同于流行的高仓健，高仓健的冷多少有点僵，而胡日查是冷中带着暖。说话时，他总像是在自言自语，慢条斯理，旁若无人，不动用面部多余的肌肉，说话就说话，没有必要惊扰其他器官，谁看到过他廉价的热情与敷衍的微笑呢？他的笑，很节俭。他一直在用"心"说话，这，似乎成了他的名片。

细细品味，胡日查的声音更加耐人寻味，像清凉的钟声或月光下的流水，清澈，自然，金属质。磁性的声音，格言式的表达，平添了思想的分量与思维的密度。这与他的职业有关，他的职业，是将一种语言精华反刍之后再转化生成另一种语言精华，奉献给读者。

胡日查的故乡是美丽富饶而又神奇的巴林草原。那里不仅出产鸡血石，更是蒙古族民歌和诗人作家的摇篮，那是一座艺术的富矿。这座富矿为他的艺术生命储藏了取之不尽用之不竭的热能。在战火纷飞的年代，他走上了红色文艺之路，一走就是六十年。六十年，他经历了怎样的风雨，自不待言，总之，他付出了沉重的代价，当然，也收获了不菲的人生。半个多世纪的光阴，融汇着他的梦想、跋涉、屈辱、苦难，还有失而复得的光明……

他是以职业翻译家自许的。本来，他的职业生涯还可以有另外两种选择，一是从政，二是作家，而他偏偏选择了翻译。谁都知道，翻译是件苦差事，是在替人作嫁，可是时代需要，读者需要。需要，便成了他一生不舍不悔的追求。

别林斯基说：最好的翻译也不过是地毯的背面。

我想，这是在说翻译的难度，并非必然的结果。胡日查的翻译精准、传神，意蕴之上还蒸腾着云霓。"弓是弯的，箭是直的。理是直的，路是弯的，理直路却弯。"这样的翻译似乎大大超出了谚语本身。精碎的哲理，严谨的逻辑，加上精粹的语言，当属于世界。他的翻译呈现出了三种境界，不必说，译者的思想和睿智已经贯穿其中了。话又说回来，这句格言似乎又在为胡日查颠簸的人生做着某些佐证和注脚。对此，不知善良的老人自己想过没有。

胡日查一直在坚守着。他坚守的范围已不是领域，是领地，像当年他当骑兵，一直骑在马背上，手提着马刀，连多余的短刺都不携带。在翻译这个阵地上，他矢志不渝，他翻译史诗、民歌、谚语，以及纳·赛音朝克图和巴·布林贝赫的诗，几乎不翻译以外的任何东西。谁都知道，韵文的译介比创作本身还要艰难，但他认了，百折不挠地冲杀下去。

多产，广度，深度，技巧和蜕变，这是一个大师必备的素养。胡日查完成了多少？他在一一攻克。他在蜕变中不断完善着自我，让缤纷的原作在读者的视野里变得光华灿烂、炉火纯青。这是读者的幸运，也是文学的幸运。

八十五岁的芒·牧林老先生在胡日查作品研讨会上说，胡日查是个一条道跑到黑的人、一个"嘴碎"的人、一个认死理的人，他认定了翻译就不沾别的边了，翻就翻它个云蒸霞蔚，翻就翻它个拍案惊奇，翻就翻得人们目瞪口呆。见到不公平的事他总要说话的，拦也拦不住。"反右"的时候，本来运动已近尾声了，他却对陈清漳、漠南的冤屈大惑不解，嘀咕起来没完，于是，有人捡来一顶现成的帽子给他"补"上，这帽子一戴就是几十年，这是自找的苦啊！再就是认死理。那个时代的往事，人们只当作故事复述着梗概，一笑了之，走进新生活了，而座谈会上八十岁的他还在认真地追问着"为什么"。"为什么？"大家哄笑，他仍旧不笑，一丝不苟，接着问。

这是一个变革的时代，也是一个呼唤大师的时代。

我说的大师不指作家和诗人。作家和诗人的大师不用呼唤，牧草韭菜一样自然地丛生，割也割不完，扑也扑不灭。而翻译的大师却很容易断层，因为翻译似乎不是主流，身在幕后，功成不居。像胡日查这样深厚的学养、丰沛的生活储备，假如能及时地华丽转身，成就一位大作家、大诗人，当是水到渠成的，而他毕生以推介蒙古民族的民间文艺、现当代诗文为己任，实在是功不可没，劳苦，功高。

我说的仰视，系由此出。

不说著作等身的成就，更在于其奉献的品格和精神。二十世纪五六十年代，用蒙古语创作的蒙古族文学在全国走红，胡日查的译介功莫大焉。在这里，我们还要深深地怀念为翻译事业殚精竭虑的汉族老大哥陈乃雄先生。

胡日查老师译文集首发座谈会上，大家都很激动，他本人更加激动，哽咽了两次。

几十年间，没见过胡日查的笑，却领略了他的"哭"。他的"哭"没有眼泪，也没有抱怨，像是对苦难的吞咽，像是对岁月的反刍，更像是对生活的感恩。当时，我就坐在胡老师的身边，半尺之遥，不知道该为他鼓掌还是伴他落泪。怎样安慰他才好呢？这个时刻，我想，屏息静听，让灵魂与灵魂相聚，乃是最好的选择。结果，大家都这样不约而同地做了。

胡日查老师继续着他的谈话，隐约看到他的眼角有潮湿的光泽。我猜想，这融化的也许只是他"冰山"的一角，却显露出他的风骨和冰冻三尺的硬度。

一个人的风度是其内在气质的外泄与散发，思想和才情如太阳或者月亮闪烁出的光芒，是谁也无法遮蔽的。我感觉，胡日查老师的气质、风采和内涵是可以成为世界级表演艺术大师的，包括他的声音、表情，还有形象。不是他选错了行当，是他不会"演戏"，平生没有过一句"戏言"，真实得可怕，一丝不苟，一成不变，他，永远都不会作秀。

胡日查老师走了，悲痛之余还有些怅然，不由心生感慨：再杰出的人、再睿智的人、再健朗的人，到了一定时候总要挥手告别的。不过，胡老先生这一世令人仰视，他以毕生的奋斗践行着对党、对国家、对人民和这片土地的挚爱，他不慌不忙不紧不慢却有条不紊有声有色地生活着，活得清清白白，走得干干净净，像一行格言，像一句谚语，更像是一部妙不可言的译著，从一个世界转换到另一个世界……

2009年12月27日晨

又是八月山丹红

又是八月山丹红，想起恩师毕力格太。

就像阴山脚下、土默川平原上那怒放的山丹花，毕老师的性格倔强而又执着。他的童年凄苦，说是当小喇嘛，其实就是庙奴。那一盏盏摇曳的长明灯，是怎样照彻了一颗稚嫩而仁慈的心呢？历经了人生的风雨坎坷，他怀揣着不变的文学梦想，勤奋耕耘，一边用心血浇灌着"山丹"，一边扶掖着一个个像他当年那样孜孜以求的文学青年，让春天里的草原文坛百花盛开。

我，就是他亲手栽培过的一株文学幼苗。在人生的岔路口上，是他，给了我关键的指引；如果没有他的点拨和帮助，文学的梦想于我，恐怕就成了泡影……

认识毕老师，是二十世纪八十年代初。那时，文学期刊蜂起，青年们除了北京上海的大报大刊外，最关注的就是家乡的阵地了。一组散文诗勇敢地寄往《山丹》，不久便收到热情洋溢的用稿通知，兴奋地拿给要好的同学秘密传阅，心怦怦直跳，辗转反侧，睡不着觉。随后又收到样刊和稿费，二十六元，好亲的一笔大数字！招来六七诗友，猛撮一顿瓦凉瓦凉的啤酒，余下几块钱，献给女友一条轻飘飘的纱巾。

暑假拜见"伯乐"，竟是大名鼎鼎的毕力格太，慈祥温暖，平易可敬，宽阔的额头佛爷一样。我话语滔滔、语无伦次地倾吐，直到午阳斜挂，被毕老师引回家中。当时毕舍只有两间平房，午宴在土院中展开。毕老师高举起酒杯："欢迎阿古拉泰。祝图慕思'万寿无疆'！"真巧，正赶上毕老师胖胖的宝贝儿子图慕思生日，没有礼物，只好拼命喝酒了。

一年后毕业分配，想凑到毕老师麾下大干一场，以实现灿烂的文学之梦。谁知费了九牛二虎之力，用尽法律之内的全部招数，离成功还是有着关键的一步之遥。唉！禁不住仰天长叹，文学真乃殿堂啊，想进比登天还难！

又是一年过后，系主任约我谈话，让我安心教学、放弃幻想，说既来之则安之，并"赐"一微职，以显宽容和器重。无奈之中平息了不安的心，选一个周日，请毕老师到寒舍做客，以谢鸿恩。

一户两室两家住，共用一厨，对面屋小朋友撒尿的声音，常清晰地灌进耳穴。与邻居商定错开用炊时间，同毕老师对饮。诗香酒香满屋，欢声笑语一地，不出一个时辰，三瓶宁城老窖已空。恍惚间，隐约望见若干个毕老师摇晃着要酒。我吼道："蒙古人没钱可以，不能说没酒。还有一瓶，在书柜下面左侧的旮旯站着呢……"说话之时，身体仿佛只剩下躯壳，灵魂和酒香却在空中攀升、缭绕，但还知道叮嘱妻子哈萨一定送好毕老师。尔后，翻江倒海般呕吐，痛苦地等死。

望了一眼身怀六甲的哈萨，毕老师说："蒙古人，只要一上马就没事了……"哈萨说："可您骑的是自行车啊！"毕老师拍了拍车尾，提缰似的抬起车把，飞身上路，绝尘而去，仿佛武侠小说中的高人一样飘然。

这是我平生饮酒的最高境界，也是最惨的一页记录。它让我知道，诗人的酒量也是有限的，而我对毕老师的感激之情，却深不可测。

那之后，我成了毕老师家的常客，有一年的除夕之夜，居然在毕舍度过。鞭炮之声犹在耳畔，酒香佳肴仍在梦中。

八月的一天傍晚，师母造饭，我循着肉香踱入。不一会儿，毕老师手捧一株带根的山丹笑吟吟进来，说《山丹》编辑部集体野游，采来一枝心爱，想把它栽活。我问，何不多采几株？毕老师说，舍不得，山丹还是开在旷野更有韵致，喜人得没有办法，才忍痛挖来一株。记得那天太阳好毒，山丹花打着卷，毕老师眼镜下的颧骨被阳光蜇破，留下了半年的疤痕。不过，两月之后，《人民文学》上便有毕老师的大作《草原八月山丹红》，恣肆地绽放。

《山丹》火得不得了，声名鹊起，发行量达三十多万份，在全国期刊中屈指可数。各种笔会、报告会、研讨会次第召开，文学新星冉冉升起，诗文佳作遍地开花。《山丹》壮大，购置办公场所，职工福利增加，还拿出巨资捐献给边防前线，举办中俄国际篮球邀请赛，很是叫人眼热。影响之大，理念之新，令人咋舌！

我的"馋虫"又被勾出，跃跃欲试，投奔火红的《山丹》。毕老师扶了扶眼镜，说："当然欢迎你来，但这里天地太小，已和《草原》、出版社说妥，你任选一个，高高地飞吧！"我兴奋得一蹦老高，心，差点儿从喉咙里飞出。

无数个泥泞的夜晚，手执电筒，毕老师带我骑着快散架的破自行车，跋涉在八月的街巷。那份焦急，那份渴盼，真是一言难尽。一个浓云密布的夜晚，咔嚓一下，调转之事闪电般玉成。次日清晨，喜滋滋参与《诗选刊》的草创，从此，开始了梦寐以求的文学编辑生涯。

这是我人生道路上的重要机遇。假如没有毕老师，我很可能与挚爱的文学擦肩而过；假如没有毕老师，我的诗人之梦只能是空中楼阁；假如没有毕老师，我柔弱的诗文只能敲敲边鼓，登不了大雅之堂。而今，文学成了我生命中不可或缺的重要元素，并将一生与我形影相随。这，该是多么大的幸运与快慰呢。而对于一个痴迷文学的青年来说，这，又是多么大的功德啊！

这还不算，上马之后，毕老师还要再送我一程，常把我举荐给文学出版界的"要害"人物。一次，带我拜见某执掌期刊大权的Z诗人。Z诗人正逢二婚之喜，如沐春风，娇妻梳一歪斜小辫儿，身子也歪斜在诗人厚背上，细雨柔风地唱："小小的一片云，慢慢地走过来……"Z喜不自禁："让我小媳妇立马烹两盘，咱们痛饮几杯！"我们虽无再婚之乐，却也愿为朋友助兴，于是，酒量如血压般在不断膨胀的激情和歌声中，频频升高。浑然不觉中，又被毕老师带到一位"更大人物"府邸。"大人物"不在，"娇妻"僵硬的面部表情始终保持着恒温，送行时又觉不妥，在院中采摘一兜西红柿，说味道极佳——俨然是圣果相赠。

回到家中，我对毕老师说："为了我，您遭人家的冷眼，我很难受……"毕老师说："肉食者鄙！"于是，那些"圣果"彩球一样，一枚枚从愤怒的手中飞出，落在泥泞的院子里。这件事不大，却一直存在我的心里。我知道，如果不是为了我，毕老师起码是舍不得这点时光的。痛定思痛，毕老师的一番苦心，让我没齿难忘。

一个诗人要有血性，还需智慧。原则往往是冷面的，但维护原则却需要坚定的立场、锋利的语言和临危不乱的机智。

一九八七年春，首届内蒙古音乐文学学会在哲里木盟举行，我与毕老师等四位诗人同行。

车过奈曼，那些扭曲的怪柳，让敏感的诗人们联想到了"文革"对人性的摧残。酒酣耳热，毕老师对着那位口若悬河的"大腕"说："'文革'中你做了一件不应该做的事！"众皆愕然。那人怔了一下，接下来涨红了脸逼问"哪一件"。车厢里的空气一时间凝固了，大家心照不宣，紧张得喘不过气来。毕老师从容地呷了一口酒，面无表情地说："你抢走了我一顶军帽……"那人知道毕老师说的一定不是军帽，别人也都知道有更大的隐情在"军帽"背后，但这一语双关的台阶好下，恰又点中了穴位。那人对"抢军帽"之事表示歉意，惴惴地等待下话。毕老师说："一顶帽子算啥，一切都过去了，大家都往前看吧！"事后，朋友们盛赞毕老师的真率与机敏，都说，恰到好处，恰到好处，无愧为诗人！

还有一事，叫人更生敬意。

一次文学研讨会上，毕老师正在发言，两位青年突然打断并说出伤害民族情感的话。在场的蒙汉族作家都很气愤，要严批这种无视民族团结的言论。毕老师大度地说："他们都还是孩子，下去说说就懂了，矫枉不要过正。"一席话，说得大家心悦诚服。我想，这样的襟怀是需要历练的，这样的风范是经受过冰霜的。一个有正义感、有包容心、有气度、有智慧和高风亮节的民族作家精神，在毕老师身上有了很好的体现。

除了文学创作的多种才能之外，毕老师还有着相当的协调能力与管理才干。大家都说，老毕应该有一个更大的舞台，为文学造福。说归说，一动真格的，就会从旮旯胡同飘来不同的声音。直到退休，毕老师还是偏居一隅，虽在首府，却也是"灯下黑"，煮着"巧妇难为无米之炊"的小锅饭。

一段时间，毕老师的健康令人担忧。繁忙的业务、行政事务，加上接连不断的友情接待，烟、酒、茶交织在一起，这样的负荷，身体吃得消吗？

突然听到毕老师跌倒的消息，十分震惊，急匆匆奔往毕府。冷清的屋子里，呆坐着胖胖的图慕思，老两口到北京疗养，已去数月。电话里，毕老师一阵哽咽。一年前，心爱的小女儿塔娜患不治之症病逝，丧女之痛和离岗后的世态炎凉啮啃着老人的心，他日夜与酒泪相伴，终致成疾。我感到惭愧。与毕老师的功德相比，他饮酒的"瑕疵"微不足道，而疏于问候，在他痛楚的时候，竟少了几许应有的宽慰。这种不安，在我心中挥之难去。

毕老师有些蹒跚了，往日那深邃的目光，变得有些含混而又迟滞。酒，在他不泯的激情与老练的理智间，斟酌着。每有会议，我都按时接送，在房间摆上他爱吃的水果，席间，他有节制的酒也在我的掌控之中。他很以为豪，颇感幸福，溢于言表。这幸福，我懂。

毕老师又开始了新的生活，《第二次工作》一文，表达了他在文学上再度发轫的决心。以心命笔，以文会友，或在家，或在外，把酒论诗，他还像当年那样活跃。我庆幸，奔波一生的毕老师，该享一享天伦了。

谁知，一日凌晨，忽接图慕思电话："哥，昨晚我爸去世了……"手攥着话筒，我的泪水夺眶而出。

送别毕老师那天，春天似乎隐约来到了。柳芽初萌，微风和煦，白云在人们的头顶不高不低地飘着。这很符合他的情调。

我从家中带来一瓶珍藏多年的好酒，祭洒在老师的灵前，祈祷这别透的醇香与不灭的诗魂相生相伴，在天国里缭绕，升腾。

毕老师是无愧的。从一个幼年的庙奴成为一位叱咤文坛的作家，这期间，他一定付出了人们难以想象的艰辛与刻苦。而由于他的天赋与聪慧，文学领域里的小说、诗歌、散文、评论，十八般武艺，他样样操练得游刃有余。而在表演、音乐方面的才艺，更是令人叹为观止。一个作家统领一干人马，红红火火地把《山丹》打造成名牌，是一件容易的事情吗？直到现在大家都公认，在内蒙古，是老毕让首府文联的盛景整整灿烂了十五个春秋。

然而，毕老师是有憾的。依照他的才能和禀赋，假如再少些干扰，多一些拼搏，或者小说，或者诗歌，独立的文学业绩也许会更大、更高。除了天赋的灵性，他还有着同行们望尘莫及的管理才能和交际本领。据此，他完全可以成为更高级别的"领导",然而阴差阳错,这一机遇在他与文坛之间,失之交臂。他多才、多情,豪迈而又细腻,本该尽享天伦,却因事务缠身,很少顾及家眷,这会不会成为他晚年的遗憾呢?他体魄强健,心胸开阔,且热爱生活,飘逸浪漫,本是高寿之身,却疏于锻炼,昼夜不分,积劳成疾,过早地离开了这多彩的人生。

常听他讲一则故事。呼市有位长者,耄耋之年,鹤发童颜。问其养生秘诀,曰:"不生气。""为什么?""出了家门都是别人的事,生什么气?回到家中,都是自个儿的事儿,跟谁生气?"道理简单,但做到心静如水,又有几何?本是豁达的他,遇到世间不平,是不是也忍不住动了肝火呢?

常忆起那熟悉的音容。或是伏案工作的情景,或是纵酒踏歌时的场面,他总是那样泰然、潇洒而又激情。最爱听他讲的笑话,不荤,不素,有趣儿,有味儿,新鲜而又上口。"一楼黑,二楼美,三楼四楼没有水"——这是当年入住新楼时他的总结。又记起那次在我家豪饮,他唱《小城故事》的样子。那时,人们刚刚知道有个邓丽君,毕老师居然把那支歌演绎得淋漓尽致,丝丝入扣,余音袅袅。唱到"人生境界真善美"时,突然顿了一下,目光直直的,像是体味,又像是教诲,境界高远着呢。为此,我连干了数杯。

听人们说,毕老师年轻时很是倜傥,一个文学青年,写作的本领自不待言,单说口才,既能讲一口标准的普通话,又能操地道的"地方腔",还能说流畅的蒙古语……窈窕淑女逶迤而来,挥挥手,流云般被他一一送走。据说,为了青春的爱,他居然到市里一个剧团,给人家拉了整整一年的二胡，而那芳香的花朵还是化作泡影。而为了不悔的爱，他却与诺言一生厮守。此刻，我仿佛看见您那温婉憨实的老伴儿，搓好了一屉莜面，站在窗前，一双深情的眼睛又在幸福无限地张望着……

一个引领过一支文学团队纵马驰奔的骑手走了。长风在，硝烟在，蹄花犹在。那些荣光，那些梦想，那些无奈，那些抱憾……将成为我们跋涉的路标，成为我们遥远而又绵长的记忆。

又是八月，这多雨多云的时节。草绿，花红，骄阳似火。

土默川上那坡畔的山丹花，开得好艳。这是生命的华彩乐章，这是诗魂高洁、温暖的绽放。从枯到荣，它历经了多少风雨，无人知晓；花开花落，它留给这世界弥久的芳香，昭示着后人。

毕老师，醉人的花香已弥散到了天边，我只在心上采撷这温馨的一朵。

2006 年 8 月 10 日凌晨

骑士的风骨

不知道为什么，巴拉吉尼玛先生一直以一位骑士的形象矗立在我心中，像一棵挺拔的大树一样根深叶茂，不可动摇！

描摹蒙古民族勇士或先驱，我常以"骑手"冠之，包括圣主成吉思汗，我习惯尊称"伟大的骑手"。而每每想到巴先生，脑海里却总是闪出"骑士"一词。高贵，冒险，勇毅，这是十一世纪风靡欧洲的骑士风范。十三世纪，成吉思汗来了，狂飙突进，叱咤风云，以另一种坐姿在马背上驰骋，令世界刮目。巴拉吉尼玛先生兼有骑士与骑手的双重特质：优雅而富有斗志。其实，真正的斗士并非只是尚武，勇于直面风雨是矣。负重前行却腰杆笔直，目光锐利却心肠柔软，布衣平生却一身傲骨，这些矛盾而和谐的交汇，在巴拉吉尼玛身上得到了完美的彰显。我们为这样的时代拥有这样一位坚定的民族文化斗士，深感骄傲！

认识巴拉吉尼玛老师，是在三十五年前。

秋日的傍晚，北京，同胞诗人查干新居。晚宴在欢笑声中展开，巴老师、继霞老师伉俪端坐中央，查干、吕洁、哈萨，我们团团围坐，群星簇拥。那个年代，酒与友情是餐桌上的珍品，也是迎迓挚友造访时的必备。如今的聚首味道则有些不同了，大多是"应酬"，酒乃"试剂"，在验你的情真与不真，当然，人也是要充当"试剂"的，验酒的真与不真。

那一天，大地在脚下有点儿不稳，或许是人多少有点儿酩酊？管他呢，我们同乘89次绿皮火车返呼，摩肩接踵，红光满面，羞怯如晚霞……

"草原列"，乃当时往来于呼京之间一道亮丽的交通风景，乘坐这趟火车无异于专享到了某种特权。车厢内，我们余兴未消，以啤酒补之。彼时，巴老师年届天命，我正值弱冠，一个年富力强，一个青春茂盛，酒场上都能呼风唤雨，又有相识恨晚的扼腕，于是，每每频频举杯，个个当仁不让。同行且同饮的还有一位同为内蒙古日报社的资深编辑纳松老先生，他和我们一见如故，雪白的短发覆盖着一张童贞的笑脸，一样的热血贲张，一样的豪情万丈！

巴老师手执香肠，不动，酷似港台歌星乐池中攥着话筒。他目向远方，慷慨陈词，像宣言，更像自言，疾风拂动他头顶疏密有致的银丝，也拂动他脸上从心底溢出的道道笑纹，其风度绅士至极，傲慢至极，潇洒至极。车外，一窗窗风景掠过快闪，一会儿田野，一会儿果林，一会儿隧道，一会儿小镇，画面宛如电影《卡桑德拉大桥》抑或某欧美枪战大片，壮观亦至极！

回到呼市，谋面不多，却时见先生发在《内蒙古日报》端的大块文章，日隔不久，居然又有一篇写身边人物徐诚的长篇通讯整版刊发在《光明日报》头版上，令人叹喟！

终于有一次，白马奔驰的内蒙古博物馆下三角公园的三岔路口，与巴张夫妇二人偶遇。巴先生愈加硬朗，一身体育盛装，汗透脊背。

问何干？

"打网球！我把网球当作某贪腐败类的脑袋，每天削它三几个小时！"

"此打法好，既可强身健体，又一次次不动声色地消灭害虫。如换作真实败类的头颅那还得了，击不得几下，他玩完了，咱们恐怕也玩不下去了……"

三人当街大笑，头顶上的败叶簌簌震落。

真实感受巴拉吉尼玛老师的魅力，是在其退休之后。这个不知疲倦的人，自觉担负起搜集整理成吉思汗文化史料这一千钧重任。长路迢迢，长夜漫漫，二十年如一日，巴老师、张老师二人的足迹遍及世界。一代天骄马蹄叩响的地方，他们一一造访；成吉思汗声名波及的土地，他们逐一拷问。六十个国家，一万多部著作，他成为当今世界收集一代天骄成吉思汗史料最执着、最用力、最有心、最高效、最成功的历史文化学者。

一生笔耕著作等身，千年风云尽收眼底。八百年来，没有任何一个人能像他这样广泛而又繁密地汇集祖先的精神遗产。这何止是他个人的功德，他的积累与奉献是蒙古民族乃至世界的宝贵财富！

作为职业记者，巴拉吉尼玛老师一生写下了大量有价值的新闻作品。值得一提的是，他是继萧乾之后第二位蒙古族"战地记者"。那一年仲夏，他受中国记协委派，在枪林弹雨中，在猫耳洞坑里，铺展开膝上一沓沓稿纸，蘸着汗渍血浆和颤抖的空气奋笔疾书，写下了一篇篇裹着硝烟携着雷电的战地消息。

这是一位执拗得一条道跑到黑的人。写完《蒙古族科学家明安图》这本书，他和夫人又奔波辗转，乘势而上，历尽艰辛困苦，终于让伟大的蒙古族科学家"上星"，使明安图这个寂寞了多少年的名字成为第一位蒙古族被联合国天文台命名的"小行星"。而今日此时此刻，想巴老师早已与同胞知音明安图先驱在天国邂逅相逢有时了！

巴先生的脚步是不会停顿的。成吉思汗文献博物馆正式移交锡林郭勒之后，他又开始绘制马可·波罗文献博物馆的蓝图，基础工作已十分扎实，其构想、规模与愿景令人振奋！这将是国家战略"一带一路"建设的点睛之笔，不可小觑。

关于巴拉吉尼玛老师的业绩，天下皆知，无须赘言。只是感叹，如此旺盛的生命状态，怎么就一夜之间静谧远行了呢？这不像是他的风格啊。

常忆起他那不紧不慢的样子。挺拔的身姿，稳健的步伐，坚毅的表情，清澈的目光，天然的笑意，雷打不动的持重，还有饮酒碰杯时，他那独有的姿态与低沉有力的语音，犹在耳畔，如在眼前……

一个场合上我说过，巴拉吉尼玛老师是一百岁的年轮，九十九岁的智慧，八十岁的年龄，七十岁的老辣，五十九岁的岗位，四十岁的心跳，三十岁的身材，二十岁的向往……他补充道：十五岁的纯真！

这位有着极强民族自尊心的骑士，以其单纯的向往，稚童一样的执着，百折不挠，励精图治，大器晚成。他代表着的是一个时代的文化风骨，岂止是风度！

民族文化的强者，草原文化的使者，时代文化的传承者，民族精神的守望者。

巴拉吉尼玛先生留给世界一个清晰的背影，倒剪双臂，兀自走了。像完成了一项壮举、成就了一番大事之后一样，释然，轻松，惬意，了无牵挂。他以其钢铁的脊梁肩负起民族文脉传承的大任，宏图大展之后，行囊斜挎，慨然西行，向圣主禀报八百年烽烟之后的所有风云际会。他挺拔的身姿如同一杆不屈的苏鲁锭，飘扬着一个民族的自信，傲然屹立在牧人的心中！

巴拉吉尼玛先生走了，我们宁愿相信这是他的又一次出征。

因为疫情困扰，没能送别先生，心有隐隐不安。但没了这个仪式，反倒觉得人还在，并未走远，随时都可能折返回来。巴老，您的精神和音容，就是我心中的那棵大树，风吹不倒，雪压不垮，任什么都无法摇撼！

生活中那个沉稳大气、遇事不慌、静水深流、饶有兴致的人悄然离席，让人们承受着不一样的苦痛。天南地北的朋友们又聚在了一起，酒桌上，将长时间空留一个座位，虚待那位刚柔相济的蒙古男人在我们共同的记忆中轻轻走来，缓缓落座，频频举杯，娓娓道来……

2020 年 2 月

春风里，你那温暖的笑容
——追思草原文坛宿将阿云嘎

无论是在驻足交谈的人群中，还是在匆匆行走的队列里，尤其是在活动开场前灯光闪烁的观众席上，人们一眼就能看见一张异常亲切、格外夺目的脸：高原一样宽广的额头，河流一样清澈深邃的目光，草浪一样微微翕动着的厚实嘴唇，嘴角上总是挂着那一抹暖人的微笑……

这就是你——草原文坛宿将阿云嘎。

这是走过严冬之后的满面春风，这是百川归海之后的静水深流，这是负荆跋涉之后的举重若轻，这是电闪雷鸣之后的大音希声！

你这位在鄂尔多斯高原上长大的牧人之子，以天资颖异的禀赋，孜孜以求的汲取，百折不挠的意志，与命运抗争，与风沙搏斗，终成塞上栋梁，为养育了你的高原反哺，为党的民族文艺事业筚路蓝缕，成为我们可以信赖的朋友、值得骄傲的伙伴，一个时期草原文艺天空上众鸟高飞你追我赶的"领头雁"……

主政内蒙古文联工作十五年，这不仅仅是一个时间概念。没有振臂一呼、呼朋引类，没有摇旗呐喊、狂飙突进，你有你的风格：殚精竭虑，聚沙成金，铁杵磨针。

细水长流，时间在点滴间润泽着和谐；厚积薄发，创新在传承中默默积累；胸怀愿景，驼队在跋涉时将足迹种在了希望的高原上……各路兵马齐头并进，漫漫沙海渐成一片绿茵。是的，这一段令人追怀的草原文艺风景绝非一人之功。但，你的引领、智慧、担当、包容与牺牲，不可或缺。你是桥梁，你是纽带，你是风暴来临时与我们盘坐于毡房慢慢喝茶心有底数的人。当然，人们心中也有底数，大家能够团团围坐，像哈那一样交织在一起，与你的苦心孤诣与润物无声，密不可分！

认识你是在二十五年前的春天里。

那一日天空晴好，春风拂面。乘90次列车去京公干，车徐徐开动，到风挡处透透气，文联一领导笑眯眯与我搭话，旁侧一位高大、沉稳、威猛的中年男子也向我点头微笑。——这是新来的文联党组书记阿云嘎。啊，久仰大名！三人攀谈起来，一路欢声笑语。偶有乘警、乘客鱼贯而过，你每每侧身相让，微微点头，既有温度，又有风度，更有气度。

这之后去文联开会，有空便到办公室里小坐。你总是热情相待，以礼相迎，毫无敷衍。谈文学，谈艺术，谈社会，谈生活，娓娓道来，丝丝入扣。偶有电话，绝不拖泥带水，放下电话接着再聊。世事洞明，无所不通，却不居高临下，很像是久别重逢的大哥哥。一九四七年十二月生，与自治区同龄，大我整整十岁，叫叔叔也很合适。

于是便无拘无束起来。

一次交谈中提及为我儿子取名，你立即应允。三天后电话中排出三个供选，我一下子挑中了：阿吉泰。寓意、发声均好，且与阿古拉泰一脉相承。我说：照此浓缩，将来孙子就叫"阿泰"吧。你笑答：到时候咱们再找！电话里，两人的笑交汇在一起。

做过旗委书记、盟委领导的你极具大局意识。刚来文联时任党组书记，因工作需要，后两届改任主席，你欣然接受。

阿云嘎的温暖、随和、谦逊众所周知，但在原则问题上，你却毫无松动。二〇〇六年，首届内蒙古杰出人才奖评选在包头进行，你是社科组组长，我等六人为组员。开评伊始便遇到了两大难题：一是首届评选，重量级人物多，社科只分配两个名额；二是有人打招呼，要求评上一位相形见绌者。你表现出了少有的严肃与冷峻，汇聚起评委的意见与力量，据理力争，将泰斗级的清格尔泰、敖德斯尔、美丽其格三位前辈的业绩充分阐释，得到了评委会和领导的高度认可，也克制而有效地回应了"打招呼"的做法，令我们心悦诚服！晚上包头市文友请客，大家尽享欢乐，你又恢复了惯常的松弛、淡定与不变的笑容，好像什么事情也没发生一样……

与你开会的时间多，聚会的时间少，有一次令我终生难忘。

十五年前，也是这个时节，中国作协组织作家在杭州疗养院度假。同期的作家天南地北十大几对伉俪，作为内蒙古文联主席的您携夫人乌日娜老师前往，我只身尾随。

十几天里，统一就餐，统一住宿，统一行动，形影不离。我是小字辈儿，做点儿力所能及的琐事理所应当，您与夫人总是争先恐后，生怕我干多了，由诗人变成"秘书"。那一批作家里你年龄最长、职位最高，却像普通作家一样不离群索居，不趾高气扬，与外省同行交流亲切自然，给大家留下了极佳印象。我为拥有这样一位可亲可敬的领导感到分外自豪，心生喜悦！辽宁的邓刚、上海的赵长天、湖北的刘敬明，谈起作家阿云嘎都竖大拇指！

绍兴的乌篷犹在眼前，乌镇的桨声犹在耳畔，金华的火腿肠犹在舌尖，江南的你的笑容一直深深地留驻在我的心中。

你一直以事业为重，以工作为重，利益面前你躲，荣誉面前你让。大度、隐忍、内敛、持重，集这些品质于一身，你是男人中的翘楚。在合作精神、团结意识、互助原则上总把持得那么好，你是团队里的磁石。你把大量的精力投放到工作上，牺牲了创作和休息的时间，却毫无怨言，也从不讲工作如何如何影响到了你的创作，否则会更有收获，云云，而是常怀感恩之心，总以一个牧民的后代在组织培养下才有今天的成长自勉，感恩不尽，于是加倍努力，善待生命中的一切。

退休之后，你的创作进入了巅峰状态，让我们看到一个优秀的文官之外，一个不可多得的民族作家！

从最初的诗人转而专攻小说，从蒙古语写作到汉语写作，从一九七六年在《内蒙古日报》发表《鹰飞不过去的沙梁上》到《人民文学》头条发表《满巴扎仓》，你在草原文学的创作长路上从未停歇跋涉的脚步。正如你的作品《留在大地上的足迹》,四十多年光阴文字,已经深深镌刻在当代内蒙古文学创作的丰碑之上。你以雄鹰高翔的姿态俯瞰世界、观照人性、引领方向,建构自己的文学天地,给予我们太多的创作启示。

文学是人学,于小说创作是恒久常新的话题。对这一宗旨的确认与坚守,贯穿了你创作的始终。尤为难得的是,二十世纪八十年代,文坛刚刚解冻,你就确立了以人为本的创作理念,迅速创作出以《大漠歌》《浴羊路上》为代表的系列优秀小说。前者写自信的牵驼人在世易时移间失去相爱之人的不舍和坦荡,后者关注的是三个少年性意识觉醒的花季过程,时至今日,读者们都不会忘记最初读到这些文字时的震撼。那些远去的历史云烟带着永不消散的魅力打动着人心,警醒着人心,使人性温度、生命暖意持久地存留在读者心中。

你的写作是以人民为中心的写作,百姓的生存状态常常让你感同身受,不吐不快。面对纷繁变幻的生活,儒雅温和的你保持着敏锐的批判姿态,这如同你的名字一样,惊雷总在笔下(阿云嘎,蒙古语,雷声的意思)。

二十世纪九十年代,生态保护成为时代的重要话题,你以一系列传递热爱自然、珍惜生命意识的小说指点迷津,这些讲述万物有情的故事,闪耀着灵性和对自然深沉的爱意。《沙梁那边是十三世纪》《燃烧的水》《天上没有铁丝网》直指人的异化、价值坍塌、道德滑坡等社会问题,而《粗人柴德尔的短暂幸福》等关注的又是时代列车驶过时处在震动中的留守儿童、小人物所受到的碾压与倾轧。这些问题绝非蒙古民族所独有，站立在传统与现代交界处的作家阿云嘎，为弱者的命运呼号，为种种社会问题把脉，为人类前程鸣响警钟。

古稀之年，壮心不已。你以重新出发的年轻步履面对生活，保持着惊人的创作活力。开放、多元、厚重、沉潜，成为你晚年创作的基本特征；对蒙古族历史和哲学的深入思考，对草原文化尊重自然、崇尚英雄核心理念的深刻理解，对善良宽容悲悯力量的确证，让你下笔时迸射着英雄主义的凛然、血性和刚烈，呈现出变幻世间永恒不变的人情冷暖，时间漫过之后冲刷出悲悯、信义和善良的可贵。蒙古民族的当代命运是你持续关注并以心命笔再现的主旨，蒙古族文化的高贵精神始终流淌在你笔尖心底，你是当之无愧的民族作家。

从鄂尔多斯高原走出的你，从来没有走出过蒙古民族文化和鄂尔多斯草原的地理，而这两者也几乎成为你小说创作的魂魄，并是你文学世界的全部基因。你在鄂尔多斯苍茫的戈壁上展开文学想象，提升草原文学的特色化程度，如你自己所言：永远都是家乡的孩子！在这一点上，你持之以恒的艺术贡献是令人叹服的。你对地域文化的精准把握，对民族生活和精神的有效开掘，是留给我们的极为珍贵的当代蒙古族文学创作的成功探寻。

作为一名真正意义上的草原作家，你敏感、深邃且开阔。作为一代优秀的蒙古族作家，你对人性、生存和民族未来的深刻思考，那些让人惊心动魄、回味悠长的故事，那些长久的感动、思索与启示，将永远在北国的文学天幕上熠熠生辉。

愿意听你慢悠悠地讲生活或工作中经历的往事。

当秘书长要处理好工作中的各种事务，不仅要有热情、真诚，还需"智慧"，很是微妙。那些年车辆少，下乡检查工作或外出开会，两位"一把手"要同乘一辆车，谁坐在突出位置就成了一个"问题"，也常常引来一些"麻烦"。反复琢磨，你有了一个"妙招"。一次下乡，你照例提前来到车前，把二位领导的文件分放在后排两座，自己端坐于副驾驶位置上。领导来后，你说：坐前面不安全，两位领导在后面谈工作也方便，以后，我就和司机固定在前排啦！

这个故事给我留下深刻印象。这是典型的"阿云嘎智慧"，不伤大雅，各美其美；这是在生活中磨砺、在实践中揣摩才能生成的"得心应手"啊！阿云嘎同志，你的涵养与修炼，我们想学，但学不来。这仁善与智慧的结晶属于你，不胜枚举。追忆你，你春风般的笑容饱含着这些细微的美好！

这十年，你退休赋闲，潜心创作，心无旁鹜；我偏居一隅，孤影青灯，寂寞无声。每每看到你的鸿篇巨制，大为惊讶，深感叹服！想与你促膝交流，又恐影响了你的创作，拨动你的某种心绪，于是便期待有一天你含饴弄孙颐养天年之时。谁知，倏忽间竟成永诀，空留巨大遗憾！

五年前，在一个特殊场合远远地见到了您。遥遥相望，您高大的身躯扬起了手臂，我高高地举起了手臂，乌日娜老师也举起了手臂。三只手臂在空中摇晃的样子，至今历历在目。我们没有走近，中间隔着一道不高不矮的墙，似乎还隔着一层什么。与睿智的超克图纳仁先生说到此景，老人家浅笑，微叹了一声。谁知，那一次竟是最后一面……

您的创作是严肃认真的，您的做人是严谨可靠的。

谈到基本功，你说，一个作家连文字都不过关，怎么行呢？一个文人做事没有底线，怎么行呢？

感谢您对我诸多的鼓励与鞭策。多年前，写诗之余练写了十几篇散文求教于你，你极为兴奋，写了很长的文字分析予以肯定，建议我进入小说领域创作，或许会有更大收获。一天中午忽接您电话，说正在看中央电视台播放我创作的交响音乐史诗《成吉思汗》。这些充满暖意的细节，都成为我过去与未来文学前行的不竭动力！

不曾与您耳鬓厮磨，不曾与您觥筹交错，却无数次聆听过您的教诲。和风细雨，清茶一盏，君子之交，心旷神怡，回味无穷……

向您学习，严于律己，宽以待人，不沽名钓誉，不颐指气使。身体力行，率先垂范，海纳百川，汇聚起内蒙古文艺的每一条溪流。是啊，草原文艺就应具有草原一样的格局，草原文艺家就应具备草原一样宽广的胸襟。团结互助，比学赶帮，把心思都用在事业上，凝心聚力，才能出精品，出人才，出效应！

这篇文字从傍晚写到深夜，又从深夜写到黎明。熹微初露，东方欲白，仿佛看见了您那春风般的笑容，耳畔又响起您那低沉、舒缓、极具磁力的声音。从春风里相识，到春天后送别，我的心中经历过一阵阵雷雨，感慨万千。

夏至将至，春寒不再。草原文艺宛如丰收的牧草，蓬勃旺盛，铺向天边。阿云嘎同志，您的身影随风远行，牧草深处留下了您为内蒙古文学艺术发展跋涉的清晰足迹，这是我们后学永远值得珍藏的宝贵财富。从高原到高峰，还将有一段漫长而又艰辛的旅程，我们心里有一盏灯！

  彩虹映照下的那一抹绿茵正在高原上蔓延，一如您嘴角上那不散的微笑，常在我心！

2020 年 6 月 16 日晨

又是一年春草绿
——写在策·杰尔嘎拉先生理论专集付梓之际

又一场春雨洗亮大地,又一缕春风绿过草场。

五月临近,蓦然回首七十多年前的"五一大会",以及在党领导下,全区各族人民心手相连走过的一程程风雨,感慨万千……模范自治区的光荣,需要我们倍加珍重,用心擦亮。

在这样的日子里,著名蒙古族文艺评论家、民族理论家策·杰尔嘎拉先生的理论专集《中华民族一家亲 同心共筑中国梦》一书,即将付梓。这是春风带来的喜讯,何其令人欢欣!

策·杰尔嘎拉在语言上蒙汉兼通,在文化上蒙汉合璧,在情感上蒙汉交融,堪称民族团结的使者,民族文化的传播者,民族精神的践行者。这里所说的"民族",包括情同手足民族间的友爱,更旨在中华民族大家庭精神的共享。

策·杰尔嘎拉少年丧父,由老爷爷和叔婶抚养长大,乡邻刘姓干妈菩萨心肠,视若己出。因此,草原文坛上便有了一个声名远播的汉语名字:刘成!

这一段意味深长的情感经历,在刘成幼小的心灵中,播下了蒙汉手足情、中华一家亲的种子,他以一生的实践体味、感受并不断升华这一理念。生活工作中，他的蒙汉兄弟姐妹甚多，不分伯仲。上至耄耋长者，下至弱冠少年，不论名流大咖，抑或布衣百姓，只要为人坦荡，友善真诚，他都相濡以沫，相亲相爱。因此，总书记"铸牢中华民族共同体意识"论断提出后，刘成先生的领悟、思考、解读，便先行一步，更深一层。他的文章有根有脉，有理有据，有血有肉，深入浅出，引人入胜。因为构建共有精神家园，于他早已是根深蒂固，源远流长，一如阳光、空气和水，无时不在，须臾不曾离矣！

在学习习近平同志关于文艺讲话和论述方面，刘先生一直是一位坚定的先行者。他独到、新颖、深邃的观点阐释，不仅在边疆塞外独领风骚，即便在全国，也颇为前卫。其探索的勇气与自觉，令人叹服！由于生活底蕴深厚，刘成先生在蒙古马精神与乌兰牧骑方向等方面的研究，也独辟蹊径。他将草原文化置身于中华精神的大格局之中，使其更显魅力，这无疑也是对中华文明的包容性、丰富性做了一次有益的淬炼与涵盖。

理论的意义不止于归纳，而是指引。刘成先生的理论文章不仅对现实"精神之钙"的缺失大有裨益，对时代与未来的昭示亦十分有力。随着时间的推移，这些缜密的思考必将显现出其独有的功力与价值。

刘成先生已是杖朝之年，学富五车，著作等身，可谓功德圆满，大可"马放南山"了。但他依然马不停蹄，激情不泯，劈波斩浪，着实令人钦佩！是怎样的力量在驱动这位理论家思考的呢？是时代，是这样一个百年未遇之变革、充满生机与梦想的伟大时代！我们应由此受到深刻的启迪与激励，从而奋发有为。刘成先生除了理论上的建树，还以旺盛的精力投身诸多社会事业，他的勤勉与热忱，堪为后学的榜样！

有晓青主席宏论在先，我理当闭嘴不再饶舌。而刘成老师火苗般温暖的笑靥后面往往蕴藏着百折不挠的执拗，非让我再说几句不可。我是一个有"软肋"的人，对前贤的布局从无抗违，加之初读文章之后便觉醍醐灌顶，于是心甘就范，画蛇添足。

又是一年春草绿，梨花风起正清明。

春天来了，暖风一吹，有实力的花朵率先绽放，有担当的绿叶也随之萌发扶掖。试想，万绿丛中能呈一片叶映花红，也算不负春光了。于是，惴惴不安之中我便有了些许宽慰……

2021年4月6日夜

谁是这个世界的富翁

——乌兰托嘎、宁才和我在春天里的一段往事

橘黄色的灯光照射在他橘黄色的脸上，印证着黄金氏族的高贵。

高原一样凸起的颧骨，河流一样细长清澈的小眼睛，典型、概括——这是一张极具特色的蒙古人的脸。盘坐在蒙古包里，朋友们不约而同地说，看，忽必烈来了！不错，倒退几百年，他怎么也是个千户长、万户长，至少也是一个像样儿的王爷、贝勒、台吉什么的。荒漠草原一样稀疏的头发蓬乱着，保留着秋风梳拢过的样子；唇上那两撇橙红色的小胡子，抿酒后一翘一翘的，像一朵自由的音符，在朋友们快乐的笑声中，悠然跳荡。

这，就是乌兰托嘎。

去年的现在，我们俩应邀去二连浩特无功而返。两手空空，却像满载而归的猎人，踅进武川一家莜面小馆儿，喜滋滋喝起酒来。

凉菜刚上一碟，两人对饮开始，推杯换盏，彼此相劝。不过，我俩的"劝"，有些特别："这杯我干了，你少喝点儿。""你血压高，这杯我替你喝了吧！"好像酒不够喝，谁被动了就要吃亏似的。

酒后的话题像赛汗塔拉那段路，走着走着就出岔了，走着走着又回来了，颠簸摇晃得很。不过，方向大致还是有的，那就是回家，那就是他远去的父母和我健在的双亲。

托嘎说，母亲去世多年了，耳边却总是回响着她的呼唤："托嘎……托嘎……"这声音萦绕着，一直不散。

他的眼睛噙满了泪水。

捏着酒杯，我说不出话。

与他不同，饱汉难懂饿汉的饥。在武川的山坡上，一蹬脚，我就能看见母亲家里温暖的灯光；不出一个小时，我就能坐在妈妈的床前，说几句逗她乐的话。托嘎却没了这种温暖，就像这深冬的草场，绿色褪尽，一片枯黄。而草原的枯黄是短暂的，大雁一来，草又绿了。托嘎说，这绿，对他来说，已经一去不复返了。

托嘎回忆着母亲生前的一个个细节、一件件往事。

……爸爸买来一打气球，弟兄姐妹们高兴极了，让它们在空中五颜六色地飘着。一会儿工夫，妈妈回来见那些肥硕的气球个个像瘪了的茄子，一节节，又好像刚刚出膛还没来得及灌血的羊肠儿。大家都背手端坐，靠着墙根儿不出气儿，形势十分紧张，眼睛却个个瞪得比刚才的气球还大。

"真聪明！是谁的主意带头弄破的呀？"妈妈背后拎着烧火棍，笑着问。

"我！"扎着羊角辫的二姐几乎跳了起来。罪魁祸首不打自招，结果不言自明。

我俩开怀大笑。一位睿智的母亲的形象赫然出现在眼前……

"谁是这个世界的富翁?"凝注表情,托嘎突然问。

我知道,他要表达的是什么。

托嘎不是那种小有成就便吹胡子瞪眼、撸胳膊挽袖子、袒胸露背的人。他是说知音难觅,真情无价。那些脑满肠肥、挥金如土的人空虚得很——肉食者鄙!他说的是这个意思。

托嘎洒脱、包容、豪爽、大气、自尊、仗义,人缘儿好得没办法。每次在蒙古大营喝酒,中间出去撒尿的工夫,他总要被一拨拨熟人劫去,连干十几杯才能放还。人走了十几年了,哥们儿居然比我还多。都说文人相轻,托嘎不,同道有了成绩,他发自内心地高兴:"听,多亲切多大气呀!"这是在说斯琴朝克图的《蓝色的蒙古高原》,好像这歌儿与别人无关,是他托嘎写的。

从《蒙蒙细雨》到《草原在哪里》,再到《呼伦贝尔大草原》《父亲的草原母亲的河》,近年来,托嘎的创作像返青的牧场,风推浪涌。而他自己却满不在乎,大大咧咧,什么评奖不评奖、专家不专家的,无所谓。

总是不温不火,如同他的创作一样,托嘎的心宽敞着呢。不论发生了什么,只要挨到枕头,他倒头就睡,鼾声骤起,携着韵律,东部短调民歌式的那种,舒缓柔曼,层层递进,总憋着一股劲儿,这是他一贯的风格——我说的不是创作。

宁才说,托嘎最有价值的不是音乐,是思想。我觉得,他成功,不光作曲,重要的是做人。

托嘎、托娅夫妇从北京回来,大家雀跃,满满登登一桌坐了近二十人，我为他们洗尘，其中不乏文艺界的"腕儿"们若干。酒酣耳热之际，又有三位与托嘎光屁股时一块儿长大的儿时挚友赶来助兴。因为有酒在先，醉眼蒙眬，眼高手低，对"腕儿"多少有些敬仰不足，导致争执。为平息事态，有人提议，让后来者先退一步。托嘎稳稳地坐着，不予理睬，拍拍边座，真的像王爷一样，执意让那小兄弟端坐在身边，没事儿地继续喝他的酒。

"腕儿"可失，而少年结交的情谊断不能丢。这，就是托嘎。那时我们还不算太熟，这一幕，却给我留下了深刻的记忆。

那次我去北京，托嘎设宴，纠集起十几位内蒙古籍的文艺界精英聚首，其中含大名鼎鼎的宁才。那时，宁才刚刚摘取金鸡奖的桂冠，捧杯的手还温着呢，众人都争相与他握手，正可谓"炙手可热"之时，忙得很，因此席间不免话语滔滔，阔谈艺术之道之圣洁之不容亵渎不容侵扰云云……我听不大懂，脱口而出："不要得了个金鸡奖，就不知道草是什么颜色了！"这话挺损的，很没文化。当时的宁才酒香盈袖，鲜花簇拥，鸟语花香，不绝于耳，哪受得了这个，扬起伟岸之躯，站起来就要走，头都不回。我借着酒胆，像托嘎那样稳坐着不动，挥挥手目送大明星淡出。

哎呀！苍天在上，"皇恩"浩荡，谁敢招惹影帝呢！于是立即有人说，没有不散的宴席，撤吧！拎包起身做陪宁才出走状。

这时，托嘎缓缓地站起身来了，我以为他也要走，吓了一大跳。

"宁才，阿古拉泰是我的哥们儿，千里迢迢从家乡来，你这么急着走，就不够意思了。"声音不大，像音乐的"过门儿"，却掷地有声。

影帝就是影帝。

宁才居然蒙太奇地调转过英俊的身躯，狡黠一笑，坐下了，与民同乐，幽默地说："我是考验你们一下，是不是真想留我?"然后朗朗大笑。这笑声在酒香中回荡，使阴云散尽。筵席上，好像什么也不曾发生，宁才急转直下，与我滂沱豪饮，其乐融融，其情依依。从此，我们的友谊像冶炼出炉的钢坯，经过锻打、碰撞之后，愈加坚挺。自然，我不动声色地从宁才身上汲取着宝贵的艺术精华，而他却浑然不觉。我窃喜。

细想起来，还不是我小家子气？人家得了金鸡大奖，说两句锦言妙语，你听不懂也就算了，非要显个性，不屈不挠地与大腕儿抗争，见了"皇帝"也不叩头，岂不是无知无畏！幸亏托嘎的仗义与智慧，还有宁才的宽广与气量，不然，好端端的朋友就成了路人。不过，宰相肚里能撑船，"天子"的胸中自可放飞雄鹰了。我草率地冒犯了影帝，未受惩戒反倒因"祸"得福，幸哉！喜哉！善哉！大人不计小人过，海纳百川的宁才，在下这方有礼了！

我不懂音乐，却乐此不疲。听托嘎的歌，像品味一壶刚刚温过的绵绵的、醇醇的酒，它徐徐沁入你的心肺，又缓缓奔流在你的血脉中。就像他的人，不紧不慢，宠辱不惊，舒坦中，永远让你存一丝期待、一番热切、一阵踏实、一份感动。歌声戛然，那情愫还袅袅地萦绕于心，甘冽，清纯，如梦，似雾。怎么了，是不是他在音乐中施用了什么"魔法"之类，折磨得你梦绕魂牵，不能自拔。

　　面对那些浮华狂躁的声音，托嘎说，好比一个勤劳的牧人，拥有一望无边的草场，上面走着成千上万的牛羊骆驼，他着什么急呀！不像小商小贩，刚弄到十来只羊，便招架不住了，大喊大叫，冒烟咕咚……所以，那些浮躁的声音总是飘在上面的，最多在喉咙里，不能入心入肺，因为他急呀！蒙古人的音乐，深沉，悠远，旷达，自信，淡淡的还有一丝丝忧伤，因为蕴蓄得太多、太久了。没有办法，这是一座富矿，这种酿造，这样的开掘，永无尽期。

　　我知道，在辽阔的草原上，托嘎没有一座毡房，没有一片草场，甚至没有一头牛一只羊。但在这片广袤的土地上，他有马骑，有酒喝，有泉水一样喷突不竭的激情与爱。他是富有的，他的才情与思想，像一朵朵白云，飘走了，还会再奔涌出来。一百年后，河流改道，黄沙变金，他的歌，还会在蓝天下的牧场上，传唱不衰。

　　　　　　　　　　　　　　　　2004 年 12 月 12 日

第二辑 我和我的安达

我和我的安达

草地上，童年的玩伴流星一样散尽，我在记忆的深处搜寻着他们的踪影，搜寻着他们的笑容、嬉闹、顽皮、欢乐和细碎的马蹄声……

安达，我的安达，现在，你们在哪儿？

奇迹出现了。

温暖的小羊羔、憨态的小牛犊、欢腾的小马驹儿……他们带着草香、鸟鸣，还有鲜花的笑靥，千姿百态，姹紫嫣红，出现在了我的面前。

七颗太阳，两轮月亮，加上一株夕阳斜照下胡杨一样的我，十全十美了！

九个人，九道风景；九个人，九片天空；九个人，九道彩虹。他们手持着八百年来草原上最走心的乐器，为我打开了奇异的世界。那动人的呼麦、长调，泉水一样从他们的胸膛里流淌出来。草原的呼吸，高原的回声，他们酿造着音乐的乳。醉人的芬芳，无痕的风韵，弥散在静谧的高原上。

除了琴声歌声，一切都是无声的。扛一只羊、半头牛，喝公斤以上的酒也依然无声。他们是无声电影，上演着生活的华彩乐章。他们的清纯，让我回到了难忘的黑白时代。

假如返回当年，他们中的男人，个个都是当之无愧的可汗或者千户长、万户长，征服世界，不在话下。其其格玛、赛罕尼亚，不是公主就是皇后抑或大妃，别无选择。她们的美，只能用草原上的鲜花配比了，沉鱼、落雁，望尘莫及。

十年安达，我看着他们一天天长大。生命里涌动着相同的草浪，岁月中分担着共同的风雨，我们分享着一样的欢乐与忧伤，因为，我们身体里奔流着相同的血液。

这，就是我和我的安达。

追梦十年，他们用汗水滋养着音乐的牧场。他们的足迹遍布草地，也浪迹天涯。他们囚禁自己，也流放自己。他们让高贵的中国民族音乐流淌在大洋彼岸，信马由缰，此消彼长。蒙古人的自信不光颠簸在马背上，牧马人的豪情像天上的云彩，自由成长，随风飘荡。成吉思汗的后人用天籁的歌声，在他乡找到了故乡……

音乐，是安达的生命，可除了舞台上，他们却几乎无声。心手相连的安达，他们的静默、无言与抱团是我的榜样。

时常称我为"家长"，让我不禁想到七百年前的"王汗"，那太苍老了，正襟危坐，目不斜视，还要接受走投无路的铁木真奉上的心爱的貂皮大衣，似乎与同生共死的精神不搭。

还是叫我安达吧。这样的称谓可靠，踏实，千秋难觅。

我儿子的年龄是他们年龄的中位线，因为写了一篇安达的文字，他们也成了安达。由此，我也成了我儿子的安达。谢谢！

我的幸运，感恩长生天的赐予。我的快乐，感谢安达情的馈赠。

　　这水乳交融的幸福,难以名状。于是,我写了一首让我自己也感到心动的歌词《安达》,那日苏为它插上了飞翔的翅膀。它辉映着他们九个人九死一生的命运,也弹拨着我们十个人十指相连的心声。

　　命里相逢的安达,不是为了沉醉才豪饮;生死相依的安达,为了拥抱彩虹才迎接风雨。臂膀搭在一起,就是"哈那",撑起一顶毡房的脊骨;臂膀再叠一下,就张开了一双巨大的翅膀,去丈量宝石一样的天空。

　　飞吧,我的安达!

2014 年 8 月 8 日夜

金花，草原上一朵会唱歌的花

她金子般的嗓音，鲜花一样的笑容，炉火似的热情，是一个时代鲜明的符号。

从骑手到骑兵，父辈将骨头里的绿传递给了女儿，女儿又将这绿转化为一种精神，传承，蔓延，光大，让人们从她百灵鸟般的歌喉中，感受到草原的辽阔、高原的神奇、牧人的豪情与马背上的欢乐……

十七岁走进乌兰牧骑，金花将花朵般的人生根植在牧草深处，奉献于艺术本真。人们记住了她的笑容，回味着她的歌声，却忽略了那跋涉中的风雨。无论历经怎样的风云雷电，她总是报以彩虹的微笑，这是金花的天性，更是她的坚守，她以这样的执着，反哺党和人民的恩泽。

六十年，一个甲子，金花在风沙冰雪中怀抱着阳光雨露，从未停歇前行的脚步；从生活中汲取滋养，又将光华回馈给山河。金花唱歌时像在和亲人说话，说话时又宛如在你耳边轻轻歌唱。她手捧着一颗露珠，小心翼翼，从一座毡房到另一座毡房，从青草初萌到大雁南飞，让艺术与生活水乳交融，她的歌声，感动着天地间的每一棵小草和沙粒……

人民需要艺术，艺术更需要人民——这是金花和她同时代艺术家们留给蒙古族文化的脚印，也是需要我们永远铭记的箴言。

凝视一个眼神

《邢宗仁摄影五十年作品集》出版之际，正是科尔沁大地莺飞草长之时。草香伴着墨香，传递着丰收的喜悦，让人百感交汇，思绪万端……

一本画册，记录的不只是一个摄影人跋涉的汗水与脚印；一支普普通通的镜头，默默收藏了半个世纪科尔沁的沧桑巨变。透过这双"慧眼"，我们看到了世间的风物、冷暖、黑白，看到了广角之下更为广阔天地里的缤纷。

五十年前，机会把一部相机交到邢宗仁手上，他开始同这个伙伴一起观察生活，记录岁月；五十年间，相机与他形影相随，镜头，成了他的另一只眼睛，成为他生命中不可或缺的一部分，成为他心灵瞭望世界唯一的窗口。

罗丹说，所谓雕塑，就是把石头多余的部分去掉。

这与摄影的道理何其相通。不是看见了什么，而是"发现"了什么；不是记下了什么，而是放大了什么，抑或浓缩了什么。人生，又何尝不是如此？不是得到了什么、失去了什么，是品尝到了什么、悟出了什么。生命的价值不在于它的长度、宽度，是深度，是高度，是浓度，是精度。

显微生活，概括岁月，有广角，有长焦，有连拍，有空镜，关键的关键是"那一瞬"。邢宗仁的成功，就在于他毫不迟疑地把握住了平常生活中不平常的每一个瞬间。

精准的一瞬，精微的一瞬，精妙的一瞬，精彩的一瞬。

五十年，在时间长河中只不过短短的一瞬。而这一瞬对于一个人来说，却又是"慢镜头"，它几乎囊括了人生的全部。邢宗仁把自己的一生交给了摄影，风餐露宿，苦辣酸甜，喜怒哀乐，荣辱兴衰，尽在其中。

他把生命托付给了摄影，摄影，也返还给了他第二次生命。在他向事业辉煌顶点冲刺的时刻，命运残酷地将他击倒了，是三脚架支撑起他又一次人生，让跌倒了的他，再一次爬起，站立。世界，在他的镁光灯下，又为他亮丽起来。

这时，他的脚步更加沉稳，他的手指更加灵敏，他的眼睛更加明亮，他的夕阳正红。

命运的起伏，究竟是祸，还是福？感恩感动之余，我们还是感慨感叹，关键的关键，仍旧是能否把握住"那一瞬"！

艺术可以提炼，时间却无法过滤；光阴无情，却也公正地照射着每一个人的全景。我们在欣赏品味邢宗仁艺术的时候，有谁能体会镁光灯背后的那些等待、焦灼、苦闷、无助、孤独与坚守呢？

与老邢相识整整四十载，比他的"影龄"刚好小十岁——这也是一个值得珍藏的"慢镜头"。我是他不折不扣的小弟弟，他是我心怀崇敬的老乡、老兄和老师。讲不清他的摄影艺术给了我怎样的滋养，但我清晰记得三十八年前他为我拍大学准考证照片时的情景。那一幕，一生难忘。那是我们友情的起点，出发了，就没有终点。

我也是一个摄影"发烧友"，却一直局促地站在门外。

我有我"瞬间"的积累，我有我观察事物的视角，我也会小心翼翼按动我的"快门"。四十年，一次次"显影"，那宗仁的笑容、眼泪、汗水、姿态、行走，特别是那独特的眼神，在我心中有一本厚厚的相册……

2015年6月16日子夜时分

这一缕花香永留人间

谁都知道，桂花生自南国。

谁都知道，桂花香在八月。

而此刻，在苍莽的塞外，在飘雪的隆冬，有一枝桂花倔强地摇曳在凛冽的风中，有一缕花香持久地弥漫在我们心头。

在我们心中，桂花，有着多么美好的寓意：吉祥、崇高、忠贞、友善，芳直不屈、出类拔萃，浓则远溢，近可绝尘。她喜暖，耐寒，不择土地，四季常青，毕生以自己的静与柔向世界吐露着独有的芬芳。

这，多像是一个人的品质啊！

桂花姨，你的一生真的就像桂花一样，默默无闻，不声不响，向人间吐露着醉人的芳香，呈现着绵绵不尽的美。

七十七年前，你从寒风呼啸的隆冬来到这个世界，一路奔波，一路风雨；七十七年后，你又在更加寒冷的大寒时节告别了亲人，留下一片暖情。你一生身披圣雪，胸膛里一颗跳动着的佛心，就是一盏不灭的灯，照亮了生活，温暖着我们。

大学毕业，你就来到公安战线。威严的警徽下绽放着你一生的笑容。在这个特殊的领域，你以一成不变的耐心暖化了一片片冰雪。公正、透明、细心、严谨，眼睛向下，善心向上，你为底层人办了多少好事，自己也数不清。你以一生的暖与善，告诉人们：人民警察的真谛与内涵。

你和包老师来自同一片英雄的土地，大学同窗，五十年相濡以沫，你们共享了常人难以领悟的默契与真爱。他雷鸣电闪，你和风细雨；他大刀阔斧，你精雕细磨；他大江东去，你静水流深。这看似相对相逆相悖的性格，恰恰是你们相吸相知相融的和谐之妙。这半个世纪的风雨甜蜜，只有你们才配共享共担。

一个向往英雄、理解英雄、拥有英雄并甘于与英雄相伴相随的女人，才配称得上是真正的女人。这样的女人，是我们心中的巾帼，是我们的女神。这个女人，是你。

三个孩子在岁月的季节中一天天长大。其中的甘苦，只有母亲才能体会。但我知道，从你的口中从来都没说出一个"苦"字。三个孩子依次考上大学，如今他们都已长大成人，都已事业有成各居一方，这对你和包老师是多么大的安慰呀！他们还有多少孝心没来得及表达，他们多么需要爸爸妈妈，他们多么不想让你们走啊！

三十年前，我认识了你们。于是，我成为这个家庭的"编外成员"。我叫你阿姨，孩子们叫我叔叔，这样错杂的称谓有点可笑，却又可亲，几十年一成不变。叫你阿姨，你的身上兼有母亲和姐姐的影子。我们没有血缘，却是不折不扣的亲人。你朴素、安稳、平和的行止，融合了知识的严谨、干部的郑重和乡间的素朴。这样的女性在当下，已是弥足珍贵。

你是素食的，却常常为大家端来一盘盘热腾腾的佳肴；你是安静的，却常常为大家带来一次次开怀的大笑；你是爱憎分明的，却对所有人付以必要的尊重与礼貌。素食，是你一生的写照。甘于奉献，从不索取；宁肯牺牲，宽容忍让。作为普通人，你具备了几乎所有的美德，却从不喧哗，在这雾霾弥漫的季节里，你真心是一枝纤尘不染的桂花，给人希望，令人尊敬。

　　素食，付出，乐善，忍让，这一生不觉得苦吗？然而，苦就是你的乐。为他人带来幸福就是你的幸福，为别人带来快乐就是你的快乐。这就是人与人的不同，这就是你人生的价值与向往。

　　七十七年的风风雨雨，都化作你脸上永不消散的笑容；七十七年深深浅浅的脚印，已成为我们正直善良的人生坐标；七十七年的日月轮回，短暂得令人有些揪心，你的仁慈为这个世界留下一份可贵的人性标本。

　　六年前，包老师突然离世，我感到自己生命中一半的爱都已经凉了。那时还有你，偶尔通个电话，觉得你们都还在。如今你又悄然走了，三十年的友情储备，一夜全空了，我到哪里去找你们？

　　滚滚红尘，一树傲然的桂花在风中挺立。

　　这一缕花香，永远弥漫在草原上，弥散在天地之间……

围场突围

十几年前回故乡科尔沁,四个同乡同乘一辆簇新的桑塔纳轿车,虽是人满为患,却一路欢声笑语,风驰电掣。

过了集宁就入河北境内。秋天的喜悦夸张地写在农夫的脸上,也写在了苍天的脸上。庄稼们仰面朝天,傻呵呵地笑着,高粱玉米一副腰缠万贯的样子,只有憨憨的土豆把丰收埋在地里,偷着乐。

最抢眼的不是庄稼,是景致。秋天的景色好极了,层林尽染,万山红透。我敢说,任何一个高明的画家也调不出如此缤纷的颜色来。

这是围场,当年乾隆皇帝弯弓射鹿的地方。我们一面赞叹北国秋天的壮美,一面感慨:这清朝的皇上们就是会活,不说三宫六院七十二妃了,就说避暑山庄和狩猎围场这两样,哪个不是人人心仪的好去处呢?几百年前人家就懂这个。哪像咱成吉思汗,一辈子坐在马背上,叱咤风云百折不挠地征服世界,就不知道找个安静的地方歇歇脚、喘喘气儿什么的。

车子驰进围场县城所在地。映入眼帘的河北围场满族蒙古族自治县,好生亲切,有一种到家了的感觉。楚进一家热气腾腾的小饭馆,菜谱招摇地挂在墙上,鲜嫩的鹿肉、野兔、飞禽赤裸着，火红欲滴。老板娘老热情了，肥硕的体态印证着改革开放人们生活的美好，嘴里不停地念叨着满蒙一家，云云。地产佳酿，各式野味，携着老板的热情，纷至沓来。不出一个时辰，司机之外，三人沽进两瓶地产二锅头，可谓风卷残云，杯盘狼藉。每个人脸上都泛出鲜见的红光，比那吊着的鹿肉还有肉感。

一顿饭干掉五百，心生疑窦。老板娘笑吟吟扳指细算，你们是远客，上的全是野味儿……

得，千里迢迢品到野味也不吃亏，就当盘中这些禽兽，都是乾隆爷风餐露宿专门为我们捕来的，还不行吗？空间不会错，只是时间差了二三百年呗。咳，天有多大，草原就有多大，草原多大，牧人的心就有多大……

乘兴上路，车子也仿佛有些酩酊，一路颠簸摇晃。抬头望，天色渐晚，夕阳血红，与车上三位豪饮者的颜面交相辉映。

拐弯处，车子突然停下。前方修路，阻住去向。司机探问，聚拢来一群民工，热情似火。心想，农民兄弟就是质朴，城里人谁会待见你呢！横在路中间的搅拌机搅得人听不清话，一中年男子见"蒙"字车牌凑脸过来："我在集宁当过兵，二老乡，没说的，我带路！"

哎呀，真是救苦救难，黑灯瞎火中有"常青指路"，真乃天赐光明。一日为兵，终身义勇，活雷锋啊，二老乡，不一样！

车行一个时辰，话语滔滔间，路已找到。回头一望，刚才那工地阑珊的灯火就在不远处。那也感激不尽，赶紧说，时间不早了，送指路人"洪常青"回去。

"甭客气，好事做到底，把你们送到蒙冀边界×村，正好串个亲戚。"二老乡猛吸一口烟，道。

又是一路欢声笑语。三星西斜，隐约有灯火在前方闪烁，蒙冀交界处就要到了。心中大喜，感恩之心澎湃乱跳。欣喜之际，忽感臂下猛地震动，车胎突爆。五人一起感叹，真是苍天有眼，这要坏在荒郊野外该如何是好？！更可叹的是河北人的热忱周到，补胎就在路边，仿佛"特供""专服"。

不一会儿，车胎轻松补上。如此上乘的服务如及时雨如大救星，费用哪还好盘算呢，要多少给多少！交情甚笃，分手在即，别情有些依依，我们捧出会议纪念品赠予二老乡。二老乡摇头，伸出两根指头："二百。"说罢拨通手机："货已到……"夜色下，我们分明窥见了那"二老乡"眼里闪动的寒光。人民币，人民花，两张大票轻轻放下，赶紧开拔。

迎面又有一辆小车飞驰而来，骤然顿住。司机弯腰，从胎底狠狠拔着一根长钉。我们几位面面相觑，哦，一切都已恍然大悟。立马上车，趁刚拔出的钉子还未栽下，开拔，转右舵，打大灯，桑塔纳飞一样进入喀拉沁旗黎明的怀抱里……

车轮飞转，发出"杀、杀"的响声。

猛然想起电影《垂帘听政》中皇帝出猎前堵杀母鹿的场景，背后顿生一股凉风，手心沁出一大把冷汗。

2009年10月19日

岁月深处的那一盏油灯

读胡满达的书稿,让我想起自己的童年。一座寂静的蒙古小村掩映在晚霞之中,牛羊归栏,炊烟弥漫,简单匆忙的晚饭之后,沉默寡言的父亲搓起长长的火绳,劳碌了一天的母亲点亮煤油灯盏,尔后,习惯地取下发髻上的"疙瘩针",轻轻挑亮那豆大的光明……

这普通、惯常的生活场景,于我,没齿难忘。是一种隐喻,还是一种象征?它,朦胧又充满诗意,温暖而饱含着人间真情。昏暗里,母亲为我们拨亮跳动的希望;微光下,我们在寻觅遥远的未来。

满达是我的同乡、同族,又几近同庚。一样的阳光,一样的风雨,一样的童年,一样的渴望,让我们执着前行、义无反顾而又彼此心通。

人,不可与命相争;人,又必须与命运抗争。这是满达的人生历程给我的启示。

少年丧父,刚上初中便"接班"当通讯员,当勤杂工。这在当时既让同伴羡慕又令母亲心酸的时光,细想起来,实在是叫人心中五味杂陈。我们仿佛看见一个懵懂少年,漫无目标地行走在乡间小路上,一身洗得发白甚至打着补丁的劳动布衣,军用书包斜挎在肩上,时而握锹挥汗,时而斟茶倒水，身上落满各色目光，偶尔还会招致莫名的申斥，而他，也许一生都不会知晓自己究竟错在了哪里……

这个倔强的蒙古族少年有一颗想飞的心。

少年满达再次回到了书桌旁，并非担当不起生活的重负，而是渴求知识的鞭子时时在抽打着他的心。他悄手蹑脚地凑到母亲纳鞋底子的昏暗的灯光下，苦读，求知，他要撕破这牛皮灯笼般的混沌，探究那凿壁偷光的天明。

五十岁的满达历经了若干岗位，而追寻与求索，是他一以贯之的行动。他似乎永不满足，永不疲倦，海绵一样吸纳，奶茶一样沸腾。这本小册子，让我们清晰地看到了他跋涉的脚印。

在政府机关担任要职，公务繁忙，千头万绪。而他在工作之余、应酬之外，把所见所感、点点滴滴，一一记录下来，表达对生活的认知，抒发对世间万物的感慨。看似闲来之笔，却是需要一定意志品质的。他的文章简约洗练，思维敏捷，视界开阔，伸缩自如，有的篇幅长达万言，有的标题下仅一行小字。内容上有的放矢，言中有物，形式上新颖独特，不落俗套，读来让人感到亲切。书稿里有童真记忆、少年怀想、青春往事、感悟思索和世态百相，其中最令我感动的，是他的亲情、乡情与真情。他把父母双亲奉作苍天大地，把启蒙恩师视为再造父母，把爱岗敬业当作第一要务，把民族精神化作血脉传承……是的，一个人如果不爱他的父母，不爱他的民族，不爱他的工作，何谈爱生活、爱祖国、爱人类呢！

他对母亲的追忆，让人久久不能释怀。美丽、善良、坚强、勤劳、聪慧、远见，蒙古族女性的所有优点几乎都汇于母亲一身。读这样的文字，丝毫没有夸饰之嫌，反会让我们生出一番敬意。一颗跳荡着的赤子之心，跃然纸上。

一个周末的夜晚，与满达小酌。当讲完母亲的一段往事之后，他已是泪流满面，我也伴随他热泪沾襟。那个清瘦的年代，家境贫寒，操劳了一生的母亲，除了精神的传递，还能为他留下什么呢？自尊，自爱，自信，自强，这是母亲生他之后馈赠的唯一一笔财富，让他终生铭记，也终身受用。

追求完美，是满达的个性。他注重细节，愿把事情做到极致，不留余地。无论当小蒙医为牧民巡诊，还是任处长为大领导服务，他都勤动脑筋，反复琢磨。工作上，他恪尽职守，从不拖泥带水；生活中，只要承诺的事，他丝丝入扣，决不食言。

不服输，是满达的又一特质。他身上涌动着一种精神，总像憋着一股劲儿。什么劲儿呢？男子汉的劲儿，蒙古人的劲儿，不服输的劲儿，宁折不弯的劲儿，跌倒了再爬起来的劲儿。他与文学艺术隔行不隔山，周遭聚拢着一大批个性鲜明、千姿百态的作家、艺术家，时而谈笑风生，时而勾肩搭背，时而面红耳赤，时而握手言和……他不是在"享受"，而是在学习。他认为，要想服务到位，必须有一定的"积累"，而"积累"的最佳方式，就是耳鬓厮磨。

这是一个英俊的蒙古族男人。一头秀发，五官端正，身材挺拔，体魄健壮，赤红的脸膛故土一样纯厚，表情四季分明，令人感到踏实。一口略带蒙古语音韵的流畅汉语，行云流水，掷地有声……他把生活和工作样样都打磨得笔挺、鲜明、生动、多彩而富有内涵……

为满达写序，我有些踟蹰。他每天卫星飞船般围绕在大领导身边，那样的"点拨"岂不是更加醍醐灌顶？老泰山岳丈大人又在家乡掌管过意识形态，明察秋毫，力透纸背，而且血脉相连，何必"舍近求远"让我空发议论呢？不过我想，一项产品出炉，总是需要推介的，我就是"解说"，我就是"导游"，所以不劳大驾也不无道理。但愿我的"絮语"，能把读者引入应有的境界，以不负满达的美意和良苦用心。

前几天，去巴彦淖尔探望一位履新的朋友，席间一番话，让我感触颇深。他说，父母把我们带到这个世界，让亲人成为朋友；茫茫人海，我们披浪行走，又让众多朋友成了亲人……我感觉，满达这些深深浅浅的文字，让我们找到了这样的感觉。

满达是一个敢走夜路的人，因为母亲的那盏灯一直亮在他的心上，从此，他的梦便没有了阴影，他把喜怒哀乐都写在棱角分明的脸上。不过，他更愿意走在明媚的蓝天下，童年的那盏油灯已化作他头顶不灭的太阳，这不落的太阳，照亮了他脚下的路，也照耀着他锦绣的未来。

2010年10月29日完成，
2012年9月28日再改

那遥远的遥远的灯光
——写在松年远行一周年之际

松年离开我们快一年了。这一年里,他的影子无处不在,他的容颜时常浮现在我的眼前……

这个飘逸浪漫童心不泯的人,这个有情有趣有滋有味的人,这个爱哭爱笑一点就着的人,这个爱花爱草却又向往云天的人,像下凡的神仙,说走就走了。

去年的现在,亲人和朋友们都在为他的病患焦灼,水深火热,而他自己却置身于旋涡中心,冷静得出奇。淡定,从容,宛若久经沙场一员老将勒马出征,毫无惧色,让人们看到了一个不一样的松年。

正月十五来家吃什锦火锅,他胃口大开啧啧赞叹,但面容憔悴,消瘦异常,隐约有不祥之兆。敦促他速查身体,两天过去竟毫无消息,我沉不住气了。

电话那端传来他低缓、斟酌、控制有度的声音:"怕你难受,没敢告诉——肝癌,晚期……"

我像被打了一记闷棍,蒙了,直奔医院。

权威专家给出结论:一个半月。

这是怎样的判决?!大家不服医断奋力抗争,幻想奇迹降临。然而这可怕的一天,还是来了。

雪花一样单纯，杏花一样烂漫，浪花一样奔腾，这鲜活充沛的生命，定格在了第六十二道年轮的边缘上。不想承认，无法接受，都无济于事，死亡就是如此绝情。

从发病、离去直至今天，那么多的关切、抚慰、怀念，天南地北，四面八方，探访络绎不绝；同窗同乡，同仁挚友，缅怀追思，绵延不断。始料不及，就连他自己恐怕也没有这样的预期。

病魔扑来抑或死神降临之际，他表现出的大勇、沉稳与刚毅，同样令人始料不及。他的早慧、博学、达观，一下子幻化为傲然风骨，云淡，风轻，令人刮目相看。

所以我说，松年生命的终点恰是他人生的高点。冲刺，才能检验一个人的肌肉、骨骼、耐力与呼吸。他撞线时精彩的一瞬，印在了乍暖还寒的春光里，留存给了他挚爱过的这个斑斓而又多情的世界。

不能移山填海，也无力造福一方，甚至他连自己的健康都照看不好。但别人有难，他一定垂泪相伴；别人收获时，他立马奔来帮你撑起口袋。不论生还是熟，人堆里，他总是心甘情愿扮演不起眼的角色，忙前忙后……他太轻了，像一缕风，像一个梦，像一道虹，像一篇离现实很远的童话。然而，在他离去之后，人们感觉到了他的"重"。他的痴与趣儿，他的暖与过暖，他的"有心"与"无心"，甚或他的偏执与任性，他的"永远也长不大"，都成了一道迷人的风景，都无处再生了。

他轻吗？将他追梦的人生放在生命的天平上，某些"大咖"们会黯然失重……

松年一去，我便意识到这将意味着什么。他走了，我生命中的许多，也都跟着走了。

"把那两小箱水果取走吧，云鹤捎来的，有木瓜和芒果。不多，但十分想让你拿走。你懂得！"

这是松年临行前五天发来的短信，我一直保留着，包括他的电话号码。这是典型的"松年式"表达。有时小题大做，有时举轻若重，这一次惊涛骇浪，他却选择了波澜不惊，失此，顾彼。关于病情，他自己心知肚明，却还惦记着"闲事"。

松年离去一个月后，正是山花烂漫时。五一长假，亲友们一行三十三人，驱车来到他流连无数、爱恋无比的大青山主峰九峰山上。阳坡掘土，山涧取水，我们挥锹植下十二棵云杉，株株向上，玉树临风。有清冽的山泉洗尘灌溉，有轻柔的山风偎依歌吟，松年惬意矣。

特邀蜚声国际乐坛的安达组合莅临。正午的阳光下，那日苏拉响了马头琴。当其其格玛的歌声推向高潮时，有人惊呼："看！鹰——"沿着手指的方向，大家惊奇看到，宝石一样湛蓝的天空上镶嵌着一只褐色的鹰。哦，十字架，稳住不动，像极了一张松年手臂伸展做飞翔状雪景里的一张照片……

松年多有灵性啊！

从九峰山回来，我和松禄商定一周年时为松年出一本集子。是一种缅怀，也在为他还一个心愿。从小到大就喜欢摆弄文字，临秋末了又爱上了摄影，就让他图文并茂来一场宿醉吧。

书准备得有些仓促，总觉得还缺着什么。如他的人生，短促得让人揪心，让人喘不过气来。谁也挽不住，也因此更加令人不甘，令人难以释怀。愿书中的光影文字让松年复活，唤回昨天，和大家一起在岁月里徜徉嬉戏……

松年搞了一辈子出版，为他弄书本应找一家像样的出版社，但那会很烦琐很不自由，中规中矩，他会感到局促不安、手足无措的。于是，决定临时"成立"一家"地平线出版社"，让浪漫的他守望地平线，每一天都能看见太阳从青城升起，跃上大青山，再落到他的怀抱里……是的，"生活还是有色彩的。"——这是他的口头禅。

这几天跟学绘一起整理书中照片。一张松年、小谢抱着梦梦的"全家福"模糊了我的视线。这是三十年前的留影。三十年，光阴如流，多么无情却又有意啊！我是松年、小谢的红媒，见证了这个家庭的玉成、变故、纷繁、绚丽之全部景致。如今，两人早已各奔东西劳燕分飞，却又在天国某一鹊桥蓦然邂逅。悲欤？喜欤？幸欤？多少感怀，一言难尽。留下了水葱一样疯长的梦梦，她正梦一般在大爱中扬花吐穗。她的幸福自有天地护佑，松年、小谢尽可放心。

松年的暖、善、纯与真，是尘世间的稀有。滚滚红尘中，他犹如一个走错了地方的天外来客，行色匆匆又常常迷路，但心里那盏灯总是朦朦胧胧地亮着，不昏，不灭。安贫乐道，以梦为马，这就是他，这就是他的与众不同，这就是他的价值所在，这就是他绷住嘴唇常说的"这一个"。

"遥远的灯光"，松年为自己的微信取了个莫名其妙的名字。费解！乍一看到，我的心咯噔了一下。拿它来做书名，我感到了某种心安，感到某种无须言传的意会。

　　松年总是诗意的。这束灯光是他留给我们的背影，更像是云天之外青山绿水间当下他风生水起的新生活。这样，我们觉得他还在，没有离开我们，还一以贯之地慷慨激昂、特立独行，还在一点一滴地操持那些貌不惊人却乐在其中的琐屑暖事。

　　浪漫啊浪漫，这个死不改悔的"浪漫"！

　　又是春天。

　　草绿了，踏青的那个人游逛到哪儿去了呢？花红了，多情的那个人怎么还不来赏春呢？风景和朋友们早就准备排列好了啊，那从不迟到的长焦镜头此刻在哪里伸缩呢？

　　数不清的风筝又来抢占天空。有一朵浪漫的云暖暖地飘在呼和浩特上空，像一个做错了事抑或被谁拐骗走的孩子，来到家门口又不好意思推门，一副怯生生的样子。

　　不敢凝视了。低下头，我的眼泪禁不住，掉下来……

2017 年 4 月

生命的原色

——晓军兄三周年祭文

一九九九年七月二日那个宁静的夜晚,你一个人悄悄地辞别了这个世界,走向漆黑的深处。三年前的今天,细雨蒙蒙,我们挥泪为你送行。

像是执行一次特别的侦察任务,这一生你来去匆匆;又好像有铁的纪律在肩,你默默地求索,遍访知识众多的角落。除了爽朗的笑,你生命中的一切,似乎都在默默地进行。

这,是你的风格。

我们猜想,你是主动放弃生命的。不然,好端端的你,怎么突然在一夜之间就睡着了呢?没有剧痛,没有呻吟,甚至没有留下一句"遗言"之类的话。你觉得,该做的事情已经做完,既然不能为他人带来欣喜,既然不能如愿以偿地在人世间发光发热,那就不如痛痛快快地走掉。

悲痛时刻,我们对你曾有怨怪:怎么就忍心舍得离开我们?如今看来,这是大气人生的写照。直面死亡,舍得放弃,需要多么大的勇气啊!

人固有一死,或重于泰山,或轻于鸿毛。你不是泰山,却绝非鸿毛。在山川河流之间,你是一棵挺拔兀立的树。生命尚存的时候,我们体会你的品质是美好;而现在深切的感受则是——不可或缺。是的，一棵挺拔的树躺倒之后，会比站立时更显高大。

平庸嘈杂的人生你是知道的。喧嚣稍有停顿，我们就会想起你。我们想，这对于从无奢望的你，应是十足的欣慰。亘古以来，人走茶凉已成定律，且世风日下，愈演愈烈。但在你，却是个例外，这是因为，你的灵魂对这个变幻不定的世界保持着恒久的温度。

一个并非显贵而又远行了的人，三年之后还被人们真挚而理性地思念，这，是你人格的证明。

人生的理想各有不同，匆忙之间，究竟该做些什么？

你深谙角色的含义，爱岗，爱生活，爱人，爱生命，爱自己该爱而能爱的一切。作为凡人的你都一一做好了，虽无轰轰烈烈，可那往事的点点滴滴，都凝在了我们记忆的深处。

其实，你生命的原生状态是爱。

海纳百川，你却从不喧哗；为人谦和，你却又仗义执言；满腹经纶，你却从不炫耀；热爱生活，你却甘于清贫；珍爱生命，你却又果敢放弃……

回望你朴素而高尚的品格，我们会为这世界略感欣慰。我们都是芸芸众生，但能够在喧闹世界上的一个偏僻角落，飘散出属于我们自己独有的一小缕清新，这，或许就成了苦难人生的价值之所在。

一个人走了，身后留下了一串长长的脚印。我们在泪水中辨识、踪寻，探究它的深深浅浅，并由此受到启迪。这意味着什么？

这样的死亡，等于再生。

偶尔朋友们相聚，身旁少了你，我们感到的是心灵的空缺。

真实地讲，与三年前相比，我们的悲痛确实少了许多。你已经成为我们的路标，你优秀的品格，已成为亲人和朋友们宝贵的财富。朋友相遇，不自觉地就要谈到你，谈你透明的品质与顽强性格，有时难免埋怨，晓军知识那样渊博，又深知自己的病情，为什么不早些采取必要的救治方法？我知道，从骨子里，你是内敛与矜持的，你不想为别人添一点点的麻烦，哪怕是亲人。其实，早让兄弟们分摊一点儿，今天他们的遗憾和心痛会少得多。但你就是这样一个人，别人是拔一毛利天下而不为，你却是火上房也不忍求助别人舀一瓢水。每每想到这里，我们的心就久久不能平服。这时我们感到，你在我们心中的分量，更重了。

四十岁的华年，你完成了别人八十载未竟的事业，你的身后干干净净。因此，你能够从容平静安详地走。与你相比，我们则是慵懒而迟缓的，似乎还有许多琐屑的事务没有做完，仍要一件一件地去做，一条一条地梳理。

三年来，我们有许多话要对你说，却听不到你熟悉而又亲切的声音，看不到你熟悉而又亲切的面容，但我们却能感到灵魂的相通，感到你无时不在我们的身边。这，便是我们对你的思念无法磨损的理由。

此刻，你也许正在遥远的天国含笑望着我们。我们有着一丝丝的感动。

天国遥远。晓军，我们想你！

2001 年初夏

老醉鬼

——童年杂忆之一

老醉鬼，其实并非海量，三盅下肚，他便开始骂人。骂声所指，主要是忘恩负义、偷鸡摸狗者，再就是"红杏出墙"的女人，老生常谈。

二十世纪七十年代，年届七十的醉鬼老人仍是光棍儿一条。虽是"光棍儿"，他却不思"花事"。不像屯中某些人那样没出息，披星戴月，田间劳作之余寻花问草，汗流浃背地大晌午在别人家菜园子里辛勤耕耘。用他的话说是，"放他妈爷爷不去当三孙子"！

老醉鬼一生最大的乐趣便是饮酒。境界再高一点就是酒后骂街。所谓骂街，并非沿街叫骂，而是骂街市上的不平事。因为怕冷，有哮喘病，他也上不了街。他蒙汉兼通，骂街时，两种语言合璧而用，朗朗上口，堪称一种艺术！小孩子淘气，不听话，或该睡觉时哄不睡，大人便吓唬："还不睡，看，老醉鬼来了！"仿佛那老醉鬼飘飘欲仙，自空中而来，手中握着的酒瓶就是那云里雾里的迷魂葫芦！

约莫五岁时，首次见到恐惧多年的老醉鬼。

他胯下骑一匹枣红色高头大马，手执布鲁，指挥若定，酷似当年家家墙壁上一位领袖的仪容。我幼稚的心在想，这是不是那位大救星走入了民间？后来才知道，他连牧业队长都不是。虽声音洪亮高远，却只能放牧一群缓慢悠然的奶牛。

他放奶牛极认真，且放牧科学。谁家牛犊不跟群，他就下马牵着撵上。草场不停更换，草浪此起彼伏，牛儿们吃得滚瓜发亮。后来老了，他只能饮酒不能放牧，成了"五保户"，奶牛的主人们便会常常念叨起他。

醉鬼老人是喝百家酒的。

一日酒后到我家再饮，把一只黄皮子（黄鼠狼）、三只野兔连同对夹一起扔到我家柴火堆上。寒冷的冬夜，我借煤油灯光在门缝窥见，黄皮子的绒毛像火苗一样，一蹿一蹿地跳动。它斜着眼睛，他抿一口酒，发出"咝——咝"的响声，吸大烟一样过瘾。

我一直怕这老者，夜深了也不敢入睡。

他慨然道：蒙古人，没钱行，不能没有酒没有肉！他说得对！但反过来想，要是酒肉充足，钱又怎样？而且说这话像元世祖忽必烈那样气粗，似乎与现在的生活不太接茬。

不过，老醉鬼确曾做过一件很有影响的事。

那时他住在生产队马厩旁的更房，夜里出来撒尿。月冷星寒，见一人肩扛麻袋，走着猫步，急行在五更的月下。负重者恰是当时红得发紫的"五好社员"。哑！身为看仓库的人，别人没偷你倒偷上了，好一个腐败分子！

身穿薄裆裤，冒着零下四十摄氏度的严寒，哮喘的他忍住咳嗽，比猫还轻盈，紧随其后。追至家中，盗粮者遣老婆把门掀一缝，要挟："三更半夜，男人不在，你一个糟老头子臭光棍儿，使劲儿砸门，想干啥？"

醉鬼老人不惧，又是蒙汉合璧地说道："希兔杂种！谁都知道，我不稀罕他妈鸡巴那事儿，谁也讹不上我。快他妈到大队部交代去！"

熹微的曙光中，两挂大马车从"黑仓"里装出金灿灿的玉米，基干民兵们背着没有大栓的步枪，在残雪中踱步，交相谈论着此事件中自己所发挥作用的细节。说是细节，却描绘得又粗又壮，且反复咏叹！而醉鬼老人却悄悄地沉浸在缭绕的酒香中，就着咸菜肉干，又在痛骂邻村一个老不正经女人的丑事儿了。

老醉鬼，科尔沁蒙古人，终身未娶，与酒为伴，享年七十二岁。因苦大仇深，又是"五保户"，病重时生产队派人照料，他冲着墙上的毛主席画像频频作揖，嘴里念着："佛爷呀老佛爷！"

在缠绵的酒意中，他告别了世界，成为那个年代单色调中的一道风景。

2000 年冬

悠荡锤

——童年杂忆之二

他是个土里土气的农民,"悠荡锤"是他的别号,就像那支别在他胸前的金星钢笔,显示出的并不是他的真实身份。

无论冬夏,"悠荡锤"从不戴帽子,因为他梳的是偏分头。我和调皮的七舅慨然赠他一个简单的绰号——"四分之一"。"四分之一"因为拮据,常以水代油,僵硬的分发在凛冽的冬天里固执而易脆,像他的脾气。

"悠荡锤"出生在孔子的故乡,用他的话说是"咱家的人"。不知何年何月,随着哪阵盲流来到我们这个蒙古小村。他认为,孔子故里的人自然要比成吉思汗的后代有文化,所以,立足在这片粗糙的土地上,衣衫可以褴褛,那金星钢笔却须臾不可离舍,要堂皇地闪在襟前。尽管没人见他写过字,尽管那干渴的金星笔十多年没喝过一次水。

"活学活用"那阵子,人们的热情像春天的地气,质朴,旺盛。劳累了一天的社员们匆匆吃过晚饭,就聚在老学校教室里。一盏煤油保险灯高悬棚顶,男女老幼在单纯而又浓厚的烟雾里,听念语录。

那一刻,"悠荡锤"最兴奋,并非"老三篇"的精髓武装了他而精神抖擞，他期待的是会议结束前的拉歌。一队唱完二队来一个，二队唱完一队再来一个。拉到后来，人们兴味渐淡，干脆演变成他的"独唱"。他成了这个蒙古小村夜晚的"帕瓦罗蒂"或者"多明戈"。

他最拿手的歌叫《焦裕禄》，"焦裕禄喂，俺们的好书记，您就像那红灯一盏亮大地"。因为胶东口音，他唱出的极像山东大鼓。尽量靠拢原版，只能用汉字作注音，是这样："角鱼炉喂，俺们底浩夫鸡，嫩、嫩、嫩……"到这里，他就顺其自然地唱着，因为他还要校正一下乐谱，"嫩、嫩"之后，他摆一下头，唱"嗖、嗖"。其实也不知道是不是"嗖、嗖"，而且脚要踏着拍子，只是鞋底和帮是分离的，像鲶鱼的嘴，毫无原则地一张一闭，循环往复。这时，人们往往不看他唱歌的嘴，而十分关注他脚下那张"鲶鱼的嘴"。

人们总是在这样的笑声中听完他的歌唱，快乐，无奈，消解着一天的疲乏……

"运动"来了。

村里建起俱乐部，相当于现在的多功能厅。主席台或者叫舞台，由土坯垒起，高高在上。台下人头攒动，两排柱脚坚定地支撑着厚重的烟雾和嘈杂交汇的声浪。悬着的煤油保险灯，明显地多了几束光芒。

一天，"悠荡锤"突然走上台，怒气冲天，大踏步盘桓，愤愤地喷出浓重的山东口音："叛徒、内奸、公贼！"

怎么了？全国最大的走资本主义道路当权派到咱屯游街来了？

台下一阵骚动。

原来，有人见他不顺眼，在他的偏分头上"咚"地打了一拳。

他愤怒，却不敢或不屑回敬，于是做了那番"要文斗不要武斗"的表演。

"运动"结束。他斗不着别人，也不挨斗，无事可干，忽想起有人承诺"运动"后期为他介绍对象，于是找到那位好事者。

"你是个老'运动员'啦，没有'运动'哪能看到你的表现？等下个'运动'来了之后再说吧。"

"悠荡锤"失望地走了，离开了这生活了近二十年的第二故乡。没人知道他去了哪里。冰天雪地，他不服这里的水土。

临行前，无人送行。他披一件永不离身的半大衣，棉絮在冷风中绽放，那支金星笔在襟前熠熠生辉。直到远行，谁也没见他用那支笔写过一个字。

屈指算来，又是几十年光景，"悠荡锤"若还健在，该是古稀之年的老人了，不知他是否别着那支金星钢笔，去拜见他梦中的孔圣人了。

2000年冬

一言难尽萨日娜

听到哈斯额尔敦八十岁老母谢世的消息,心里一阵凄然,尔后又有些释然。这位老人心中的苦水蓄积得实在太多了,走完她的人生,也是一种解脱。

哈斯额尔敦是我中学的密友。两个苏木相邻,都是各家的独子,他聪明,我顽皮,都爱打篮球,又都是一双细长细长的小眼睛,惺惺相惜,于是成为莫逆。回乡后,我转岗多次,在一个丰收的秋天里考上大学,他一直斜倚在马背上,当着无冕之王的牧人。一个深秋的雨夜,在大学宿舍里,接到另一位中学同窗王昌的信:"哈斯额尔敦同学再也不能给你回信了……"我的心弦咯噔一下,像被揪断了一样。

高中毕业后,哈斯额尔敦与同村姑娘萨日娜相爱,家中老母乐得合不拢嘴,张罗着为儿子操办喜事。女方父母却亮出黄牌:"公社干部、卖货员都托人求亲不成,哈斯额尔敦这小子再聪明也不过一个放马倌儿,癞蛤蟆还想吃天鹅肉,没门儿!"僵局中,一对恋人想出妙招,投奔巴彦淖尔盟黄河岸边当人事局局长的同乡,找一份工作再衣锦还乡,岂不皆大欢喜。

工作按程序设定一步步实施。转正的当日,哈斯额尔敦揣着一颗激跳的心给萨日娜写信。隔着滔滔黄河眺望遥远的科尔沁，翘盼着不日即到的返乡完婚，两个人心中该是怎样的欢喜！苍天不仁，一次单位搞福利拉西瓜时，哈斯额尔敦遭遇车祸殒命，生活的美梦由此改写。

噩耗传来当晚，萨日娜不顾一切来到哈家，一阵痛哭之后做出惊人决定：生是哈家人，死是哈家鬼，全因我家作孽害了哈斯额尔敦，从现在起，我就不走了……哈母是个大明白人，婉劝萨日娜："孩子，你的心我懂了。这可是一辈子的事儿啊，缘分拆不散，你就做我的干女儿吧。""你有六个女儿，不缺这一个，儿子就一个，现在也没了，我就是你的儿媳妇，谁要愿意，就来咱家给你当儿子吧。"

这个决定石破天惊！萨日娜誓死不渝，势在必行。萨日娜当晚就住在哈家，悲伤之日，却成了她的"完婚"之时。一年后，果然有一小伙子应召而来。哈母为一对新人举行了隆重的婚礼，可谓悲喜交汇。

寒假，我怀着复杂的情感来探望哈母，老人家自是泪水涟涟。那时，刚刚粉碎"四人帮"不久，哈母的床前摆放着华国锋同志和独苗儿子哈斯额尔敦的两张大幅照片，不时与他们"对话"。哈母说，一天必须流两次眼泪，不然头就疼得要炸，又不敢让小两口看见，怕他们难过。小两口有说有笑的，我就想我的哈斯额尔敦；他俩一闹别扭，我又觉得对不住萨日娜。萨日娜把哈斯额尔敦的遗物单独锁在一个柜子里，一有空就拿出来看一看、闻一闻。嗨，真苦了这孩子！

这样的情感生活，无法言说。

时光一晃快三十年过去，哈母辗转接通我的电话，向我讲述了这些年的悲欢离合。小两口伺奉老人家近二十年，这二十年老人不能待在女儿家，因为有"儿子"。但生活是具体的，难免有磕磕碰碰柴米油盐，而且作为底层人的生活又充满了艰辛。生活中有那么多说不清的东西，各有各的怨言，各自心中又深藏着永远也说不尽道不清的委屈。

有了一双儿女之后，小两口到外地谋生，老人家"转场"来到女儿家。老人通达，说这辈子是害了萨日娜了，她的苦水比我多，我是一根筋，她被揪扯的线头太多太长，数也数不清噢。

这一番理解难能可贵，老人一点儿都不糊涂。萨日娜是为了哈斯额尔敦的一份情做此人生抉择的。为了这份爱，她付出了整整一辈子，她的婚姻价值大打折扣。为了一句诺言，她侍奉了老人二十年，可谓情义不薄，况且这个代价她还要背负一生，还要慢慢地往前走。

老人又谈何容易！她被萨日娜的真情义举感动，"顺水推舟"，跳进了黄河却无法上岸。面对这样的生活，她必须笑脸相迎，不管心中有多少苦水。而那位"代人充夫"的"儿子"毕竟不是她的血脉，有这样一个影子在眼前晃动，老人的情感世界承载着多重复杂的元素，哭也哭不出来，笑也笑不开口。好在老人把这说不清道不明的一团乱麻看得分明、透彻，她没有怨言，怨只能怨自己，怨命运。

这让我想起民族英雄嘎达梅林身后的事情。梅林就义之后，亲眷们对他的遗孀避之不及，牡丹真正成了"孤"家"寡"人，在悲愤、无奈与凋零中开始了另一段生活。这不啻成为英雄的一个"污点"。人们从此不大愿意提及牡丹，似乎她有辱了嘎达梅林的英名。

嘎达梅林是我真正的同乡，他在当梅林之前就是我们努日木苏木满达哈人，牡丹则是我们毗邻协代苏木哈斯额尔敦的同乡。老早就想为牡丹写一篇文章《巾帼的无奈》，却不知怎样下笔。人们对传统道德的理解各异，往往是站着说话不腰疼的人多，而直面现实生活的人少。然而我还是想，我们对道德的追问是否太重了些，对现实的体悟少了些呢？且不说侍奉老人多年，萨日娜仅当年的义举抉择，也可惊天地泣鬼神了，然而接下来的结果又有些不尽如人意。试问，道德的力量能改变命运中那些不可割舍的东西吗？

按说，哈母、萨日娜，包括她的丈夫，为道德的奉献是常人难以做到的，他们都没有错，他们甚至堪称道德的楷模。可这样的结局如果不去化妆，很难出场亮相，很难摆到台面上，让人心中堆有块垒。一段感人至深的凄美爱情故事，当断不断，结出这样的果实，让人心有不甘，留下种种遗憾。

生活的大潮推涌着我们，大家自救也在互救，慌乱中来不及思索，挣扎的过程也许会有阴差阳错。这并非生活的本意，却令道德变得尴尬，让真理显得无奈。然而无论如何，我们都要向哈母、萨日娜和她的丈夫三位表达深深的敬意。她们的苦难和对苦难的抉择，让生命与生活闪烁出人性的光辉。一直想为萨日娜写一点文字，而哈母去世的消息像一片阴云笼罩着我，写着写着，文章竟然写成了这个样子。我的心情，一言难尽！

2009 年 12 月 20 日晨

表　嫂

八十岁的老母亲做了一个离奇的梦，老家的表嫂走丢了。

梦里，焦急的人们不停地呼喊，嗓子都喊破了，也不见人影儿。"翠华——翠华——"喊着，喊着，母亲喊醒了。枯坐到天亮，电话打到老家努日木去。停了半晌，电话那头说："哎呀，翠华'走道儿'了，昨天早晨上车的……"

真也怪了，梦里的事儿竟然是真的。

好几天，母亲茶饭不思，打不起精神来。不是老太太心眼儿小，她在感叹表嫂的命苦，为她难过，为她忧伤。

六年前表哥英年早逝，母亲也没这样难过。她说："你表哥活着也太遭罪了，走就走吧。"

可表嫂的"走"，就不一样了。有表嫂在，满满登登一大家子人，还像个家样儿。表哥过世，表嫂再一走，跟娘家维系最亲密的那根情感链条就断了，母亲觉得好像娘家没人了。

表嫂命苦。三岁那年母亲疯了，带着不懂事的她，风里行，雨里走，沿街乞讨，露宿四方。后来被养母收留，也没过上什么好日子，书没念成，二十岁不到，就嫁给了表哥。

新婚生活是幸福的，小两口有说有笑，再加上对未来日子的无限憧憬，每天都是骑毛驴吃黏豆包——乐颠了馅儿。

歪戴帽子的表弟说："这两个人八成得了'笑痨'了，成天笑，快美出鼻涕泡来了。"

表哥一表人才，爱梳漂亮的分头，还打头油，合不拢嘴，老跟着广播匣子哼哼呀呀唱《智取威虎山》里杨子荣的唱段。表嫂一身簇新的"嫁衣"，也乐不可支，不时地为客人点烟、倒茶、递瓜子。怯生生地站在角落里，人多时有些局促，人少时找着缝隙搭话，小心翼翼地分辨着一个个陌生的亲人。

很快，日子变得惯熟起来。一天，去表哥家新糊的墙上读报纸。连二的大炕上，表嫂恣肆地斜躺着，头枕在表哥盘坐的大腿上。炕上一只猫，地下一条狗。表嫂叫我的小名儿，挤着一只眼，说："快点长大吧，娶媳妇，可好呢！"

新媳妇过门槛要有才艺展示。表嫂的厨技算不得一流，但手脚麻利，且花样翻新。锅里高粱米豆饭刚刚焖上，不出十分钟，她就从后园子里掐来葱叶，揪一大捧倭瓜花来准备炸酱汤。她在炖豆角锅里贴的大饼子，带着菜汤浸出的油泡，让人看着就流口水。

大家正在煤油灯下就着瓜子唠嗑，她挽起袖子，伸进酸菜缸捞出两颗来，一边给大家吃酸菜心，一边讲她们屯逗乐子的事儿，众人笑得前仰后合。她说邻居孔二婶这两天特闹心，愁得不行，因为"批林批孔"运动开始了，喇叭里天天批判"孔老二"。二婶说："俺们孔老二抱谁家的孩子下井了咋的？没完没了地折腾他。本来才死两年多，硬说死两千多年了，还说'孔孟知道（之道）'，俺们'知道'啥？"表嫂说孔二婶心太实，广播里说"捷克斯洛伐克"有重要事件发生，她立马在邻里间奔走相告："不好啦，闹鸡瘟啦，喇叭说'一会儿死了八个'……"她理解不了外国人咋就能听懂那鸽子般"咕噜咕噜"叫的鸟语，是不是他们的耳朵跟咱努日木人的不一样？

这些逗人喷饭的趣闻，成了那个贫乏日子里丰盛的精神大餐。

表嫂生母是蒙古族，养母是汉族，嫁给表哥后又捡起了蒙古族的生活习俗。也许是血脉的缘故，她并不生分，像在温习曾经有过的生活。奶牛入圈，她麻利地将犄角盘上缰绳；洗过奶头，下雨一样，牛奶"哗——哗——"地顺着她灵巧的手指流向奶桶。闪亮的银镯子，在她腕上有节奏地律动着……

阿庆嫂般的大舅母不到四十岁就撇下丈夫、孩子们，去了另一个世界，大舅领着孩子们过着清苦而又残缺的日子，既当爹，又当妈。表嫂来后，这个家恢复了往日的生机。表嫂一口气生了四个孩子，两男，两女，好不热闹。

可叹美景不长。表哥二十多岁就患了肺病，挺重，动力气的活儿干不了，天天拿药当饭吃。过去，人们管大舅母叫"药壶"，这会儿，"美名"传承给了表哥，他成了"药罐子"。

这就苦了表嫂。她既当女人，又当男人。男人，是注定当不成的；女人，又是怎样的女人呢？不敢跟城里那些描眉画眼的女郎攀比，就比左邻右舍的女人吧，她也是最苦重的。

记得那年读大学暑假回家，起了个大早出来呼吸新鲜空气，远远看见表嫂急匆匆往家赶，背后横着一柄锄头，上面挑着一捆水灵灵的猪菜。她笑嘻嘻地说："大学生是懒猫，我都铲了三根垄，回来给你哥熬药来了。"

我心一颤。表嫂长我一岁。我们班上与她年龄相仿的女生，一个个细皮嫩肉的，这个时辰，勤快点儿的在操场上晨练，"懒猫"们还在被窝里等着别人把早点打回来呢。人跟人，怎么比呢。

表哥的病越来越重，还不懂得保养自己，脾气大，心眼儿小，心一不顺就摔东西，动不动还打表嫂几下。用表嫂的话说："就那点儿气力，也要派用场，瞎嘚瑟！"千里迢迢，表嫂打电话来跟母亲哭诉。母亲叹口气，劝："翠华，你就多担待吧。你苦，我知道。有病的人心都烦，穷作。看在大姑的分儿上……"

大姑的分儿是什么呢？苦，还不是表嫂一个人吃着。她熬得实在够呛，虽不是"药罐"，也是个"苦瓜"，愁日子缠磨着她，没完没了。

表哥终于熬不下去，撒手人寰。表嫂打来电话，哭着发誓："大姑，你放心，我保证把孩子们拉扯成人……"

事后，母亲跟表妹说："你大嫂还不到五十，够苦的啦。张罗张罗，有合适的，找个人家吧。"

表妹劝表嫂。表嫂头一扭："都当奶奶的人了，还扯啥。别整这事儿，谁再提，你大哥就让谁脑袋疼。"

说归说，生活是具体的，表嫂终于守不住了。

"守什么呢？"母亲说，"你表哥身后没留下什么家产，倒落下不少饥荒。儿女们又进不去话，孤孤单单一个人，咋熬呢？满堂儿女不如半路夫妻呀！头疼脑热，有个人倒口水，熬碗汤，也有个照看。但愿那男的对翠华能好点儿。唉！"

泪水，在母亲那沧桑的脸上，曲折蜿蜒地流下来。

我理解母亲。她在为表嫂的命运不平。怎么所有的苦难都落在这一个女人身上了呢？人都说苦尽甘来，她的苦怎么还不到头哇！

表嫂是个爽快人，热情，泼辣，心眼儿好使，谁有困难都真诚相助，又能吃苦耐劳。从小失去母亲的她，把姑婆婆当妈看待。人心都是肉长的，娘儿俩的感情深，母亲怎不揪心呢？

"这一步难迈呀！"母亲又絮叨着，"来这个家三十年了，像燕子垒窝似的，一根草一口泥地往起堆。现在孙子都满地跑了，不是万不得已，能走这一步吗？"

人，要与命运抗争，可人有时候是争不过命运的。

一个女人，譬如表嫂，来到这个世界上，并没有多少奢望，但肯定也怀揣着或多或少的梦想，这该是正常的。

回想当年，新婚的表嫂头枕表哥，跟懵懂少年的我说"快点长大吧，娶媳妇，可好呢！"，那时候，他们该是怎样的幸福。新婚宴尔的喜悦，化作一只只彩蝶，在小两口心中，也在我们的眼前快乐地纷飞。幸福和憧憬，曾让他们不知所措。她先是想，当新媳妇真好，众星捧月；接着想，当妈妈也好，子女绕膝；进而想，当婆婆该更好，儿子顶天立地，媳妇也如自己巧手灵舌，点烟送火；到老那一天，当奶奶更好，哄着孙子，尽享天伦……

难道这是不着边际的梦想吗？这样的梦想奢侈豪华吗？

可老天爷就是不睁眼，有什么法子呢？

表嫂的娘家离我们屯仅二里之遥。娶她的时候，迎亲车队浩浩荡荡，一路欢歌，红缨鞭脆响，马蹄嘚嘚，人声鼎沸。依稀记得表嫂襟前那朵红花，大得如她那羞涩的脸蛋儿。喜宴上那些忙忙碌碌的身影犹在眼前，"油着喽，慢回身"的吆喝声犹在耳畔。幸福善良的人们，有谁，会料想到今天的局面呢？

一想到这些，谁的心里也不会好受。而这一幕幕往事，过电影一样，表嫂一定不知重复多少遍了。这些发酵了的酸楚，像春天的酱缸，真是五味杂陈。黑夜里，有谁能知道她会流下多少辛酸无奈的泪水呀！

走的前一天，表嫂独自一人去了表哥的坟上。听说，待了很长时间。三十年的夫妻已成历史，往事如烟，却挥之难去。她究竟对表哥说了些什么，谁也不知道。

表嫂改嫁的去处叫茂林，那地方我去过。二舅在茂林火车站扳过道岔，表哥曾经领我去过两趟。隐约记得夕阳下有两排大杨树，沿着马路长着，秋叶落尽，一地衰败；还有一大片蔫巴柳，掩映在低缓的炊烟之中。茂林，大概就是由此得名的吧。表哥的名字叫柏林。柏林，茂林，这两天，我老把这两个"林"字毫无道理地关联在一起。想着想着，心就涌起一阵酸楚。

表嫂的新生活已经开始了。在新的生活面前，她，又成了一个"新人"。会不会又像当年那样，还要周到地为人倒茶、拘束地为人点烟？这，也都是无奈的事儿。一张张陌生的面孔，一处处陌生的环境，都要她应对，都要她慢慢熟悉，怕是逃避不掉的。

五十年坎坷的人生道路，磕磕绊绊，一步步，走过来了。身后的泥泞和云烟，像一团乱麻，不堪回首。我想，表嫂的苦日子或许熬到头了。

2006 年初春时节

远在天边的西旗

新巴尔虎右旗，又叫西新巴旗，远在天边的牧场。

碧波万顷的达赉湖，随风起舞的草浪，那漫长而又神秘的边防线，曾令我无限神往。然而，在得知了一个不幸的消息之后，它，收藏起我永远的心痛。

三十八年前，我还不满十岁。那年，故乡的雪出奇地大。白毛风吹散了饥寒交迫的羊群，也吹走了我少年的好伙伴韩留柱。滴水成冰的时节，勒勒车载着他们一家三口上路了。他们举家搬迁呼伦贝尔。呼伦贝尔，遥远而又神秘的地方，在我童年的印象中，它是寒冷苍茫的。

我没有为韩留柱送行。不是惧怕风雪，是一颗幼小的心，经受不住别离的冰霜。

留柱走后，好多天，我围着他的故居不停地盘桓。熟悉的风车，熟悉的牛栏，熟悉的窗棂，熟悉的炊烟，而房子的主人，变成精瘦精瘦的丁四玉了。

我想象着留柱离别故乡时的情景。

他一定倒坐在勒勒车的后部，一直望着家乡的方向，泪水和鼻涕一起默默地流着。勒勒车巨大的轮子，艰难地碾过崎岖而又坚硬的车辙。他一定抄着冻红的小手，那顶黑狗皮帽子上一定挂满了哈气凝上的冰霜，一条清鼻涕又细又长来不及擦拭，那双僵硬的毡疙瘩，麻木地摆动在勒勒车尾端的耳板上。

童年的韩留柱走了，杳无音讯。

二十八年后，我回故乡给爷爷上坟，表弟告诉我，韩留柱在四处打听我。可有关他的线索仅仅是，在呼伦贝尔盟的一个旗里工作。

大海里捞针也要找。我求助刚从呼盟行署调来自治区政府办公厅的海顺。他很快帮我查到，韩留柱在新巴尔虎右旗旗委做办公室主任。

二十八年了。拨通他的电话，心跳得不行："喂，是韩留柱吗？"

"是呀！"电话线那端传来历经二十八年风霜却童稚尚存依稀可辨的熟悉声音，"哎，还记得我有什么特征吗？"

"你后脑勺上有一撮毛，'韩留毛'，冬天里爱流清鼻涕，一长，一短……"

"哎呀，你的记性可真好！"

"不是我的记性好，是你的特征太好玩了。"

我的家乡努日木，因一片水域而命名。方圆十几里，碧波荡漾，虽无达赉湖烟波浩渺之阔，却也远近闻名。一百多年前，这里只有几户蒙古族人家，莺飞兔走，碧草连天。嘎达梅林起义失败，外地人大量涌入，当地的蒙古人，对这里的生活反倒有些陌生了。留柱和我，都是三代单传，不管命运是否垂青，反正家里人都把我们视为掌上明珠，宝贝得很。

韩留柱胎毛未褪，便被母亲在后脑勺上精心地蓄起一撮焦黄焦黄的"娇毛"来。那年夏天,我们每人胯下骑一条金黄的秫秸,飞奔稍有停顿,我灵感突闪,为他十分专利地命名了"韩留毛"。我很得意,小伙伴们也都一窝蜂地喊他这个响亮的名字。

我虽然没留"娇毛",却也娇气得可以。因此,两个同族的宝贝疙瘩,便天天玩耍在一起。

常玩的游戏是摔跤。

他长我一岁。我曾下了无数次的决心,做了无数次的努力,却怎么也摔不倒他。六岁那年秋天的一个傍晚,在较力的最后时刻,我"急中生智"(其实是蓄谋已久),一把揪住他的"留毛"。"哎哟!"他应声被我绊倒。拍拍身上的土,他不服地站起来:"说好的,不带拽毛的。"我无理地狡辩:"说好的,不带'长毛'的。"

留柱翻着黄黄的眼珠,捋了一下"留毛",又不理我了。

春天到了。我们蹚过沙家浜一样的淖尔,直奔西坨子,摘山杏,采桑椹,薅红根,拔酸不溜,撸榆钱,在笆条丛里找野鸡蛋,真是快乐无边。

渴了,我们就喝洋棒子里灌的酸奶,做饮酒状。他一仰脖,"咂——"的一声,表情特像"老醉鬼"。有时,我会让他重复两次以上,觉得这样能解乏,仿佛我的身上也充满了酒力。

我们在白沙坨子上捉跳兔。当一只跳兔从我们的裆下惊慌地窜出,长长的尾巴拍打着白眼沙子腾跃、蹦跳时,留柱也一样地敏捷,光着腚子奋起直追,那一撮"留毛"如跳兔的尾巴,一高一低,在风中舞动……

上小学一年级时，爸爸去乌兰花捕鼠，给我带回一根蓝色的圆珠笔芯，七分钱的。稀罕得不得了，舍不得用，课间拿出来把玩。留柱刚好也买了一支，在小伙伴们的撺掇下，两只小笔芯亭亭玉立地并排站在书桌上，排队似的，比一比哪个高，哪个满。比着比着，就分不清了，都说那满一些的属于自己。争执不下，于是两人同声大哭起来。好事的同学出庭作证，将那根满的"判"给了我。拭去泪水，我破涕为笑。留柱大有被偷梁换柱之辱，号啕起来，脑门上的青筋一根根暴起，汗水伴着泪水流淌下来，直到上课的钟声"当当"响起，才盖住他那嘹亮高亢的哭声。事后，我很懊恼，觉得两支笔芯差不多，甚至那支比这支还要满，何必呢？但又没有勇气说出口。足有一个星期，放学的路上，两个人别别扭扭不说话，他噘嘴梗脖的样子，还历历在目。如今想来，除了儿时的无知，还不是因为那个年代生活物资的匮乏吗？

暑假前的酷热，实在难耐。下午三点钟的体育课，让人如何也打不起精神。春天里那恼人的风这会儿也不知躲到哪儿去了，太阳大得有些不近人情。

戴近视镜的刘本昌老师，刚剃完头，青黑简短的头茬，带来一股凉意。

攒了四五年，班里才十六名学生，八男八女。女排在前，男排在后，正步走。二伏刚过，老天爷在"蒸豆包"。韩留柱郿夷不理，脚蹬一双呼伦贝尔姐夫馈赠的浅褐色高腰皮靴，"咣"的一脚，将前排猴瘦的张凤玲踢出一丈远。

脚后跟流血，眼眶里流泪。看着张凤玲凌乱的样子，韩留柱涨红着脸,紧张了。我欢喜,击掌背诵刚刚学到的课文:"洋人皮靴踢过来,把篮踢到马路边……"结果,幸灾乐祸的人与"肇事者"同罪,被刘本昌老师狠剋一顿,双双罚站半个小时。

冬天到了。天,早早地暗下来。没有电,谁家也舍不得点煤油灯,大人们守着旺旺的火盆,喝着红茶,吃爆米花,唠家常。

百无聊赖的我们来到于嘎日迪家。老汉拿出簇新的毛主席语录,让韩留柱诵读。留柱高声地念:"读毛主席的书,听毛主席的话,照毛主席的指示办事——林虎……"我纠正说不是林"虎",是林"彪"。留柱不服,与我争辩,涨红脸,硬着脖梗子:"走,到大牛圈摔跤去!"

这一次我输得好惨。隆冬时节,他捂着一顶黑狗皮帽子,"留毛"宝贝像雪中的猎物,被深深掩藏起来。他显然憋着一股劲儿,我被结结实实地摔倒,屁股疼了好几天。

迁往呼伦贝尔前一年,留柱的那一撮"留毛"蝌蚪变青蛙一样,莫名其妙地消失了。不知是"保幼期"已过,还是离开故土前不愿留下痛苦的回忆……

留柱终于寻机出差来呼和浩特。千里迢迢,手提达赉湖"湖米",来家中看我。热烈的拥抱之后,我们快乐地重温了一遍那一幕幕令人捧腹的往事。铜火锅摆在餐桌中央。他说,今天高兴,喝三杯,结果,他喝了一斤多。连我陪酒的妹夫苏和,也跟着有些摇晃了。

回去以后,他的工作做了调整,先是纪检委,后到司法局,每一行工作他都专心致志,干得认真。一次,我出差到深圳，他的长途电话从这个边境线打到那个边境线，长长的，谈工作体会达半个小时。我对他的敬业精神表示钦佩。十几岁跑到一个陌生的地方，两眼一抹黑，干到这个程度，不容易。靠什么？还不是靠少年摔跤时那股蛮劲吗？我应允，一定到西旗去看他，在达赉湖畔，举杯痛饮，一醉方休！

有一段时间没有他的消息了。电话里，他那高亢而又抻长的声调，是我常常盼望的。许是太忙了吧，我在想。

几天前，乌兰托嘎应聘呼市政府艺术顾问，来首府点拨艺术迷津，我为他接风洗尘。席间，新巴尔虎右旗有两位同志盛邀我到旗里做客。我兴奋相告："我少年的小伙伴韩留柱早就邀我呢！"

"韩留柱？他突发脑溢血，已经不在了……"

惊愕。无语。黯然。

这个噩耗是迟到的。我的心阴沉着，几天也晴不起来。留柱家迁走后，村里的朝鲁、特木勒、宝仓、宝驹，也都陆续尾随迁往西旗，打鱼的打鱼，放牧的放牧。留柱自然成了他们的"保护伞"。想必他们早知道了这消息，心里不知有多难过呢。

留柱是命苦的。迁往西旗不久，父母患病双亡。姐姐韩淑芳三十几岁时脑溢血去世了，姐夫终日与酒为伴，在思念与忧伤中也随之去了。可怜的韩留柱，一家四口，如今只有音容和往事留在人们的记忆中。

未曾到过西旗，这片神奇的土地，我却用心无数次抚摸体味过了。"草原新牧民"的知青典型张勇，就是在那里为救公社的羊群牺牲的，墓碑犹在。我所敬重的乌力吉主席也曾在那里工作过……而如今，随着留柱的过世，这片土地于我，是永远的凄怆了……

西新巴旗，充满诱惑的地方，曾令我心驰神往，而今于我，真的成了遥远而又遥远的天边。这几天睡不好觉。我回想着留柱小时候的模样：黄黄的眼珠，黄黄的头发，黄黄的"留毛"，在四季轮回的风中，一飘一飘的。一根宽宽的马莲，挽在他细长的脖子上。胯下，是一根长长的秫秸，金黄金黄，那是他儿时的骏马，在我清晰的记忆里，纵横驰骋，飞奔着。

想起人们挂在嘴边的那句话：人生无常，岁月无情。这是对生命的抱怨与无奈。殊不知，正因了人生的无常，才需要我们保持一颗常心；正因了岁月的无情，才需要我们呵护宝贵的真情。许多人，许多事，虽已走远，却越来越清晰，越来越深刻，就像留柱，就像那远在天边的西旗……

留柱，我要采一束故乡春天里那牛粪火一样燃烧的马莲花，轻轻地放在你的墓上；我要掬一捧故乡那一望便流口水翠绿翠绿的野山杏，慢慢地撒在你的碑前。让你的生命再一次回到灵魂的故乡，回到那红蜻蜓漫天飞舞的无忧无虑的童年。

留柱，你我共享过的快乐时光，光华灿烂，短暂却悠长，它是我永不疲惫的回忆和永远也抹不去的心痛。

2006年6月20日夜

故乡，我是你胸膛上萌生的小草

我出生在嘎达梅林的故乡——辽阔美丽富饶的科尔沁草原。

那是一片神奇的土地！她温馨的怀抱，滋养了我绿色的童年和青春的梦想，也给予了我倔强的性格和执着的追求。尽管我童年的时光是贫瘠的，但记忆却是坚实的。不论走到哪里，一匹匹飞奔的蒙古马，一支支悠长的牧歌；沙丘上那甩着大尾巴的跳兔，追逐的四眼子狗和小伙伴们的嬉笑；秋风中，漫山遍野的大豆高粱，和那五月的清风里，牛粪火一样燃烧的马莲花……

这一切，我怎能忘记！我永远也不会忘记。不会忘记那片土地，和在那土地上生活耕耘的人们，就像不会忘记我那严厉憨厚的父亲和勤劳善良的母亲。

我的家乡是个半农半牧地区。那里既是水草丰美的天然牧场，又被誉为"内蒙古粮仓"；那是一块英雄辈出的土地，无垠的牧场下还深埋着无尽的矿藏……然而，家乡又是落后的，交通闭塞，文化落后，经济发展十分缓慢。人们努力地改变着它，但，希望却总像那天边的狂野里疯长的山杏树一样，春风里开出大片大片诱人的粉嘟嘟的花朵，不期，便仍旧结着那酸涩酸涩的果子……

然而，它给予我的只有这些吗？

北方的冬天是寒冷的，但留给我的记忆是暖洋洋的。常想起童年，冰天雪地的腊月，摔跤、打瓦，或者跨一根秫秸，骑手一样飞奔……是那单调的游戏，给了我最初的欢乐和丰富的想象！草原的风沙是无情的。一到春天，黄沙漫漫，一天浑浊，夜里醒来，门会被淤沙掩住。然而，草原的人们是勇敢的、勤劳的，就在呼号的狂风中扶犁、点种，播撒希望；当沙龙刚刚卧下，他们便开始种草、种树。经过几代人的不懈努力，如今，这里的治沙绿植已初具规模，草库伦、防风林开始阻止那肆虐的风。

故乡的人们是憨厚的，默默躬耕，像那埋头苦干的犍牛一样，不愿张扬，很少责怨。他们改造自然的精神，远远超过了抵御"人祸"的劲头。可是，我们能简单地说他们是愚蠢的吗？我的姥爷，一位近四十年党龄的大队党支部书记，几十年跟党走，忠心耿耿，在学大寨的"热潮"中，不慎跌进了隆冬的水渠，致使半肢瘫痪。他对贫穷落后充满仇恨，但不是无休止地责怨，他身体力行地改变这一切。如今已年近七旬了，他仍挂着拐杖，一步步走在田野上，走在牧场上，我常常想起他那束严肃正直的目光和那衰弱歪斜的身子……

我的慷慨而又沉默的故乡啊，从那时起，我便认识了你，而且深深地爱上了你。也就是从那时起，我便打定主意，为你的绿色和繁荣献身。

一九七八年十月，我作为全村第一名大学生，在母亲泪水模糊的视线中，在乡亲们频频摇动的手臂中，上路了。我在知识的海洋里畅游着。不久，我又和校内十几名有志建设家乡的内蒙古同学（乡），组织了《野草》文学社。我们的"野草"，生长在他乡的苗圃里，更得到了内蒙古文学界老前辈、编辑的关怀和鼓励。玛拉沁夫老师亲笔写信，并题写刊名，《草原》等杂志选发我们的作品，这更激发了我们建设家乡、改变家乡落后面貌的信心。

大学四年的学习生活即将结束了。我们像雏鹰一样，开始向蓝天亮翅。毕业分配，很多内蒙古考生因能不回故乡而沾沾自喜。当时，我是有机会和条件分到北京的，但我和女友——一个在牧区长大的蒙古族姑娘，认真商量，做了坚定的抉择——回家乡！

回到家乡，我们都在大学任教。参加工作以后，我们有机会走访了江南塞北一些大城市，游览了一些名山大川。但出差回来的第一感觉就是：宾馆再豁亮，不如家里舒服；江南景色再美，不如草原可爱。还是内蒙古好！

最近，因事业的需要，我依依不舍地告别了学习工作了两年多的内蒙古师范大学，来到了久已向往的文学出版单位——内蒙古人民出版社。由于工作，经常接待一些诗人、作家，言谈话语间，他们都能发现我对草原、故乡的热爱，溢美之词是掩饰不住的。

是的，我的故乡的土地是可亲的，那里有无边的草场和矿藏；我懂得故乡的人民是可爱的，他们有着草原一样宽广的胸怀和百灵鸟一样动听的歌儿。我深深地爱着我的故乡——内蒙古的土地和人民。然而，我对故乡又是寄予深深期望的！那碧绿碧绿的草原，由于黄风吹打等原因，已经开始沙化、退化……好在觉醒的人们已清楚地看到了这一切，已经开始治理退化的草原。相信她会在这一代人手中改变容颜的！

回到家乡已近三年了。我越来越爱我的内蒙古，越来越爱我的草原。为了这片土地，我有时激动得热泪盈眶，有时恨得牙根奇痒。我的泪源于我的憧憬，我的恨却缘于我的爱……能理解我吗，草原，我的慈祥的妈妈！

如今，我的小儿子已经整整一周岁了。他像草原上的小马驹一样可爱。我给他取名"塔拉"（蒙古语，'草原'之意），是想让他记住，他是属于草原的；让这名字提醒他，无论将来翱翔在哪一片天空，都不能忘记，他起飞于一片绿茵茵的草地……

草原，我深深地爱你，我将深深地扎根于你肥沃的泥土中。故乡，我是你胸膛上萌生的小草，我属于你，我张开的双臂，是两片属于你的嫩嫩的叶子！

1984年6月完成，
2004年10月26日改

天地之间这一棵苦命菜

——写在九姨夫刘彦文西行三周年之际

九姨夫刘彦文长我五岁,这个男人中的男人,是我少年时代的偶像。

九姨夫和九姨搞对象之前,从屯中论,他比我还要稍稍矮一小辈儿,我管他爸爸叫老刘二哥。九姨夫和九姨喜结良缘,我的辈分立马一落千丈、乾坤颠倒,平添个九姨夫不算,过去的刘二哥摇身一变,成了刘二姥爷了,高入云端。那我也心甘情愿,因为在我心中,刘彦文是一个出类拔萃的男人,英俊潇洒,能文能武,有情有义,千里难寻,给他当外甥明降暗升,偷着乐。

姨夫彦文天生聪慧,性格开朗,多才多艺,诙谐风趣,为人办事从不拖泥带水,敢做敢当。他在架玛吐中学只念了半年初中,"文革"开始后回乡务农,小小年纪便当上了村团支书,继而升为党支部副书记,牢牢靠靠的接班人,在全公社也算得上一颗冉冉升起的明星,十分耀眼!

他当团支书时,来了一大帮通辽知识青年,像吸铁石一样把他黏得透不过气来。那时,我和长我两岁的七舅汉成还有点儿凑不大上去。不过,我和他二弟彦武同庚又要好,常从刘支书眼看快要翻烂了的《吉林文艺》《解放军文艺》

《朝霞》等杂志上闻到一股不平常的味道，这要比课堂上语文老师干干巴巴念叨的那些玩意儿来劲儿得多，我们的缘分大致由此开始。

高中毕业我也返乡，铲地，割地，挑土篮子，当民办教师，进工作队，到旗委宣传部、盟报社当"土记者"。不知不觉慢慢长高，共同的话题多了起来，朦朦胧胧交流对文学艺术的看法，津津有味谈论十里八村的乡间人物，渐渐打成一片，一日不见如隔三秋，简直像着了魔一样。那阵子，我对他的吸引力恐怕仅次于或干脆不亚于他热恋中的九姨了。白明黑夜厮混在一起的还有臭味相投的七舅汉城、好友汝祥、表弟德柱……回想起来，那真是人生中的一段至美时光，无忧无虑，没心没肺，只要快乐，别无所求。东邻西舍、南村北屯的怪闻趣事，经过我们用乡间土语"一锅乱炖"，变得色香味俱全，分外诱人。

大概是在一九七四年，九姨夫干了一件崭露头角、动静不小的事儿，用我三姥爷的话说就是：踢了一个响炮！

"文革"后期，批林批孔除四旧，全国人民折腾孔老二。西芦家窑富家子弟乔孝军与六户大队妇女主任毛桂琴三姐定亲。顺应潮流，毛三姐移风易俗，手拎提包步行三十里土路来到即将过门儿的婆家退还彩礼，舆论哗然，身后荡起一阵不小的烟尘。九姨夫逮住这桩新鲜事儿悄悄咪咪写了一个数来宝《退彩礼》，知青美女周慧颖、龙德荣声情并茂登台表演，一时间，成为南北二屯土炕上烟袋锅子里云山雾罩、绵绵不绝的话题。这个节目从村屯演到公社，从旗镇演到盟署，直至参加了吉林省群众文艺会演才渐渐偃旗息鼓，出尽了风头。主人公乔、毛闪电成婚声名大噪,九姨夫宛若"伴郎"或"大媒",也时在聚光灯下晃动,跟着沾光"抹油嘴"。

由此,便开启了九姨夫刘彦文一生的写作或叫文化之旅。

他读不平常的书,写不一样的文字,大队部的高墙上糊满了他写的快板书、小评论、对口词和三句半,隔三岔五还给哲里木报、红色社员报投新闻稿、小故事,十八般武艺样样齐全,遍地开花!我的翅膀也一天天变硬,我们在阳光充沛的乡野间比翼奋飞,在风雨中摩肩接踵,很是得意,美不胜收。

大学毕业,我定居首府呼和浩特。谋面的时日少了,但音讯不断,情感连接愈加紧密,他家园子里不施化肥不撺农药的苞米糙子,长年不断在我的餐桌上弥漫着故乡的味道。那一年盛夏,他们夫妇一飞冲天,冒雨乘机来探望我年届九秩的老母亲——他们的老大姐。亲人们盘坐在一起唠起来没完,回忆往昔,憧憬未来,感叹生活的美好,笑语欢声震得天花板不停颤动。

九姨夫是一个豁达的人。依他的履历和影响,当年推荐上个工农兵大学顺理成章,不费吹灰之力。但他性情耿直,不会奉迎取巧弯弯绕,不会巧舌如簧顺情说好话,总是直来直去,有时还出马一条枪不忌后果,到头来风里来雨里去辗转一生,最终还是没有走出敖日木这片洼地。对此,他毫无怨言,也不气馁,不摆挑子,不甩靶子,心不长草,落地生根,把乡间日子打理得红红火火、有滋有味,很是让人羡慕，令我心生敬意。我在想，要是换成了我会不会早就牢骚满腹、怨气冲天，早就破罐子破摔了呢？是的，人和人的差距不在年龄不在身份，在境界。

九姨夫有情有义，爱憎分明。提到某些乡间污秽，他咬牙切齿；说起人间友情，他往往热泪沾襟。

十年前的一个夏日，我在兴安盟扎赉特旗深入生活搞创作。天刚蒙蒙亮，还在被窝里，忽然接到他从老家打来的电话，他哽咽着说：梦见汉成了，汉成又黑又瘦，没唠几句嗑转身就走，喊着喊着，就喊醒了……怕影响我休息，坐了两个小时才打这个电话。那一天正是七舅汉成的祭日，让我难过得几天缓不过神儿来。

五年前的一个冬日，陆文学老师陪我回老家上坟，九姨夫全程陪同。傍晚在六户一家小店吃久违了的乡间土菜，因为头一天深陷酒海，我萎靡不振，像霜打了一般。九姨九姨夫老两口兴致极高，陪陆老师频频举杯，喜笑颜开，把白酒当成了白水猛劲儿捌，挡都挡不住。情之所至，都是我惹的祸！谁料，那竟是我们见的最后一面。至今，我的眼前还晃动着他站在路旁挥手送我依依不舍的样子……

二〇一七年三月六日午时，忽接表妹小娜带着哭腔的电话。噩耗传来，我立即订机票回老家奔丧。一路上，我的心颠簸不定，翻江倒海，泪眼迷离。那片热土养育了我们，也成就了我们，凝聚了我们一生不了的情缘，三五棵陌上小草风雨中渐次长高，各居一方，多不容易呀！按照乡间礼俗，表弟大伟给我扎上了一匹宽长的白孝。为亲人送行，心里灌满了倒春寒的凉意，却又为能有这样的送别略感一丝丝的宽慰……

　　那次葬礼，亲人们从四面八方纷至沓来，难得乐光、世明二位兄弟也代表知青专程赶来送别。回通辽后，我们纠集起若干知青老友洒泪祭酒，追忆青春，感慨良多。

　　送别亲人，寸断肝肠的九姨表现出了超人的刚毅、冷静、通达，令大家刮目相看，啧啧称叹，难怪老两口晚年如此的相濡以沫、形影不离。大伟、小敏、小娜生活都很幸福美满，九姨夫当可安心了。只是如此美好的境况里骤然少了活络的他，让人实在难以接受。但想起英年早逝的汉成舅、柏林哥、柏山哥，这遗憾又无奈地接受了。黄泉路上无老少，先行一步地让活着的人承受着怀念与悲伤之苦，而人世间的这份至亲至爱便显得愈加弥足珍贵了！

　　九姨和孩子们决意为九姨夫出一本纪念文集，这个想法令人感动。我事务缠身，无一日之闲，只好电话里跟陆老师和小敏、小娜及亲友不断邀约，文稿现在已经基本汇齐，看后让人心潮起伏，难以平静。

　　三年过去，九姨夫渐行渐远，留给这个世界一个结实、宽厚、奋进的背影。生命的银河中，人生短促如一道流星瞬间划过，谁都挽留不住。但不同的是，有的生命如过眼烟云，有的人则让人铭心刻骨，久久不能忘怀，直至地老天荒。感谢命运，生命历程中有这样一位可亲可敬的长辈与挚友，幸莫大焉！

　　我的家乡敖日木，蒙古语是"湖"的意思，我们俗称西泡子。那一片水面相当的大，前、中、大、小四个敖日木自然村被一个水泡子穿连在一起，像一面镜子映照着沸腾的生活，令人回味，遐思奔涌。少年时代常听革命现代京剧《沙家浜》，剧中有一片高深莫测的芦苇荡。我们的西泡子中间也有一片随风摇摆的芦苇，常有水鸟出没或浮游，有叨鱼郎、水榨子、野鸭等，于是，幻觉里也时常有新四军的郭建光或"抗义救国军"的刁小三隐没其中，神秘至极。这一汪老天积攒下的珍稀贵水，烟波浩渺，波澜不惊，一直储蓄在我记忆的深处。从一棵树收工归来，抄近道，九姨夫无数次蹚过这面大水，我也一样。冬天滑冰车，夏日浆衣洗被，它焐暖了这个村落多少代人多少次寒夜中的好梦。如今它已经干涸，潮汐退尽，九姨夫也寻声远去了。

彦，在古代指有才学有道德的人。俊彦、秀彦、彦语、彦文……刘彦文，名副其实，堪称才德出众之人。他孝敬父母、庇佑手足、呵护子孙、珍重友谊、忠于爱情，人生有定力，办事有甩头，处事不磨叽，妙语连珠，掷地有声，快刀斩乱麻。在故乡，有这样一位知书达理、简捷利落、超凡脱俗的亲人，心里别提多么踏实了，一想起来回乡就有扑头啊！

九姨夫走后，故乡对我失去了往日的引力。那个热忱、爽朗、爱说爱笑、斩钉截铁的家乡顶梁柱，怎么说走就走了呢？庄桂莲大姐、小蕴老么姨每每与我唠起，总是叹息不已。而命运就是这样无情，抽刀断水，让你欲哭无泪！这也恰恰提醒我们要更加珍惜当下的生活，乐乐呵呵过好每一天，以不负亡者先人，用快乐的日子告慰他们的在天之灵。

五月到了，故乡的黑土地上那一棵棵一墩墩一片片的曲麻菜又该拱出地面了吧？春雨过后，大坝上、垄台旁、壕沟里不管不顾地疯长着，让我想起那片热土上健在或者远去的一位位亲人。多少往事，多少音容，一幕幕过电影一样闪现在眼前。

九姨夫的微信名是苦命菜。取这样一个名字，我猜想其寓意是他自谦的人生写照：不起眼儿，不争地盘，不惧风雨，不畏贫寒，苦尽甘来，苦口婆心，苦中有乐，又皮实，又下火，又抗造，生命力强，冬天冻死了，春风一吹又会支棱棱冒出来……

无数次梦里呼喊：九姨夫，你在哪儿？大雁北飞，有那么多的往事可追。春天都已经回家了，九姨夫，你能像苦命菜一样回来吗？

2020 年 3 月改

含泪为慈爱的爸爸送行

慈爱的父亲安然离去。三天后，在他辞世的那个时辰，亲友们在大青山上为他送行。

一九二一年农历腊月二十二，爸爸出生在科尔沁草原中部的一个蒙古小村。二〇〇四年公历十月十日十时十分，他长眠在自治区首府呼和浩特。他无可抉择地在严冬时节来到这嘈杂的世界，却挑选了一个明媚的秋日告别了眷恋他的亲人。从蹒跚学步，到行走如风，再由依杖挪步直至卧床不起，他遍尝了生活的酸甜苦辣，走出了世间圆满的人生。他心里透明，无疾而终，享年八十六岁。

爸爸一生以助人为乐，却不愿为他人添一点点麻烦，包括自己的儿女。他走的时间是那样的整齐：十月十日十时十分。冥冥之中可有约定，二十年前为爸爸办户口，明明知道他的准确生日，我却莫名其妙地填写了：十月十日。是宿命，是巧合，还是别有缘由？许是爸爸不是大人物，无须雷雨交加地送行，那一天，秋阳高照，没有一丝的风和云。我想，定是他选择了这样晴好的天气，因为他知道，亲他爱他的儿子，每年的这一天这一时辰，都会如期祭奠他的，而这一天，又恰是周末。他想得多么周到，多么细心。

爸爸从贫寒的童年走进生活，年少时为一位私塾先生做饭，门里门外，耳濡目染，识字半斗；土地改革时，当过农会文书，恪守本分，没有为自己多分一粒果实。第一次婚姻，娶包氏为妻，转年得双胞龙凤胎，不幸夭折，包氏之母亦染鼠疫病亡。数年后续弦陈氏，又久病不治而卒。一九五五年，共同的命运让爸爸和妈妈走到一起，营造起一个单纯而充满梦幻的家庭。为了养育我和姐姐，父母双亲含辛茹苦，呕心沥血，耗尽大半人生，将我和姐姐培养成人。六十二岁时，父亲离开了故土，从嘎查来到首府，成为呼和浩特的永久居民。

爸爸平凡的一生充满了艰辛，艰辛中又饱含着幸运。

八十六年酷暑严寒，月缺月圆，他真正体味了人世间的阴晴冷暖。他以单薄而又坚强的身躯担负起沉重的劳动，像一堵墙壁，为我们遮风挡雨，从而使烛光摇曳的潘氏家族得以薪火相传，生生不息，越燃越旺。对于我和姐姐的一生，他恩重如山，是一座永不磨灭的丰碑。

作为农民，爸爸朴素、憨实而又勤勉。他一生躬耕，从不停歇。打过多少牧草，割倒多少庄稼，谁也无法计数，而他一生积攒下的财富却只有自尊和厚道。

爸爸心地善良，心灵清澈。不伤害别人，也不记恨伤害过自己的人。无论是谁，只要遇到困难，他都竭诚相助。冰天雪地，他能脱下自己的棉袄披在别人身上，哪怕那挨冻的人暖过身子后很快就会忘记棉袄的主人。而有恩于他的人，爸爸却没齿不忘，哪怕一点一滴，他都铭刻在心。

爸爸诚实守信，为了一句诺言，他会坚守一生。他把信誉看得比生命还重，别人一个单纯的委托，他都视为至嘱，有时到了近乎迂腐的程度。对此，他却无怨无悔。

爸爸性格开朗，却脾气火暴，然而从不殃及他人。有的时候代人受过，也不争辩；郁闷至极，宁肯摔自己的家具，也不与人红面而争。

从事任何一项劳动，爸爸都不折不扣，从不拈轻怕重。他干过许多"笨"活儿、"憨"活儿，却恪守着时间和质量，宁愿多做一个时辰，也不欺人诳人。

与他偏执倔强的性格相悖，爸爸心灵手巧。操起剪刀，他左右手同样能剪出漂亮的窗花；握住毛笔，他能描龙画凤；几张绢纸、几段秫秸，到他手里，很快就能扎出高头大马和宽敞的彩车……逢年过节，或谁家红白喜事，他总是最忙碌的人。这不仅缘于他的手艺，更因为他有一副火热的心肠。

爸爸平生滴酒不沾，但他的生命却充满了诗意，对新事物满怀着激情。我想，这是造就、滋养我成为一个诗人最最直接的源头了。

二十世纪五十年代，他就开始摆弄矿石收音机、留声机了。一次，他心血来潮，赶出一头黄牛，领上我到供销社，喜滋滋地换回一台梅花鹿牌收音机。此时此刻，我迷蒙的泪光里又一次浮现出他那喜悦的脸上泛出的豪迈神情。

爸爸识字虽少，却酷爱文化。他的藏书远近闻名，小人书、画册、唱本，林林总总。他紧锁的书柜，在我蒙昧的童年里弥漫着浓浓的书香……

爸爸爱树、爱鸟、爱花、爱草。即使在那饥肠辘辘的岁月，他的生命也是一片绿荫。窗前屋后，盛开的西番莲，摇曳的美人蕉，暗红的秋桃，奇异的弯柳，窗台上疾驰的鹌鹑，竹笼里鸣啼的百灵……这一切，为我们疲惫的生活平添了多少快乐，多少温馨！

爸爸晚年大病数次，每一次都奇迹般地康复。这里有科学的救治，有母亲的精心照料，更缘于他自身的造化。

谁都说爸爸天生是有福气的人。一家四口过年包饺子，往一只饺子里包进一枚硬币或糖块，颠来倒去，总是被他碰上。

这福祉岂是命运的差遣，这是汗水和心血的结晶啊！

超负荷的劳动，使父亲壮年时几度咳血，病未痊愈，他又急匆匆奔向田畴。盛夏，别人在地头歇晌，他赶紧钻进玉米地去掳猪菜。毒辣辣的太阳底下，把两大麻袋猪菜挑进家门，来不及把扁担放平，他便躺在柴火堆上大喘起来。这样的大喘是爸爸独有的，这样的大喘，我将终生难忘！

爸爸是我和姐姐至亲至爱的父亲，这一点，已经远远超越了所谓的亲情和血脉。冥冥之中，我们的心灵是那样的相通。在世俗的情感世界中，我们之间的传承有着一种崇高的默契。爸爸夭折了一双儿女，又添补了一双，一个做了医生，一个成为诗人。做了医生的女儿为他解除了无数病痛，成为诗人的儿子为他带来了几许快慰、几许欢欣……

二十世纪五十年代末，爸爸去吐尔基山修水库。牙牙学语的我忽然白天梦里想念爸爸，不停地呼喊。爸爸到底从遥远的工地回来了，据说我却躲在门后忽闪着眼睛，不肯露头。

当年，手无缚鸡之力的我，以柔弱的童声能把父亲从遥远的吐尔基山唤回；而今，已知天命的我可算年富力强，却无力唤回那曾疾走如风的父亲，无力唤醒这沉睡着的冰冷的世界了！

从今以后，再想见到爸爸，恐怕只有在长长的追忆和甜甜的梦乡里了。而这样的亲近，会使我和后代对爸爸产生更深的敬重。往日生活中的点点滴滴，如今回味起来，是多么的珍贵！爸爸，你赋予我们的情感，是我们发掘不尽的宝藏。五十年间没有体味够的，在未来的岁月里，我们将慢慢地咀嚼、反刍、领悟。

送爸爸远行，我们不尽是悲伤，更多的是依依不舍的眷恋。他充实而圆满的人生，为我们树立了很好的榜样。而我们父子间的真情，对时下某些褪色的人性，当是一个必要的提醒。

爸爸的善良和勤劳，为家庭带来了无边的福音，也为众多的人带来了轻松快乐。亲人们在为爸爸祈祷，祈祷他在另一个世界里，同样的安详、宁静而温暖。相信长生天的仁慈与公道，苍天大地一定保佑你，我慈爱的父亲！

2004 年 10 月 10 日 19 时完成，10 日后改定

送 别
——写在九十岁老母远行之际

每一次送别都是您送我，这一次，轮到我送您了，妈妈。

您闭上眼睛那一刻，我的天就塌了，天好黑呀，漫漫长夜，我上哪里去找您呢，妈妈！

我真的成了孤儿。

离别的泪，滋味是不一样的。

回想每一次回头看您送我时的样子，不论是立在门口，还是扶着墙头，抑或站到房顶，秋风吹动您灰白的头发，像一缕缕炊烟，我的眼泪从来都是温暖的。我有根，路怎么走都不会迷失方向。我知道，我的身后有一颗太阳护佑着我。而您的泪水则是苦涩的，那里面不仅有别离的不舍，还有企盼、等待、担心，甚至恐惧。

今天，全倒过来了。所有的不舍、恐慌、无助和绝望，一起涌上我的心头，溢出了我的眼眶。我成了这个世界的弃婴，没有人管我了，这个世界突然变得很可怕，哭，喊，都没有用。

从小到大，我一直是您手中须臾不肯放松的风筝，您总想让我飞得高一些，再高一些……可今天，风筝的这根线断了，我将飘向何方，只有天知道。

爱孩子，是连母鸡都会做的事，而重要的是教育。这一生，您不仅给我饱暖，更赋予了我精神，那就是：正直、善良、自强不息。我毕生都在努力，但我只从您身上学到了微小的点点滴滴。

您是我的摇篮，更是我的学校。如今，这所学校倒塌了，而经卷还在，您的教诲还在，那朴素、温暖、缓慢的话语一直萦绕在我的耳畔，它将让我受益终身。

妈，是谁为咱们母子结下了这人世间的情缘呢？六十岁，一个甲子，一个轮回，我感谢上苍这慷慨的恩赐，但也不解，它为何又如此吝啬，如此残酷，如此不可理喻，抽刀断水。

在您离世的三天前，我忽然决定，陪您睡一个通宵。那一个夜晚，对咱娘俩来说幸福极了！从入夜到天明，好像母子要把这一生的爱全部唠完，可又怎么能说完呢！长到十二岁了，您还一直搂着我入眠，那一床蓝底白花的麻花大被，好暖啊！到如今，我只用了一个夜晚的反哺，您便心满意足了。妈妈，这一个夜晚，是咱娘俩六十年的总和与缩影，您留给我最后的叮咛，如夜空的星辉，我将用一生慢慢体味。

自古忠孝不能两全。原本说好哪儿也不去，什么都放下，专心陪护您，可自治区七十年庆典突然来了任务，特别急。此事大啊，您用残存的呼吸指令我去办要紧的事。您是识大体的，有着草原一样的胸怀，您怕儿子分心，第二天竟果断地走了。妈妈，我懂您的心，任务已经完成，您安心地睡吧。

小的时候出门去玩，您总要叮嘱我不要和没妈的孩子吵架，您说他们可怜。而今天，我也成了没妈的孩子，别人的妈妈也会像您那样叮嘱他们的孩子吗？假如有坏孩子欺负我，谁来管我？谁来给我擦委屈的眼泪呢？

　　父母在，生命尚有来处；父母去，人生只有归途。可我的归途在哪儿？天地苍茫，我欲哭无泪。

　　妈妈，您这盏乡间土屋里燃起的油灯，一直为我摇曳着，我在这盏灯下读了六十载，孜孜不倦。如今，这盏灯熄了，可人生这部大书却不会合拢，凿壁偷光，我也要读，直读到老眼昏花，读到曙色赐予我最后一个天明。

　　妈妈，是我又回到了童年吗？您走得这样慢，我怎么还追不上。我要跟着走，踩着您的脚印，用三十年时光，哪怕再长一点或者再短一点，去找您的身影、您的笑容，找到您的真、您的善、您的自强不息。我相信，我一定会找到的，妈妈！您一定在咱家那座老房子里，扎着粗布围裙，早早准备好了一桌我最爱吃的饭菜，有滋有味，热腾腾地等我……

2017 年 8 月 7 日

送子求学留下一封家书

儿子：

今晚爸爸就要启程回家了，这意味着你将离开父母的直接呵护，从此开始你独立的人生之旅。叮咛的话已经说得很多了，但还是忍不住再啰唆几句，也代表你妈妈。

要珍惜这次学习机会。北航是一流的名牌大学，在这样的学校就读，不仅是你的荣幸，也是咱一家的幸福。计算机学院又是它的顶级专业，压力和动力自然不言而喻。水涨船高。好学校好专业，强手如林，想出类拔萃谈何容易呢？它在管理上有硬性要求，对优秀学生、连读、学分等项规定，你要做到心中有数。成为一名优秀毕业生很难，顺利地完成四年学业也并非易事。爸爸妈妈渴望看到你学途上稳健、扎实、清晰的脚印。

你要迅速适应新的学习环境。由中学到大学，学习方式的转变是飞跃的，确切地说，是质的变化。你有一定分析问题解决问题的能力，但学习的主动性不够，从今天起一定要努力克服。再没有人督促，全凭自觉，这既是学习方式的转变，更是意志品质与恒心的考验。

打好基础，树立远大目标。我常说人生是一次长跑，看谁笑在最后；你妈妈也说生活在不断地淘汰。高中三年淘汰了一批，大学四年又将淘汰一批，现实残酷。你虽是保送生，但从今天起和同学们一样，面临着新的起点。千万不要等待命运的接济，那是不可能的。包括良好学习习惯的养成，一年级是最最基础的阶段，要克服任性的毛病，不可全凭兴趣出发。计算机是你的心爱，但某些专业课未必使你倾心，都要认真对待，不可偏废。就像餐饮里的营养搭配，味儿淡或许是必需的，要懂得这个道理。

在学习中成长。本科阶段的主要任务是掌握学习方法和基础知识，同时也是人生的重要阶段，可能这些一生都不能用学分来计量。我概括为学做人，学做事，学做学问。就说做人吧。要有谦逊的态度，以人之长补己之短，别把他人的毛病挂在嘴上，作为自己的警戒就足够了。学会团结。团结是一种品格，也是一种品行，但更是一种成就大业的能力。要学会在不动声色中建立起一种平等、默契和友好关系。要热爱生命、热爱生活，并学会在生活中不断提升自己的生命质量。我多次强调过强健身体的重要性。许多成功人士（非体育明星）的最后较量居然是健康与疾病，当是耐人寻味的。把体质升上去，把体重降下来。人可以粗犷，但不可以粗糙。人可经受挫折、失败，甚至上当受骗，而且经历得越早越好，但却不可无休止地体验这些痛苦。这便是愚蠢与智慧的分野。要成大器，涉猎要广，还要经常练笔。写作是输出，读书是输入，输出输入，如流水不腐、户枢不蠹。治学、毅力方面，在家里当学你妈妈，我有浅尝辄止的毛病，但愿不要给你更多的传承。少打电话，潜心学习，交往的日子在后头，不要预支，更不可透支。保持你的率真、诙谐、善良与执着，据此你可获益一生。

说说放飞的心情。

在为你送行的家宴上，你姑姑说了一句十分动心的话：不论走到哪里，父母的爱亲人的爱故乡草原的爱都是你永远的依靠。

儿子，几天来每每意识到你从此独立行走的时候，心底里就会泛起难以名状的感觉，幸福、喜悦，还有一丝丝酸楚。我和你妈妈常常忆起你周岁时手提花棉裤蹒跚学步时的情景。如今，人高马大的你稳稳地走上人生的坦途，心里却多了一种滋味。这是为什么呢？

像一只小鸟儿在我们的掌心上摇摇晃晃，不经意间，扑棱一下就飞走了，没任何的准备，我的心空空的。

北航的飞行器都是冲入云霄的，需要仰望，那一双双翅膀都由合金铸就。从现在起，我必须以坚强的意志挽起情丝，放飞你，让你翱翔。谁家父母不恋自己的血肉呢？苏霍姆林斯基说，爱孩子是连母鸡都会做的事，重要的是教育。现在，教育的责任大部分都落在了学校、社会和你自己肩上，要勇敢自信快乐地承担起来。你已经有了将近二十年的人生经历，生活会告诉你孰是孰非的，你要用简单的心细细体味人生的酸甜苦辣。

不要急于求成，却不可丝毫懈怠。

愿你练就一双坚强的翅膀，在爸爸和妈妈爱你的天空上自由、幸福地飞翔！

爸　爸
2002年9月12日

生命里的乔乔

一个月前的今天，乔乔遽然离去。

生命的最后时刻，它从几米远的地方猛然向我奔来，使出全身气力求救。猝然倒下的那一幕，牢牢定格在我记忆的深处。

垂危无助之时，乔乔本能地扑向我，自有它的道理。它觉得我是一家之主，关键时刻只有我能救它，唯有我才能撑起它生命的天空。而这最后一线希望却在那一瞬间，破灭了……

乔乔一走，家中立刻感到了空寂。

可它又是那样的无处不在，如影相随。耳畔，时不时回萦着它的动静，或重、或轻、或急、或缓，它的叫声总是那么独特而富有内涵，不同情境下有不同的表达，像人一样。眼前，总是晃动着它的身影，在天地相交的地方，微风拂动漂亮的毛发，它抿着耳朵，自由、快乐、骄傲地驰骋着……

这是铭心刻骨的记忆，也是昼思夜想的祈愿与祝福。

忠诚、高贵、帅气、机警、灵性、温善、激情。它是犬中的极品，生灵中的精灵。它已成为家中不可或缺的重要成员，它是没有血脉却又血肉相连的亲人；它是永远也长不大的孩子，心甘情愿对它娇生惯养；它是以一当十的保护神，有它，门无须上锁，夜里可安然入睡；它是生活里的重要内容，它的生命已深深融入我们的生命之中……

想起它初来乍到时的样子。蜷缩在墙角的笼子里，细软的绒毛，耳朵一只耷拉，一只半立，一双清澈明亮的小眼睛，羞怯不安地望着陌生的主人……

渐渐熟络起来，有分寸地靠近，但不越雷池一步，它的分寸感自始至终。我常常努起嘴俯下身与它作亲吻状，它会迅速凑过来，但唇吻绝不触及我的面部。而一天不见或外出归来，它会程度不同地用小嘴触碰一下我的指尖，让我的心痒痒的、暖暖的、美美的。白天，无论外人还是家人临近家门，它都会发出警示或致"欢迎辞"；夜晚，无论听到什么，它都机警地等待，都不轻易发声，它怕惊扰了四邻。是谁教给它的呢？

乔乔，是阿牛给它取的名字。有些文质，有些洋范儿。至今，我们也没搞懂它的含义，而这个名字却在小区内叫得很响，乔乔成了东岸国际无人不晓的"明星"。陌生人开车过来会摇下车窗，夸它的帅气，问它的名字；邻居赞不绝口并提示自家的宝贝：别胡闹，看人家乔乔多懂话多可爱！以至院中一只小犬也追随它叫了"小乔乔"。

去通辽出差，一周后返回。还有些生疏的它猛然立起扑向我的怀抱。这激情的一扑，一下子拉近了我们的距离。从此，我叫它"小可爱"，这特殊的乳名一直叫到现在。

它是聪慧的，一定判断出我是个诗人。它的表达，总是触动着我心中最柔软的部分。而乔乔的一生也充满了诗性。

一天夜里，我挑灯写作，它摇着尾巴将花盆里初绽的一朵花蕾衔来慰问。这让我哭笑不得，又喜不自禁。它像一个牙牙学语蹒跚学步的稚童，用一桩可爱的小错误，留给我难得而又难忘的欢欣！

又一次想到在少中家暂避"风云"的情景。因为前程未卜，又割舍不下，我不禁热泪长流。它像一个懂事的孩子，用温暖的小舌头舔舐我的眼泪，这让我的泪水愈加失控，恣意纵横！夜深人静时分，我们劫狱般匆匆将它接回。在如意广场，重获自由的乔乔纵情驰奔，那幸福的样子，历历在目……

只是不会说话而已，它能听懂生活中的好多语言，以至于家中有些交流需用蒙古语或夹杂文言进行。这让我的老妈妈惊喜又诧异："哎呀！老家全屯子也没有一条这样聪明的狗！"

无论踱步，还是奔跑，它的仪态总是文质而又绅士。院子里，偶有刺猬夜间出没，乔乔从不轻举妄动，闻到气息，先颠儿过去，嗅嗅，再嗅嗅，然后举起一只爪，微微一探，像是问候，又像告诫，然后友善地离开……前年初秋，乔乔突然奔到院中水箱旁的水池子前，久闻不动。咦，一只刺猬掉入了"陷阱"，已经奄奄一息了。我和阿牛赶紧设法将其放生，噢，是乔乔救了它的一条小命！乔乔摇着尾巴很得意，等待我的嘉奖。

喜鹊，实为坏鸟，毫无厚道。乔乔年幼，坏喜鹊们总是在空中盘旋着恼人地怪叫，招引它。乔乔奋起直追，每每落空，窝着一肚子的气。盛夏一日清晨，我率乔乔沐雨出游。机警的乔乔突然敏捷地扑向落在池边的一只喜鹊。不知原本

158

是只幼鸟还是伤鸟，抑或被急雨淋湿了翅膀，总之那鸟已不能在高处叽叽喳喳逞能了。本以为乔乔会乘势而上痛打"落水鸟"，可它却戛然而止，怯生生不知所措。或许想，怨恨再多也不该殃及生命啊，尤不该在别人"落难"之时落井下石。我也感到了不安，率乔乔郁郁而归。乔乔不时回首观望，心怀歉疚。我和阿牛出来营救那鸟，见它已挣扎栖在树上，才舒了口气。回去告知乔乔，它似乎听懂，低头摇尾，表示要汲取教训，下不为例。

乔乔性情温善，从不好战。偶有色厉内荏的小犬向它狂吠，它总是轻轻摇尾向同类小友示好。在家中，它是当之无愧的和平使者，不容高声说话，只要听到十五分贝以上之声，它便及时前来阻止，或叼起玩具奔驰跃动以分散你的注意力。

这是一条天生的蒙古狗、美食家。炒米、牛奶、奶皮、奶酪、奶豆腐，甚至酸马奶，都是它的最爱，还有老家送来的打瓜，它也吃得游刃有余，尔后衔着瓜瓢仰天颠跑。那美滋滋的样子，俨然一位屡建奇功的凯旋者！羊、鸡、鱼、兔都是它的美味，苹果、雪梨、橘子、猕猴桃、西红柿，百吃不厌。不过，黄瓜是自家园中无公害的方能入口，洒过农药，须打皮后再做考量。

乔乔在一片赞扬声中成长，又不断用行动呼唤人们的喝彩。

"冲啊，乔乔！冲向远方啦！"这是我十年不变的动员令。它一以贯之地从树墙的间隙起跑，绕花坛三匝，然后箭一样驰向门前的绿草地，再抿着耳朵，十分得意地飞奔而来……

乔乔是一个吉兆，是祥瑞的化身。迁至东岸国际第二年，它应运而来，自那时起，我们的生活品质开始提升，十年间，日子蓬勃茂盛，这恐怕与它的到来密切相关。从一期到二期，它只当一个行旅过客，不论为它装备怎样的下榻，它总是哼哼唧唧执意返回老巢。恋旧、偏执、可爱又可笑。我戏称它"保守党"！

五年前的一个夏夜，我为友情酩酊。小胡、阿牛扶回醉汉。乔乔大惊，围前围后。一番安顿后，醉者入梦，阿牛返床。乔乔不安，挠门，呼叫，唤起阿牛陪立守候。它自有主张：乔乔有心无力，大哥哥守护才踏实可靠。此举着实令人感动，彼情彼景如在眼前。

十年，有多少乐趣与感动，萦绕于心，追忆不尽。而楚楚动人的乔乔骤然消失了，令人心生苦痛，难以释怀！

每天清晨，我还期待它跃上床头，趴在胸前，竖起耳朵，睥睨着眼睛，听我的"暗语"或赞美词，依据我表彰的程度而幅度不同地拍动它的大尾巴……

每天上班它都在窗前送我，下班闻声迎接；出差，叼咬行李箱，发出乞求"不要走"的哀叫……客人来家不论带多少礼物它都熟视无睹，客人走时无论带走什么它都拦住不放。这个"把家虎"，抠门抠到如此地步，简直就是犬中的"葛朗台"！

夏日，在无人区，我会短暂地解开链绳让它"稍息"，自由活动。片刻，我又感到不安，击掌三下，它便迅速蹿出树丛出现在眼前；冬天，在雪地里，它尽享着干净纯白的世界，时而埋头刨雪，时而昂首瞩望，鼻翼呼着"白烟"等待我的召唤！乔乔是一条飞奔的直线，一道黑色的闪电，一路不可复制的风景！

而这一切，都在一夜之间空留作美好的记忆和撕心裂肺的疼痛。直到现在，也不觉得它离去，临近家门还期待它摇着尾巴扑将过来，下午出门依然要打着厅灯为它"留亮"。这，已经成为我们下意识的习惯，不由自主。

离别的前一日，它已经力不可支，还用尽力气按响那只玩具"小螃蟹"，为的是让家人欢喜并有所心安。那难忘的"嘎"的一声，一直萦绕在我的耳畔。这是它忠诚的留言，是一个生命无愧的绝响！

乔乔一直葆有尊严和对家的眷恋。最后那一天下午，它不肯出门，担心自己回不到这给了它温暖和幸福的家，喘息着也一直站立。它不肯躺下，直至生命的最后时刻，扑向我。我想，这既是求救，也是难舍的告别……

乔乔离开的当晚，静卧在它习惯平躺的沙发上。一家人握紧它的小爪子，为它梳理绒毛，与它话别。泪水，洇湿了整整一个夜晚……

次日，乔乔被安放在大青山西北一脉的阳坡上。山顶一座敖包，山涧清泉汩汩，它面朝远方，安息之地山清水秀，一片秀美风光。

三日后，我们点燃了一盏明灯。火苗在默思中燃烧，升腾，火光中幻化着它的身影，乔乔依旧激情地奔跑着。我们祈愿，这吉祥的灯盏能照亮它的明天！

离别注定是痛苦的。一个月了，这种苦痛一直困囿着我。那种撕心裂肺，那种痛不欲生，那种万般无助，那种泥沙俱下，那种挥之不去，难以言表。

而与乔乔带给我们的欢乐、充实与快慰相比，这些痛楚，都是微末，都是财富，都万般值得！

十年乔乔，我们善待这个生灵如同呵护自己的骨肉；命运将其托付于我们，我们没有辜负，因之便略有心安。这意想不到的快乐和收获，这人世间不可预期的邂逅，让平凡的日子有了暖色、葱茏和难以描摹的斑斓。也因此，我们对生活有了不一样的品位，对生命有了不一样的体验。

十年乔乔，为我们留下深刻的启迪。我们会更加热爱生活，善待生命，珍惜时光，珍视缘分。因为这人世间的美好有时就像彩虹一样，转瞬即逝，不再返场。珍重当下，珍重生活中的一点一滴，是心痛之余重要的心得。

花开一季，草木一生。乔乔已经走完它的生命旅程，我们无力挽留，也不要无休止地忧伤。道理都懂，超越很难。我在想，如此深刻的情缘，会在哪一种境况下再度与我们相逢呢？

这样的念头或许有点儿傻。但作为生命，乔乔已种植在了我们的生命之中。十年如此，今后依然如此。生活中的一切秩序都有它的影子，它无处不在，如影相随。我们的幸福都洋溢着它的幸福，我们的快乐都充盈着它的快乐。因为在最为和暖的时光岁月，它丰沛了我们的生活，既尽职"守约"，又不时"添乱"，它的生命已融入我们周遭的一切，不可分割……

乔乔渐行渐远，我对它的思念却不休不止。

它的可爱无以复加无与伦比无法替代。它是一缕风，清凉了一片天地，它是一束闪电，划出了一道彩虹，它是一片花开，缤纷了一个世界，它是一颗露珠，宝石般晶莹，瞬息又滑落了……

一次次梦里，乔乔复又出现。它依然帅气，激情，文艺范儿，勇毅灵动，卓然而立。这铭心刻骨的记忆，让我从此对所有的生命珍重、爱怜，寄予深情。生活多么美好，但昨天只能成为影像，一切已不能挽回于万一……

大年初一清早，在每日陪乔乔散步的时辰，我将它留在草坡上的粪蛋悉数收进袋子，放在印满它蹄印的窗前小院。乔乔一贯干干净净，从不随地撒便，这也是代它完成最后一次使命。

大地回暖，万物复苏。

寒来暑往，生命循环往复；岁月不居，唯真情永驻。乔乔，我的小可爱！大千世界，乾坤流转，天定有缘，这份缘就注定不散。又一个春天降临了，回来吧乔乔，咱们一起看花开花落，草木重生……

2019 年 2 月 7 日乔乔离去周月之际

追梦的人

这是一场劫难,一场空前的劫难;这是一场战争,一场没有硝烟却留下废墟的战争;这是一次暴行,淫威强暴了土地,而处女的草原却由此寸草不生。

这是一个恶魔,他吞噬了广袤绿色;这是一只妖怪,他颠倒了浩渺时空;这是一名泼妇,她四处狂奔,捶胸顿足,无泪号啕,撒野发疯……

美丽的地球,我的母亲,一位诗人曾这样深情地呼唤你!如今,在东方,这座以绿色闻名的高原上,却留下了一片荒漠的记忆,留下了一片砍伐的伤痛,留下了一片难以治愈的"白癜风"。

这片死寂的沙漠就在我们的脚下。这是绿色的灰烬,这是绝望的呐喊,这是无情的伤痛。望不见一只鸟的踪影,看不见一颗露珠在滚动,甚至听不见一声清脆的驼铃。

难道,死亡就这样定格了吗?

难道,人类也要像骆驼一样在死亡之海上丑陋地前行吗?

啊,不!远远地,在大漠干渴的胸膛上,在狂风肆虐的淫威下，一茎小草倔强地拱出来了。

这是人类的希望，这是黑夜里的黎明，这是生命的咏叹，这是高原永不消失的绿色的梦。

在太阳的凝视下，这梦，就从我们的手中开始发芽吧！让我们仰望这些小草一样顽强、胡杨一样挺拔、星辰一样不知疲倦的——追梦的人。

在毛乌素沙漠的腹地，有一个叫乌审召的地方。沙海漫漫，寸草不生。也就在这个地方，有一个叫宝日勒岱的蒙古族姑娘，五十年前便开始了她的绿色梦想。她在这死亡之海栽下了第一棵沙蒿、沙柳，从此，毛乌素沙地开始有了人工的绿色。

沙蒿栽了一丘又一丘、一梁又一梁，喜悦的泪水还没有擦干，无情的沙暴疯狂袭来，只留下三抹绿色。活了三棵，就能活三百棵，三千棵，三万棵。宝日勒岱用愚公移山的精神鼓舞大家，除醉马草，种植沙蒿沙柳，毛乌素人要一代一代治沙不止。白发长髯的长者和火苗一样跳动的红领巾，一起奋战在沙漠的春天里。

向沙漠要草原，从风口夺绿色。宝日勒岱先后生过三个孩子，除了坐月子，她没误过一天治沙。她从大队团支书一直当到中央委员、自治区党委书记，却一直把汗水洒在毛乌素的沙漠上。如今，这位牧业学大寨的旗手已年届古稀，退休后，她又来到大漠的深处。治沙是她一生不改的梦想，她不知疲倦的脚步，踏着滚烫的沙漠，继续着她的绿色之梦。

二十世纪七十年代，和林格尔旗委决定将新店子公社一分为二，让云福祥到富裕的董家营子当公社书记。云福祥连续三夜没有合眼，他惦记着水土流失严重的被划走了的新丰那片土地，于是，他主动请缨到贫瘠落后的新丰去。

在新丰当书记的四年，云福祥脱了三层皮，掉了二十斤肉，穿坏了十五双老伴为他做的牛鼻子鞋。他带领乡亲们开河道、治沙山、造良田，硬是在这风蚀沙化近三十万亩的地方建成了两个万亩林带。山川有了绿色，人们的脸上露出了笑容。

一九八一年，云福祥被任命为和林格尔县县长。他不开会、不演说，用一百零七天走遍了全县五十多座大大小小的山头沟谷。五十一岁的云福祥带领一百二十多名青年男女组成治沙先锋队，开进了白二爷沙坝，从此拉开了治沙的序幕。

云福祥身患多种疾病，干起活来却不要命。一次，他晕倒在治沙工地上，人们哭着喊着把他唤醒，他打了一针继续干，谁也劝不住他。年轻人的汗水和泪水流在一起，浇铸着沙坝上一座座绿色的丰碑。

积劳成疾的云福祥走了，他把深深的爱留在这片土地上。昔日黄沙滚滚的不毛之地，如今已变成草肥林茂、瓜果飘香的绿色明珠。人们在肥沃的土地上，低头寻找着那一个个有着钢铁信念的熟悉的脚印。抬头仰望，一朵朵祥云缭绕在蓝天白云之间，那是不是云福祥在凝望着他挥洒过热汗的这片土地呢！

家住陕西的殷玉珍，喜盈盈地嫁到了毛乌素沙漠深处一个叫不上名字的井背塘。掀开盖头她才知道，洞房竟是一个半掩在黄沙里的地窖，新郎、新娘猫着腰才能进去，沙尘暴一起，洞房随时就变成墓穴。

"这辈子宁肯治沙累死，也不能让风沙欺负死！"

这年秋天，殷玉珍用自家的羊换回六百株树苗，用毛驴分六次驮回，一株株栽下，然后担来一桶桶水，一瓢一瓢地舀着，浇灌着希望与梦想。

为了种树，殷玉珍拼命地喂猪养羊，收入全部都投放在种树上，为的就是圆这个绿色的梦。

丈夫患重病了，自己也病倒了，儿子出生前两天她还在背树苗，怀第二个孩子时背树苗摔倒，胎儿死在腹中。她擦干眼泪，又走上治沙的漫漫长路。

一次次风沙掩埋，一株株绿树挺立。要种树，还要修路。膝盖磨破，虎口冻裂，脚掌起泡，鲜血和沙子掺到一起，一条通往绿色的十公里沙路终于修成了。

殷玉珍的事迹感动了美国自由民主基金会的代表，这位西方人士流着眼泪说："就个人造林而言，殷玉珍堪称世界第一人。"

殷玉珍，一个朴素的农家妇女，用她绿色的信念和顽强执着赢得了世人的尊重，也给这个世界一个昭示：只要洒下汗水横下心，绿色的梦想就会变成绿色的现实。

这一蓬蓬沙蒿一样顽强感人的故事，这一个个沙打旺一样倔强的性格，这一棵棵沙柳般挺拔的人物，我们还可以讲出许多，许多，许多……

他们是：种树种到联合国的巾帼英雄王果香，把生态大旗插在大漠深处的李显玉，被蒙古族额吉养育成人、用绿色反哺科尔沁沙地的日本战争弃儿乌云，还有怀着替一个民族谢罪的心愿，把幸福晚年种植在恩格贝沙漠的日本老人远山正瑛……

让我们向这些怀着胡杨一样信念的人，灵魂像白云一样干净的人，梦想像彩虹一样灿烂的人，把绿色家园当作生命的人，把自己的生命化作一株小草的人，深深地致敬。他们为沙漠平添了绿色，他们为死神改写了主张，他们为人类赢得了自尊，他们为生命挺直了脊梁。

这个星球，原本就是一个家庭，因为云彩是没有国籍的，风是没有种族的，爱是没有栅栏的，希望是没有库伦的。

灿烂的星球养育了我们，我们才能在无边的草浪里放牧，在清新的晨风里徜徉，在清冽的泉水中品尝甘甜，在蓝天白云下自由地歌唱。我们要感恩并回报地球母亲，行保护生态于自然之间，止污染环境于举手投足。干旱，荒漠，水土流失，土壤变质，即使面对自然界的天地之威，我们也要义无反顾，为母亲拂去创伤，这才叫作至孝至亲。

地球本是一个村庄，爱它的一草一木、一山一石、一鸟一兽，是我们义不容辞的责任。

仰望头顶上展翅飞翔的百灵鸟，来自牧草深处天然歌手的呼麦丰盈而又清亮，翔游于万里晴空骄子的长调曲折而又动人，它千百年来一直都在唱着一支绿色的歌谣，它昼夜更替间永远都在颂扬着生命的旋律。

　　手抚胸膛，仰望苍穹，让我们这些追梦的人伴随着爱与渴望一起，为沙漠，为高原，为大地，为海洋，为满目疮痍却仍然含辛茹苦哺育我们的这个世界，为这个仁慈怜爱而又需要反哺呵护敬仰的地球，多浇下一滴水，多捧出一片绿，多献出一份爱，谱写出和谐美好的大爱欢歌。

2007 年立春

一份情　一份爱　一份目不转睛
一份拭目以待

安达组合是我忘年的安达。

在将近十五年的时光流淌中，我们的精神像次第向上的哈纳，交织在一起。尽管如今他们风华正茂，我已鬓染初霜，但新叶不弃老叶黄，我们因共同理想而建立起的情感，已密不可分。在历经了一次次的风雨之后，我们深深体悟到了安达的要义：命里相逢的安达，不是为了沉醉才豪饮；生死相依的安达，为了迎接彩虹才走进风雨。安达，是一个可靠的命名，更是一生不悔的行动。因此，我感到今天的场景是凯旋，更是出发。

出席今天的研讨会，我想从一个艺术跋涉者的视角，谈一谈安达组合对蒙古民族传统音乐的探索与贡献，谈一谈他们对当下蒙古族音乐发展的启示，谈一谈作为这一代人，他们在民族文化坚守上所付出的艰辛努力。我想，这或许能够为当下的青年艺术家提供一些思考和借鉴。

一、安达组合对民族传统音乐的创新性发展

安达组合的重要收获，在于他们一直以来对蒙古族传统音乐的创新性发展。

创新，是艺术的灵魂，也是我们这个时代的关键词。在安达组合艺术成长的道路上，他们让蒙古族传统音乐、原生态音乐完成了现代化、大众化的起承转合。《江格尔》是一部用音乐形式诠释英雄征战的古老史诗，安达组合领悟了其核心精神，将蒙古族英雄主义的气概提炼升华，热情洋溢、充满自信地呈现在舞台上，有声有色、血肉充盈、动人心魄、气吞山河，那征战四方的英雄形象腾跃于音符之间，让听者的心灵受到极强的震撼。如果说艺术需要推陈出新，这种让传统文化精粹重新焕发生机的实践，让我们看见了草原音乐发展的前景与未来。

流行音乐民族化是安达组合长期努力探索的课题，他们将传统蒙古族音乐元素融入流行音乐的创作之中。前些年，我为安达组合写了一首表现安达精神的歌词《安达情》，那日苏谱的曲，经过安达组合的集体演绎，唱出了人类共通的情感。"在山的那边有一片海/在海的岸边有一朵花/为什么手拉得这样紧/母亲的那句话伴我长大//在星空下面有一盏灯/在灯的梦里有一个家/为什么心贴得这样近/长生天保佑着这个家//哎嘿飞身上马/哎嘿一起出发/哎嘿，命里相逢的安达/举起这碗酒照亮天地/哎嘿，生死相依的安达/穿过风雨，我们去闯天下……"让独特的民族音乐现代化、年轻化乃至世界化，正是安达组合的魅力所在。

有效地普及与提升蒙古族传统音乐，让蒙古族传统音乐在新的文化语境下获得新生和活力，安达组合既有坚守，又有创新。他们有时是负重的骆驼，有时是疾驰的骏马，这样的角色转换，是英雄民族血脉的流淌，也是时代精神对传统文化的传承与发扬光大。

二、安达组合艺术追求的开放气度与胸襟

安达组合的艺术之路，体现着面向世界的开放气度。

这种开放的气度，一方面体现在安达组合将蒙古族音乐传播到世界各地；另一方面是指他们在艺术实验上的跨界，将不同民族、不同地域的优秀音乐吸纳到自己的呼吸中来。

他们走过多少历史深长、艺术底蕴深厚的国度，如今已难以计数。频繁的域外演出，一方面让他们将古老的蒙古族音乐遍及四海，另一方面也让他们的音乐实践有了更为开阔的文化视野。交流、碰撞才能激发创新，这种创新，也使他们的艺术超越了地域、族际、国界，甚至时代。

安达组合一直进行着多种艺术门类的跨界尝试，以期获得最佳的舞台效果。二〇一六年十二月，我在北京天桥艺术剧场亲历了他们与现代舞蹈家金星团队携手合作、震撼人心的场景。大幕徐徐拉开，金星的开场白是：安达组合，让我听到了世界上最美妙的音乐，那么走心……确实如此，他们让古老的蒙古族传统音乐与现代舞激情碰撞融合，传达的是最深刻、最动听的人类情感，既匪夷所思，又水乳交融，这也正是安达组合具有超越性的地方。我们相信，安达组合不仅是蒙古民族的音乐家，还将成为胸襟开阔、放眼未来、属于世界的艺术翘楚。

三、安达组合在传承民族音乐中的坚守

我在散文《我和我的安达》中说，除了琴声与歌声，他

们的一切都是无声的。扛一只羊、半头牛,喝公斤以上的酒,也依然无声。他们是无声的电影,上演着生活的华彩乐章。他们的清纯,让我回到了黑白年代。

安达组合一直是安静的,正是这份来自蒙古民族血脉的笃定、沉稳与踏实,让他们在流行音乐你方唱罢我登场的潮起潮落之中,保持着自己的定力、耐心与恒久的磁性。

安达组合追求舞台艺术效果,让蒙古族音乐焕发着新的生命状态,却从未屈从于商业化的强势压力,因此,他们的表演和艺术制作,总是保持着高超精良的艺术水准,葆有蒙古民族最核心的文化理念——敬畏天地、崇尚自然、天人合一。这是安达组合在商业化无处不在的今天所做出的难能可贵的努力,亦可称之为高贵的抉择。他们的行动获得了市场的尊重,而干净的音符却没有接受商业雾霾的污染,这样的呼吸怎能不感人肺腑呢!

让我们把目光转回到十多年前,回到安达组合组建之初。

那时,蒙古族原生态音乐还是非常冷僻的,在这条冷板凳上他们一坐就是十年。十年磨一剑,需要的不仅是精准的艺术判断力,更需要一种凝聚、默契、神会、隐忍,说穿了,是一种超乎寻常的无畏、牺牲与担当。这里的阵痛,这里的隐痛,这里的伤痛,别人无法体味,但安达组合超越了这一切,他们终于让蒙古族传统音乐为海内外的听众们所熟悉、喜爱,进而广为传扬,这种精神坚守是蒙古民族新生代音乐人对优秀传统文化的有力彰显,更是对祖先艺术血脉的激发、延续和强有力的提振。

四、安达的凝聚修为及未来走向

安达组合有一首我心中的保留曲目——《故乡》，这首古老的科尔沁民歌被乌日根填上了新词，表达着游子对故乡一草一木的牵系。每一次聆听，我都心潮难平，十之八九，我都会热泪长流，不能自拔。

二〇一五年，由我担纲文学执笔、唐建平作曲的大型民族交响音乐史诗《成吉思汗》在台湾上演。台湾国乐团、台北爱乐乐团、香港中乐团、安达组合，四个团队联袂合作，堪称这部作品的奢华版。

出发之前，我有着隐约的担心，我们的安达组合在这样一个强大阵容的联合舰队中出现，能行吗？他们独特的民族艺术表现力毋庸置疑，可这些牧区里长大的孩子，在当今现代文明的交流中，艺术把持、工作纪律、行为习惯，特别是生活习惯，能行吗？

紧促的排练开始了。其其格玛的长调一亮，全场鸦雀无声，所有的演员静静伫立，个个成了忠实的听众。排练休场十五分钟，香港大指挥家闫惠昌恳请那日苏在休息室拉马头琴，门口挤满了港台艺术家。演出谢场，乌尼为观众表演呼麦，全场掌声如潮，经久不息。彼时，我已全然忘却这部作品与我的关联，而安达组合演绎出的艺术魅力，则让我由衷地为自己的民族感到自豪与骄傲！

在台湾演出期间，一路往返，安达组合彬彬有礼。一路上，我的目光像追光一样，追随着他们。

前面我说过，安达组合一直是静默的。演唱《幸福的牧马人》时，他们是绿浪；表演《江格尔赞》时，他们是火焰；面对生活，他们是澄澈的湖水；迎接突来的风暴，他们便是冷峻的雪山。

他们对幸福的表达是爱，对愤怒的表达也是爱。无论艺术还是生活，他们一直是风暴和旋涡的中心，安恬、稳定极了。

安达组合，不只是一个称谓，也不只是一个团队走向世界的代名词，他们，已成为安达精神与品质的极好诠释与形象代言。他们的抱团，他们的坚守，他们的生死相依，他们的一往无前，他们的不忘初心，他们的守望相助，不就是蒙古马精神的真实体现吗？

以安达命名，并以安达的精神实践，安达，这祖先留下的富有传奇故事的乳名，在新的时代再一次被他们小心翼翼地擦亮，名扬四海，我们感到由衷的欣慰。

安达组合的成长进步，凝聚了太多的情感，各级领导、前辈、先贤、同道、粉丝以及业内外所有关心关注他们的人们，都付出了许多许多。那些意想不到的风雨，那些莫名其妙的压力，都是财富，都是他们成长的动力与前行的引力。

创业难，守业更难；马背上打天下难，马背上治天下，更难。从今以后，考验安达组合的不只是生死与共、肝胆相照，还有同甘共苦、细水长流。

出席今天的研讨，所有钟情草原音乐的人们都是快慰的。这种快慰，不仅仅因为安达组合已经取得了骄人的业绩，还因为，这高洁的天籁之声不仅被全世界广泛接受，也开始渐渐被我们自己所接纳。我们常说的水土不服，往往不是远在天边，却时常就在我们自己宽大的怀抱里。这是一个怪圈，却又如影相随，挥之难去。现在，一切已经向好，新的时代，新的梦想，新的机遇，新的挑战，就在眼前。我们有理由相信，再来一个十年，这些草原音乐年轻的骑手们，会让世界听到更加扣人心弦的乐音！

　　哈扎布有一首长调《老雁》，表达的是老雁目送雏雁远飞时的心境。我不想以老雁自喻，也不敢以鸿雁自诩，我想，我只是秋天里初临风霜的一叶牧草，有筋脉，有余勇，有瞩望，有祈愿，风一吹来，我的叶脉上就有了爱与痛的感觉。与诸位不同，我的发言没有任何学术含量；和大家一样，我的表达是对安达的一份情，一份爱，一份目不转睛，一份拭目以待……

2018 年 4 月 27 日

第三辑 倾听一种声音

黎 明

黎明是昼与夜的交替，是光明与黑暗的交接。黎明挣脱了长夜，它拥抱太阳，为辽阔大地带来一片温暖的光泽……

每一天，我们都会迎来黎明，却又常常忽略这一时刻。有一个黎明或许早已融会在朝霞灿烂的光晕中，但它炽热的渴望，曾焐暖过北方冻裂的黑土地，曾灌溉了冰雪中苏醒的草原，它，应该在我们每一个人的心头深深铭刻！

一九四七年二月二十七日。黎明前，子夜。

内蒙古，通辽，开鲁镇。

古老的城墙，沉重得像一座山。

城墙内驻扎着国民党第七十一军第八十八王牌师。

攻城的是中国人民解放军保安一旅。

这是东北战场的咽喉要塞。那时，国共两党的拉锯战开始了。中国人民解放军反攻的号角已经吹响。这是新生命与垂死者的一场博弈！

天空，星河闪烁。雪地上，战士们开花的棉袄宛若落满了星辰。

他们在冰雪上潜伏静卧，连呼吸都融入了冻僵的大地。

战斗打响了！火光冲天，烈焰照亮了半个夜空。愤怒的炮火倾泻而下，城墙内浓烟四起，号叫声、逃窜声、求救声，乱作一团……

梯子队乘势呼啸而上！

勇士们飞一样跃上两丈高的城墙。有一双手最先扳住了城墙的墙头，像钢铁扣住了野兽的脖子。负隅顽抗的敌人豺狼一样反扑过来，他们看见第一双巨臂扣住了城墙，像是扼住了他们的喉咙，马上就要喘不过气来；紧接着，蒋家王朝也就要完蛋了！他们的眼睛像狼一样绿了，狞叫着扑过来，闪着寒光的屠刀，砍断了战士坚强的臂膀。

失去了双臂的战士猛然意识到，自己没有能力再抱着机枪横扫敌阵了……他忍住剧烈的伤痛，或许，他根本就忘记了伤痛，爬呀爬，朝着敌人碉堡喷出的火舌，用残存的臂膀支撑着，用尽生命最后的力气，向前爬行！

一尺、两尺、三尺，一米、两米、三米……勇士猛地挺身站起，扑向那疯狂喷吐的火舌，像一堵墙一样，死死堵住了敌人的枪眼！

枪声哑了。瞬间，冲锋的号角吹响，嗒嗒嗒嗒……

刹那间，战友们像潮水一样涌上城墙，站在墙头，将愤怒的火焰扫向敌阵！

激烈的战斗结束了。硝烟弥漫，黎明，若隐若现……

碉堡前的一幕让人惊呆了：勇士的身躯已化作一片黎明的霞光，他用胸膛堵住了敌人的枪口，断臂与后背绽放的棉花被大片大片的鲜血染红……

战友们将烈士的遗体平放在担架上，希冀能够唤醒英雄。

这是一张稚气未脱的脸。布满血污的面孔与曙色融会在一起。年轻的生命像一轮喷薄欲出的红日，冉冉升起……

人们含着眼泪整理他的遗容。鲜血染红的棉袄，胸口处缝缀着残缺的党证。鲜红的党证上已看不清他的名字、籍贯、民族和出生的年月……

或许，你还是个少年，不满18岁，哭着闹着要参军，好心的邻居正给介绍对象呢，你头一低，羞涩地说："不着急，我去当兵，等立了功回来，再成亲。"……

或许，你刚刚结婚不久，解放军来了，跟媳妇一合计，就戴上了大红花，还没跨进门槛，就向老爹老妈报喜。临别，你偷偷瞅了一眼媳妇儿，心里，惦记着那渐渐隆起的肚子里的小生命，想，或许在胜利的炮声里，这个小宝贝就该落草了……

也许，你生在江南。可鱼米之乡却没有鱼米，所有的财富都被财主霸占，榨干了血汗不算，还抢走了年幼的妹妹，这口气咽不下去呀！

也许，你就出生在东北这片黑土地上，和老爹摸黑起早从没直过腰，从日出干到日落，没看到过几回土坯房里的光亮，一年三百六十五天在土地里刨也吃不上一顿像样的黏豆包。于是，一跺脚，参军！

也许，你从小就爱读书，百家姓、千字文念得烂熟。可小镇上学徒，只许记个豆腐账，起早贪黑不算，还被天天呵斥：穷鬼，难道你他妈还想翻身吗？

也许，你是一个马背民族的后代，风里雨里放牧着牛羊放牧着风云，可黑心的王爷只把你当奴隶使唤，倔强的阿爸被害死，额吉哭瞎了眼睛，你策马追赶部队，挥舞着大刀，杀入敌阵！

哎，你的名字是不是叫福生？祖祖辈辈太苦了，村里识字的人给你取了个好名儿，想冲一冲倒霉的命运；也许，你就叫黎明，天地太灰暗，世间太无情，共产党来了，黎明，只有用黎明的热血擦去满天乌云！

也许，你叫巴特尔，生当作人杰，做人就做一个英雄；也许，你叫潮洛蒙，草原上的夜色太浓了，启明星终于睁大了眼睛，朝霞满天，共产党带领我们推翻这个旧世界，迎来一个新时代，让阳光洒满天高地阔的科尔沁！

只有，只有一个身份是确定的，你是一个共产党员。

也许，你入伍那一天就写下入党申请书，也许，你在某一次战役中立下赫赫战功，再一次出征的时候，入党申请得到了郑重批准。

也许，在入伍之前你已经入党了，血雨腥风中，你成为地下党组织的骨干，在一个风雪交加的夜晚，党旗下举起拳头，低声背诵入党誓词，一颗忠诚的心剧烈地跳动……黎明即将到来，窗外风雪呼号，小屋里燃烧着旺旺的火盆……

一个用胸膛堵住了敌人枪口的战士，一个用生命验证了入党誓言的共产党员，一个怀揣着党证把牺牲和信仰凝聚在一起的血肉之躯，一颗在黎明到来时刻悄然陨落的星星……

今天，我们站在黎明，站在五谷丰登的开鲁大地，站在骏马飞奔的科尔沁，站在瑞雪纷飞却温暖如春的北国，遥望祖国九百六十万平方公里的壮丽山河。雄鸡，每一天都在黎明报晓，我们多么幸福，多么温馨，多么幸运！

可是朋友，你想过没有，这黎明只是一个自然而然到来的物象吗？

不！一个没有留下名字的战士，用他年轻的生命和无数先烈的热血奔流在一起，才染红了江山，染红了黎明！

我们，要记住这一个黎明；我们，要珍惜每一个黎明。因为，它与我们的信仰与旗帜一样鲜红，它托举起每一天喷薄欲出的太阳和生活，它跳动着一颗为了光明温暖而舍生忘死，烈火一样燃烧着的心……

2022 年初夏

廷懋将军与他的牧民儿子

德高望重的廷懋将军走了。九十二年的风风雨雨，镌刻了一座英雄的雕像。他的音容和身影，永远留在了这片土地上，这是草原的光荣、骄傲与财富。将军留给我们的，不只是思念，还有深深的思考。

中华人民共和国成立后，一九五五年中央军委第一次授衔，廷懋是为数不多的蒙古族将军之一。曾任内蒙古军区政委，内蒙古自治区党委第二书记、自治区人大常委会主任。他戎马一生，文武兼备，声名显赫。

草原的风是强劲的，吹散多少黄沙碎石，也磨砺雕刻出一座座峰峦巨岩。在岁月的风尘中，它们丰碑一样耸立，令人想起在草原人心目中有着崇高威望的廷老将军。战争年代，他戎马倥偬，出生入死，浴血奋战，战功卓著；和平时期，他沉静冷峻，不媚俗，不跟风，言行经受住了时间的拷问。

廷老将军不但有很强的思辨能力，更善表达。他讲话简明扼要，深入浅出，旁征博引，滔滔不绝，恰到好处时又戛然而止。在那个用假话空话标语口号充饥的年代，他平实高妙的演讲，成为人们精神上稀缺的美味佳肴，场场博得喝彩！几千人的会场，他在台上做报告，台下座无虚席，鸦雀无声。

  廷老的行事也像他的演讲一样，绝不拖泥带水。一九八二年，他感到自己年事已高，主动向中央递交辞呈，一时传为佳话。自古云，大丈夫能屈能伸、能高能低、能上能下，而事到临头，真能从容对待者，就凤毛麟角了。将军特立独行，说到做到。烽火硝烟里，他赴汤蹈火，冲锋陷阵；秋阳高照时，他淡泊名利，退隐政坛。我想，舍生忘死需要勇气，激流勇退也需要勇气，而且还需要有一种能力，或者叫作智慧。

  一座山峰，从不同的角度去看，就会有不同的发现。

  将军对儿子廷·巴特尔扎根草原的态度，让我们对老人家产生了更深的敬重与爱戴。一九五五年，廷懋将军授衔的勋章刚刚缀在胸前，又一个喜讯传来：儿子廷·巴特尔出生了！

  经历了"文革"的动荡，廷·巴特尔终于摆脱了"黑崽子"的阴影。一九七四年，随着上山下乡的洪流，他告别了首府呼和浩特，来到锡林郭勒盟阿巴嘎旗萨如拉图亚嘎查，当了一名普通的知青。

  在草原上，廷·巴特尔经受了自然的风雨，感受到了最直接的阳光。一匹扬鬃的骏马用坚硬的圆蹄叩响大地，他决心扎根在草原，当一辈子牧民！

  是牧人的淳朴善良浸染了他的心灵，还是这艰苦落后的环境太需要一个有知识有眼界的青年加盟它的嬗变；是这片茫茫草原未来的美景梦幻般地招引着他，还是血气方刚的年轻人一时的激情冲动？

得知这个消息，廷懋将军表达了对儿子廷·巴特尔的坚决支持和鼓励。他说了一句耐人寻味的话："牧民的儿子当牧民，将军的儿子怎么就当不了牧民呢？要扎住根，当一辈子好牧人可不容易呀！"

廷·巴特尔恋爱了。他爱上了一位普普通通的牧民的女儿。他们的婚礼是简朴的，没有迎亲马队，没有悠扬的酒歌，没有哈达，没有安代。然而，他们的爱情是圣洁的，苍天大地为他们做主，奔腾的河水为他们祝福。送给新娘的定情物，是廷·巴特尔亲手打制的一枚刻有新郎蒙古文名字的纯银戒指。这枚信物在两个人的心中熠熠生辉，像蓝天上的月光，让所有贵夫人胸前的珠宝黯然失色。

这棵小草，真的要在大地上扎根了！

将军的夫人来看儿子和媳妇。手扶毡房门楣，一眼望见空荡荡的新家，老人失声痛哭。廷·巴特尔搀扶着额吉坐在毡房里，安慰说："一切都会好起来的。牧民们都是这样，放心吧，妈妈……"

城里的拨乱反正开始了，时任内蒙古自治区党委第二书记的廷懋将军，专门负责落实政策。不要说自己的儿子，就是随便为任何一个人办留城指标，都易如反掌，当时，他的权力大着呢。可是，儿子没有这样的想法，爸爸也没有这样的打算。

百灵鸟也有离开草原的时候，而廷·巴特尔的身影却深深地印在了这片土地上。同来的四十名知青，三十九个都被他陆续送走了，空旷的萨如拉图亚草原，只留下廷·巴特尔一个人。

整整三十年了，廷·巴特尔这株牧草在风雨中，根，越扎越深，叶，越长越绿。响应国家号召，他们只生了一个孩子。经过艰苦磨炼，他入了党，当了嘎查长、党支部书记，但始终是一个牧民。他无私奉献，带领牧民治沙种草、科学养殖，使昔日黄沙漫漫的萨如拉图亚，变成了一片水草丰美的金色牧场。

一个功名赫赫的将军的儿子，就这样，成了一个地地道道的草原牧人。

廷·巴特尔是时代的骄子！他流淌在那片土地上的汗水，闪烁着炫目的光辉；他的品格、意志和精神，丝毫不比英雄逊色；他的价值和光彩，可与任何一个科学家、艺术家、大明星媲美！

然而，我更想探寻廷懋老将军的精神世界。但据采访过他的记者说，讲古论今，老人侃侃而谈，但如果提到将军往日的辉煌和廷·巴特尔的今天，他却只有淡然的一句话："我是牧人的儿子，当了将军；廷·巴特尔是将军的儿子，当了牧民，这很正常。廷·巴特尔扎根草原是事实，但是也有特定的历史背景，这不能完全归功于他个人或家庭的觉悟……"

在草原上，什么样的豪言壮语都会被风吹得无影无踪，只有那顽强的牧草，才能在朴实的大地上、在牧人的心中生根、发芽，茁壮成长。

如今，在内蒙古草原，或更广阔的地域，牧民廷·巴特尔比他的爸爸廷懋将军的名声大多了。他的事迹，已升华为奉献与执着的时代精神。然而，廷·巴特尔朴素的情感和闪光的追求，却源自父辈潜移默化的影响。廷老早年就读于山东大学、北京大学，当过学生会主席，参加过"一二·九"运动，可谓书香萦袖，学富五车，却从不夸夸其谈。他将理论付诸实践，又将这宝贵的品格传承给了儿子，让我们领略到一位真正的共产党人的精神风貌。

一个牧人的后代，在枪林弹雨中，成长为一名共和国的将军，要历经多少艰辛呢；一个将军的儿子，舍弃优裕的生活，一辈子扎根草原，与风雪相伴，完完全全地成了牧人，更难啊！

也许，将军与牧人，传承与奉献，这个话题是留给历史与未来批阅思考的。而廷老将军以及他的儿子廷·巴特尔的风范，在当代人的心中，无疑是高耸的道德的丰碑。

敬礼，廷懋将军！

敬礼，牧民廷·巴特尔！

2005 年夏日

玉儒，草原呼唤你

怎么也忘不了你的风采，总会忆起你那亲切的笑容。打开电视，就想找你接受采访的专题；闭上眼睛，就仿佛看见你身披那件藏蓝色风衣，微笑着，向我们走来……

不知为什么，眼前总闪现着那一幕。

十年前春天的一个下午，我们约好上班前在你办公室见面。为了节省你宝贵的时间，我提前十分钟赶到。政府大院安静极了。远远就看见你手提公文包，也提前了十分钟，从家属区方向微笑着赶来，正向我招手。短袖素衫，黑色领带。阳光斜斜地打在你宽阔的额头上，高高的鼻梁，一副金丝眼镜在阳光下一闪一闪的。笑容，身姿，步履，风度……一股暖流，一种钦敬，顿时从我心底油然而生。

你总是这样，尊重别人，遵守时间，不论年长还是年幼，不论上级领导还是平头百姓。是细心，是习惯，是素养，还是品行？

你是大气的。

一位曾在你身边工作过的朋友，常忆起一件小事。你当秘书长时，随自治区领导到基层检查工作。早晨你已经布置过任务，十二点了，材料还没赶出来，领导着急了，批评你。不做任何解释与开脱，你立即找来秘书，一起加班整理材料。一个中午,你挥汗如雨,却没有一句责怨。秘书们感到愧疚,他们没完成任务却让你受了委屈,你说,也没耽误工作,以后注意就行了。你的胸襟,就是这样的宽广。那位朋友总说,去哪儿找这么好的领导呢!

聚在一起的离退休老同志都有同样的感慨:玉儒的官越做越大了,可人就是不变,一点儿架子也没有,真好!

不过,宽厚儒雅的你也有属于你的"牛"脾气。

上任三个月,你就发了三次火。第一次是检查城建工程时,发现质量有问题,你急了,责问管工程的负责人:"这可是老百姓的血汗钱啊!这样的质量怎么向市民交代?与其让老百姓骂你们,还不如我来骂你们!"第二次是看见电线杆栽在了盲道上,你说:"这不明摆着是坑人吗?不铺盲道还好,铺了盲道反倒要出事儿,这样的盲道还不如不铺!"还有一次,正值中午下班高峰,工程队铺设一条管道,挖开了马路,造成了主要街道交通堵塞。你憋不住了:"几个小时就能干完的活儿,为什么不在晚间施工,偏赶在这个时候凑热闹,给老百姓带来了多大不便,你们想过没有?"

你周身散发着的"磁力"和"魔力",不可抵御。这,难道是夸大了的直觉吗?招商引资的政策是集体定的,不能完全归功于你个人。但不论有着怎样实力的商家、投资者,往往只与你接触一次,就会被你的激情所点燃,为你的魅力所折服。有几位著名企业家,本来是这里的匆匆过客,然而仅一个小时的交谈,你的挚诚与风采便打动了他们,他们当即拍板,安营扎寨,把项目移过来。

魅力是什么?看不见,摸不着,它却像磁场、像电波,会传导、辐射得很远很远。

在你离去的一个月后，有位东北客商到呼和浩特出差，一定要看看东河的夜景。彩色喷泉高高拔起，两岸景灯群星闪烁。他感叹，"我们的城里怎么没有这样一条河呢"。听到广场上播放的音乐，他收住脚步，听《怀念战友》。这是呼市老百姓在思念牛玉儒书记呀！这样的好书记，咋不叫人想！"虽然没有见过他的面，但我服了。明天整一瓶好酒来，洒在如意河里，献给造福于民的牛书记！"

有一个细节，大家都不肯说。因为人们爱你敬你，担心有人听偏了，变了味儿，玷污你的形象。一次，一项大型工程竣工，汗渍未干的工长们举杯欢庆。那天晚上，你推掉了所有的活动赶到这里，高擎杯盏，与二十多位大汉每人碰了一杯。"工头儿"弟兄们个个热泪盈眶，他们感慨，老牛这样看得起咱水泥堆里的建筑工，不玩儿命干，太对不起他了！

是的，你深深懂得百姓疾苦，因为你有过艰辛的童年。六岁丧母，客居乡下，土炕上的火盆，给了你最初的温暖；半饥半饱的粗粮野菜，使你体魄强健、意志弥坚。二十四岁，你便出任公社党委书记了。初涉政坛，你就懂得克己奉公，为了节省开支，连自行车也舍不得买。仗着一双长腿，你几个月徒步走完了几十个村落的田畴、牧场，方圆近百里。那贫瘠的沙丘，给了你改变家乡落后面貌的恒心；那甩手无边的青纱帐，给了你编织锦绣蓝图的绿色梦想。插队时，大娘、大婶的一碗碗热汤，让你周身滚烫；风雨中，牧人、农民那闪光的汗水，让你心明眼亮！你深谙他们的善良与不易，并从此认定，这些人就是你的衣食父母。他们的事，就是你的事；他们的情和爱，一生也报答不完。所以，无论身在何处，你都把他们放在心上。

你为市民们提供了那么多就业岗位，安排了近万名下岗职工，而自己的姑夫、妹夫，却仍在故乡火辣辣的太阳底下，蹬着三轮自谋生计……

简朴，是你的习惯。你审阅过多少大厦的图纸，出差却不肯住豪华宾馆；你为市民带来了多少实惠，加班加点错过饭时，你就在路边的小饭店草草吃一盘快餐了事；你有着迷人的风采，特殊场合间或也西装革履，但在家中却舍不得扔掉那件破了袖口的羊绒衫。它是贴身的，送行时，也伴你去了……

一个生活简朴的人，他的情感注定也是质朴的。你的兴奋点不在一己奢华。你追求的繁花似锦，是一座城市的风采，抑或是千千万万个家庭生活的美满与幸福。

在抗击"非典"的第一线，在新华广场扩建工地上，在公园改建的节骨眼儿，在七千人昼夜奋战的东河改造工地现场，到处都留下了你奔波忙碌的身影……

让道路宽起来，让草坪绿起来，让街灯亮起来，让首府高起来美起来！

当三万株大树植入青城，当三万盏景观街灯流光溢彩，当一千万平方米绿地含露滴翠，当四十八幢摩天大厦鳞次栉比，城市的容颜楚楚动人了。而你，却渐渐有些憔悴。首府正在长高、长壮，你却开始消瘦了……

为事业而生，为百姓而搏。临近生命的终点，你开始冲刺了。问情况，听汇报，改文件，做决断，你心急如焚，居然恳求大夫也像你对待工作一样，将治疗方案整改、提速……

手术化疗期间，你三返青城，直至弥留之际，你的心还在为这座城市的发展跳动。在身体极度虚弱的状况下，人们担忧着你的生命，而你却在市委扩大会议上激情地畅谈远景规划，时间长达两小时十分钟。你额头上渗出的汗珠，滴在会场所有人的心上，盈作他们眼眶里心酸的泪水……

你是要强的。谁去探视，你都笑脸相迎。你忍着病痛，不愿让别人为你担忧。高大魁梧的你，两次化疗下来，二尺九的腰围缩成了二尺三。视察工地时，你加了不知多少层内衣，又撑起一个"强壮"的你。你用这种方式给人们以信心：没事儿，战友们，咱们还要铆足劲儿干啊！

回忆你生命的点点滴滴，无限感慨：你一生奋进，波澜壮阔，活得磊落，走得干净。你的笑容是独特的，始终如一；你的步履是急促的，总像在追赶着什么。在你生命的字典里，哪里有"困难"二字？这一生，你似乎就是为克服困难而来。你总是那样的自信从容，风风火火，超迈，亲和，充盈，充满激情，高风亮节，高屋建瓴。你身上燃烧着一团火，你心中亮着一盏灯！

感悟你的人生，灵魂会得到净化。五十一岁，生命短暂得叫人有些揪心，但你留存于世的价值，岂是时间的尺子能够度量的！

二〇〇四年八月十四日，曙色未出，你就走了。天空铅云低垂，是在为你阴郁、忧伤。八月二十日，是为你最后送行的日子。从早上五时起，一直到第二天八时许，整整一天一夜，苍天泪雨，绵绵不绝。

"的哥""的姐"们是信息最灵的朋友。得知你的病情，他们张罗着要集资为你治病。噩耗传来，二百位身着素装的出租车司机，排着整齐的长队，自发来到市政大楼吊唁厅肃立、默哀。二十日，他们一字长龙、一路鸣笛，送别敬爱的牛书记……

笛声凄厉，震颤人心。一个好人，一个好官儿，他一心一意为群众办实事办好事，人们是不会忘的，老百姓从心底里呼唤你！

为什么人们对共产党的领导充满信心？

你半个世纪不悔的人生，奋发有为、大展宏图的风采，对党的执政能力建设，是多么好的彰显、验证和诠释啊！

你说，美的愿望不如美的行动，美的言辞不如美的心灵。

是的，你从不恭维别人，也听不惯别人对你的赞美。

如今，你走了，身后留下的却是一路赞叹，一路歌哭！

一位普通市民听到你辞世的消息，哭得十分伤心。她说："我只在电视上见过牛书记。听说他得了那个病，刚弄到一个偏方，还没……"

旧城一对年近七旬的老夫妇，用自行车驮着一个很小很小的花圈，中途歇了三次赶来，在吊唁大厅久久伫立。他们与你素昧平生，却执意在这儿多守一会儿。

蒙蒙细雨中，六十岁的肢残老人孙震世的泪水比雨水还多。是你的关心，使他和有着同样境况的一大批市民在贫困的黑洞里看到了光亮，感受到温暖……

在如意河畔，一位晨练的老阿妈深情地对我说："习惯了，我们姊妹们每天都来这儿。看到这清亮的河水，就想起玉儒书记那和蔼可亲的面容；听着这缓缓的流水声，就好像玉儒书记扳着手指，在跟我们讲城市发展的远景。跟市里说说，这河，就叫'玉儒河'吧！"

……

如果灵魂不灭，玉儒，你当为身后这一切感到安慰和满足，尽管生前你毫不在意对你的任何褒奖。

有两位记者采写你的通讯时，引用了我那篇《草原孺子牛》中的一段话，说，那就是你的写照：像一团炽烈的火，你总是激情地燃烧；像一面迎风的旗，你总是呼啦啦飘动；像一匹驰骋的骏马，你总是向绿色的前方飞奔；像一头倔强的牛，你总是在默默躬耕……

当之无愧，你是这座城市闪光的名片，你是这座城市永不蒙尘的雕塑，你是腾飞的"乳都"晨曦中一缕醉人的奶香，你是憨厚的草原人心头一曲悠远的长调！你是清澈的一滴水，你是明净的一盏灯，你是路边的一棵树，你是盲道上的一方砖！你是草坪，你是红瓦，你是天空盘旋着的鸽哨，你是街心四季盛开的花坛，你是广场上激越升腾的彩色喷泉，你是喧嚣的工地上永不停歇的推土机！你是出租车里的"常客"，你是小街巷的"侦探"；你是公交车不断提升速度的动力，你是拔地而起的城衢结实硬朗的双肩！你是脚踏实地的"空中飞人"，五天五夜连续穿越五座城市洽谈工作也没有倦意，下了飞机，还要再奔向工地、街道和社区……

阳光的你，真情的你，步履匆匆的你，风度翩翩的你；

弄潮的你，奋进的你，劈波斩浪的你，海纳百川的你；

坦荡的你，平实的你，举重若轻的你，成就大事的你；

忘我的你，清澈的你，心系百姓的你，激情燃烧的你；

含笑的你，不朽的你，鞠躬尽瘁的你，永驻民心的你！

滴滴心血和汗水，已化作一片片花海。小草含露，大雁南飞，玉儒，茫茫草原在呼唤你！

2004 年 10 月 28 日

让激情与爱蓄满人生的脚印
——读《岁月随笔》留下的感动

杨利民书记在内蒙古工作了七年，之后晋京赴任，牧草深处留下一行清晰的脚印，高原上的湖水持久荡漾着那牧马汉子一般宽厚结实而又充满激情的背影。

像一位怀抱梦想的边塞诗人，一路风尘，一路行吟，从大漠到草原，由高原到京都，勒马回头一望，人生之路何其漫长！于是，他开始盘点收藏点点滴滴贵如草原佳酿般的缕缕情思……

印象中，杨利民同志不大像一位领导干部，更不像做过组织部部长抑或分管组织工作的书记，他更像是一位铁血奔流的军人，一位冷暖自知的牧人，一位激情澎湃的诗人！可惜，那七年的光阴如白驹过隙，我与这位大气豪迈真性情的领导竟失之交臂。不是鱼儿离开了水，是浪花没有跟上潮流的脚步。一个诗人的敏感居然逆转为愚钝，敬而仰之，等闲视之，漠然处之。于是，一次次机缘如蓝天上的云朵随风远逝了……

那一年盛夏，自治区成立六十周年庆典筹备如火如荼，热浪冲天。突然收到杨利民书记一封热情洋溢的来信，温度直逼那个季节。是因我在外省得了一个文学小奖，信里多有褒奖、勉励、期待与鞭策。这让我颇感意外与不安。我得的不是莫言先生那种能让满地红高粱起火的大奖，犯不上牵动大领导的眼神；杨书记工作那么忙，此时文坛琐事细如牛毛繁如牧草，尽可烟云过眼马放南山目不斜视……区区文坛一件小事，何须俯身过问！

然而，随着时间的推移，云烟散尽，一切变得了然，我切身感受到，这，是有道理的。这，才是杨利民同志。

他绝不会因为小，就忽略你的存在；他绝不会因为轻，就不在意你的重量；他绝不会因时空的跨度，就保持与你的距离；甚至，他绝不会因与己无干，就荒芜对生活的梳理与热忱。

是的，这就是杨利民同志！

一个月后，杨利民书记赴京履新。

旋即，一位文艺大腕招呼："杨书记对咱文化人不赖，组一个团进京慰问一下，不知你和领导熟不熟？"答："我与杨书记只一面之缘一信之交，人丛中恐怕未必辨认得出鄙人来，贸然前往，会不会有些唐突，甚至尴尬呢……"

又一次机缘，擦肩而过。

半年之后，元旦、春节相继收到杨书记寄来的贺卡。不是公文印刷式那种，端庄，遒劲，俊秀的手书，裹挟着特有的温度，对第二故乡的眷恋对一个寂寞文人的殷切期望与祝福，跃然纸上，力透纸背！

感动之余，我有些惭愧。

不曾有过组织部门的工作履历，也不曾在纪检岗位上熔炼淬火，所以，既不敢说阅人无数，更妄谈明察秋毫，我只以一个诗人的直觉感到，杨书记正直、善良、宽广、包容，有担当有情义有张有弛又率性而为，豪情、激情、真情又静水深流，在他的身上，兼有西北汉子与马背骑手、清廉领导与洒脱文人，壮士豪迈与儿女情长等多重性格。他，高山流水，又下里巴人。

距离，产生了美。

这些年与杨书记交往的密度渐次增大，缘于他对第二故乡的情愫。每一次回来，他都提前给我电话，闲暇约我聊天，小聚引我助阵。这让我更加感动，对杨书记的品格、思想、情操、兴味，有了更深的体察。

上述所言，并非标榜诗人的所谓"清高"，而是感叹杨书记为人的宽厚与真挚。谁的奋斗不想被领导"发现"呢？谁的成长不渴望得到栽培呢？谁的梦想幸福的雨点悄然滴落在自己的肩头上呢……而我的症结在于，底气不足，拿捏不准，生怕侵占领导的宝贵时间，又割舍不下自己的读书光阴，所以，游移不定，望而止步。

悲欤？喜欤？天知晓。有过躁动，有过潮涌。波澜之后，归于平静。这些年埋头写字，心里默叨：塞翁失马……

公差去京，悉闻杨书记住院，前往探望。手术后的杨书记哪像个病人！面色红润，中气十足，谈笑自如，有如神助。他说，你来得正好，我有一些文稿、书信，整理一下想印一二百本，送给亲友留作纪念，不正式出版了，但要你写个序言。

我感到实不敢当。但是望着杨书记那温暖的目光、亲切的笑容和那尚待康复的体态，心中的一万种理由说不出口了。心里打定主意,这等荒唐的事断不能干,眼看着快六十岁了还犯三十年前的低级错误,岂不真的是"无知无畏"!

回到呼市已是深夜。灯下,打开文稿,一行行饱含深情的文字映入眼帘,我的心弦被拨动了。一个健硕、硬朗、挺拔的西部汉子,穿过斜阳,披一身风雨,正满面春风向我们走来……

杨利民生于肃州古地阳关酒泉。那一片热土虽已是狼烟散尽,但大漠腹中依然怀抱着青铜、竹简和不灭的诗魂。父亲是位单纯刚正毫无心计的知识分子,一句诤言,获罪发配新疆,埋头采掘湖盐芒硝,一去便是十八年!十八年,一株胡杨由青变黄,一串驼铃把清脆摇成喑哑,一个人呢?稚嫩的额头也刻下了深深的皱纹。就这样,他在母亲含辛茹苦的拉扯下,走过了童年、少年、青年时代。

下乡、招工、考学,毕业走入机关,他的阅历可谓丰富。县委、市委、省委、区委、国家部委,从政,是贯穿他人生履历的一条蜿蜒长线。无论多忙,他都笔耕不辍。习惯使然,责任使然,心性使然。让我们从一个侧面,看到了一位党的高级领导干部人生的足迹,他对党和人民的赤子之心,对亲人、友人、故人的深厚情感,也看到身份之外他所散发出的情调、兴趣与品位……

《岁月随笔》真的是"随笔",没有一篇为书而书的造作文字。读过这部文稿,一个人的所思、所想、所为,他的情感、情愫、情趣,立刻浮现在读者眼前。

《在那遥远的地方》本是一篇序文,却写得荡气回肠,令人心旌摇荡。"敦煌,她那金戈铁马、羽书飞驰、披荆斩棘、屯垦戍边的厚重历史让人清醒；她那中西交流、兼容并蓄的大家风度让人自豪；她那博大精深、灿烂辉煌的以莫高窟为代表的佛教艺术让人神往；她那或歌、或泣、或诉、或怨的阳关、玉门关边塞诗歌令人荡气回肠，遐想万端。更令我时时萦绕在心头，历久难忘的……"哪里是"序"，这分明是一位勇士面对他魂牵梦绕的疆场慷慨激昂的长歌！

官员为文，往往思想见长，情感疏淡。杨利民的散文却字字珠玑，让人眼前蓦然一亮。"初春的草原明朗而慵懒。即将融尽的点点积雪，如冬眠后草原惺忪的眼，像是草原还在回味深深的睡梦，像是草原在怔怔地倾听，倾听那枯草下面秘密的生长，倾听羊群那边咀嚼着的生长，倾听炊烟燃起时平凡而伟大的生长……"（《难忘的草原之夜》）这样的摹写有形，有神，有境，不由得把你带入到了那乍暖还寒残雪初消春意萌动如梦似幻的草原之中。再看看《闲话民乐》《听戏》《往事杂忆》，你的体会也许会更深。

一组纪实散文出自一位领导干部之笔，令人难以置信。不只是它的文采令人心仪，是其拳拳之心。在这里，视察变成了"采访"，领导俨然成了"记者"。须知，写这些文章时，杨利民同志正在内蒙古执掌着干部人事大印，讲讲话，做做报告，都会掌声如雷鲜花如海，何须如此"身体力行"呢！然而，他对所有工作就是这样用心用情用力。

撰写序跋，于领导并不鲜见。而全神贯注、深入浅出、热情洋溢如杨利民者，十分难得。更有意味的是，杨利民的序文都有一个"时间差"。在内蒙古，甘肃找他写；到交通部，草原找他写；离岗后，三地一起追着他写。我在想，考核一位领导的政绩，应在他离职后；检验一个人与一片土地的情感，当在他离开这里之时。像一位拾穗者，杨书记一路汗水，一路收获。他离开草原的时间已经超过他在这里工作的时间了，可每一次回来，人们都像迎迓亲人一样翘盼。陇上，是他出征的地方，那里待他的情分自不需多言了。无论在大漠，在草原，还是在京城，人生有这样一行脚印，而脚窝里又蓄满了这样一汪情感的泉水，足矣。

《岁月随笔》折射着作者30年的身影，我们看到的也许只是一粒沙，一棵草，一条路。要说的话很多很多，但不能再写了。为此书减"肥"，杨书记已忍痛割爱，我却"蛇足"起来没完，岂不是在山鸡舞镜！

"赋闲"伊始，却又是"负重"之始，杨书记像一峰不知疲倦的骆驼，不停地跋涉。故乡请他出任甘肃敦煌哲学学会、文化研究会名誉会长，母校兰州大学聘他做兼职教授、兰州大学生态哲学与生态文明研究室主任。他比卸任前还忙……如今，他的五口之家祥和、幸福、温暖！公子一表人才，孙子葱葱郁郁，蓝田生玉，代代相传，真是令人羡慕。

文稿校对杀青之际，接听杨书记北京秘书孙博打来电话，询问"序"的进展。我真的是手足无措，心急如焚。打定的那个主意不能由他人转述，而这个想法面对杨书记又如何启齿呢？我没了主张。向也在医院康复治疗的著名作曲家乌兰托嘎讨主意。托嘎说："别在乎别人怎么看怎么说，也别在乎自己的感觉，你不是考虑杨书记的感受吗？只要杨书记高兴，那就写。"复杂问题简单化了，音乐家就是不一样！作家写文章要在一堆汉字里遴选腾挪，而旋律大师只用七个音符就把艺术轻松搞定。于是，我拿起了笔。但必须申明，这不绝是"序"，作为第一个读者，这是对杨书记人生阅历的一次体察与追踪，我深深体会到，人生旅程上这一行坚实的脚印，原来蓄满了那么多的激情、汗水与爱。让我心动，让我自醒，让我眼界大开，受益颇深。

这篇短文就要画上句号了，心有所安也有所不安。《岁月随笔》付梓之际，2015新年的钟声即将敲响，感叹时光的无情与多情。长路漫漫，岁月的年轮不经意刻下了我们的足音，每一次回放，都有一番感动，一番感慨，都别有一番滋味漫上心头。杨利民书记的"随笔"给了我太多的启迪，让我对岁月的感受有了新的认知，对未来也有了别样的向往与渴望。生活是这样的美好，明天的太阳在向我们每一个人招手微笑。

2014年12月大雪将至

有一种绿让人泪流满面
——塔琳托娅重彩画印象

在钢筋水泥构筑的森林里站久了、待惯了，人也就变傻了。噪音、雾霾、拥堵，温水煮青蛙，浑然不觉，遂成常态。天地自然都消隐了，代之以人造的世界。生活，失去了原本的色彩，没有了清香的味道。枯燥，寡淡，慢性自杀，却无法逃离。

塔琳托娅的重彩画会让你眼前一亮，那久违了的清纯世界梦幻一样蓦然出现。你周身的热血会像河流一样奔涌，潮水般的马蹄声顷刻化作你的心跳。这失而复得的惊喜，令人难以置信。随着一幅幅画作的展开，一颗浮躁不安的心，湖水一样，慢慢静谧下来。

古老的蒙古高原是雄性的。征服，是它的代名词。十三世纪，骄傲的蒙古马领跑世界一百年，让普天之下所有的骑手望尘莫及。而构成蒙古高原底色的，无疑是绿。那一棵棵柔韧的小草，仿佛就是为风雨而生。四季轮转，生生不灭。每一片叶子，都如男人竖起的拇指，向苍天大地表达着感恩、自信与从容。

塔琳托娅的画承继了这"苍茫的绿"。浓墨重彩的画笔，凝聚了太多祖先的筋骨、血脉与呼吸。她笔下的高原简洁概括，毫不夸饰，却一览众山。有时勾勒为轮廓线条，有时具象为父兄的胸肌与肩胛。这是她心中隆起的另一道山脉。

马，是最能表现蒙古人情感世界的物象。托娅笔下的蒙古马，不仅在造型语言上阔步前行，她所传达的牧人与马的那种精神契合，也令人动容。都说眼睛是心灵的窗户，而托娅对马的眼睛却几乎不着多少笔墨，独具个性的鬃毛纷披散射，将马的忠勇、无畏与桀骜，表现得酣畅淋漓。由此让人感慨，世界上竟有如此通晓人性的生灵；让人叹喟，蒙古人有了这样的伙伴，怎能不征服世界！

托娅笔下一个重要的主题是父亲——骑手的父亲，骑兵的父亲，军人的父亲，勇士的父亲。这是一种"钢铁的绿"。这种绿，是"苍茫的绿"的延展与浓缩。《庄严的时刻》表现的是穿过枪林弹雨的蒙古族骑兵列队天安门广场，接受共和国检阅的一瞬。齐整威严的队列，如刀削斧劈；变幻莫测的色块组合，如光影叠加。透视，变形，简约，夸张，极强的形式感，带来了极强的心灵震撼，让铜墙铁壁、血肉长城，得到了最好的诠释。这样的画仅此一幅，却像一道冷峻的眼神，穿透历史，通向未来。

母性，是托娅永不疲倦的表达。这种"奶香的绿"，在画家的笔下层层铺展。一幅苍老的母亲的雕像，让我们体味着沧桑、大海、盐粒与乳香的滋味。从豆蔻到耄耋，托娅笔下女性的目光总是饱含着仁慈、澄澈与渴望。这力透纸背的美，静水深流，让蒙古族女性生命深处的微光，温暖着我们的心。"夕阳下，歪歪斜斜的马驮着歪歪斜斜的男人……太阳尚在睡眠，你已开始劳作，太阳已去休息，你还在劳作，你比太阳伟大；严冬的太阳带走了它最后的热量，你却点燃熊熊的炉火，你比太阳还要温暖。"（托娅《蒙古族妇女》）这直抒胸臆的表达，何止是对一位蒙古族女性奉献品格的钦敬，当是一个草原女儿对母亲博大胸襟泣血的礼赞！托娅笔下蒙古族女性形象呈现的不是简单的美，她的画境让你看到，微风徐徐吹来，一个苍老的身影在草地上缓缓移动，时而弯腰，时而直起，蹒跚着……这平凡的女神，不就是我们慈祥的额吉吗？

有一种特殊的绿——"梦幻的绿"，一直氤氲在托娅的画盘上。

托娅有着深厚的生活底蕴，这在她众多草原题材的绘画中，一望便知。牧马汉子，汲水妇女，阳光少年……她描摹的不是一般意义上的生活形态，而是鲜活而本真的生命状态。有过草原生活经验的人，对那样的身姿、那样的步态、那样的目光，都有着深切的体悟。

托娅的可贵不在于她的体验，是反刍，是升华。让每一朵云都留下雨滴，让每一只鹰都扶摇直上，让每一缕风都沁人心脾。

托娅的色彩融汇着绮丽的梦。在她的画中，一匹马，似乎不止是一匹马；一个人，似乎也不止是一个人。画里画外，灵感自由地流动，若隐若现，如梦如幻。她单刀直入，又点到为止；看似斩钉截铁，往往举重若轻。她将主观色彩研磨成深刻内涵，让她的绿，洇透你的感受。

骑兵的父辈，自身的军旅生涯，托娅的绿，意味深长。她表现军旅生活的作品，柔美中总是隐含着某种金属的味道，这让其他的女性画家们难以望其项背。

一位阔别草原多年的游子，她的心一直没有脱离她的故乡。像一缕风，没有脱离草梢；像一只鹰，没有脱离飞翔；像一朵云，没有脱离她的梦。

托娅的画，矢志不渝表现着她的草原，表达着她对那片土地的挚爱与崇敬。高原，是她灵魂永恒的高地。二十年了，她的寄寓似乎可以有所松动、有所游离、有所嬗变，而她却一以贯之地守望着她的故乡，呵护着她心仪的家园。苍茫的绿，钢铁的绿，奶香的绿，梦幻的绿，在托娅的绘画中绵延不绝，血液一样流淌。

托娅的画，印证了高原的魅力，也讲述着一位草原画家一路行走的斑斓历程。我们依稀看见，一个花季少女在阳光下奔跑，芬芳的小辫子青草一样在她的头上舞蹈。她的汗水，她的呼吸，她的跋涉与飞翔，融进了多少风雨多少彩虹多少等待啊！如今，这绿，已成为她生命中不可或缺的气血，滋养着她，充盈着她，推涌着她，向着牧草的更深处走去。

绿，这生命最本真的颜色，赋予了托娅太多的灵感，也让置身草原的我们有了反哺的渴望。看托娅的画，我的心久久不能平静。

2016年元月10日

倾听一种声音

用十年辛勤的汗水浇灌一朵艺术奇葩，内蒙古蒙古族青年合唱团以坚韧不拔的毅力，创造了奇迹。

一个业余团体，在国内外大赛上连连获奖，并代表国家在世界一流的演唱厅——悉尼歌剧院演出，这一幕，足以令全世界的观众为之喝彩了！当第四届世界合唱节的帷幕徐徐拉开，这支身着浓郁民族特色服装的中国蒙古族青年合唱团刚一亮相，便在全场引起惊叹！"哇——"蓝眼睛、黄头发的观众惊叫着，以他们特有的表达方式给予了合唱团极高的赞美。

"没有想到地球上还有这样优秀的合唱团！"这是世界合唱节创始人保罗·埃吉尔的赞叹与评论。没有想到，确实也令人难以想象，一无场所二无经费，漠视、妒忌、白眼乃至刁难……种种无形的"墙"都被冲破了。是什么力量，支撑着一群年轻的生命穿越十年艰辛历程的呢？

毋庸讳言，这是一个物质至上的年代。商品大潮恣意流泄，一些人难以抵御它的诱惑，一些本来可以有所作为的艺术家们改弦易辙了，用当今时髦的诠注是，"换了一种活法"。其实不必换活法，只要稍稍倾斜一下，到歌厅亮一下嗓子，便可获得可观的收入。然而，在唾手可得的金币与清贫的艺术之间，他们，从容地选择了后者。或许他们懂得，在一个物质欲望膨胀的年代，一个国家、一个民族恰恰需要一种精神，至少，有一部分人要部分地固守一片属于自己的精神家园。

有了这信念，便有了追求，便有了韧性；有了这信念，才能够十年如一日地执着，才能够在清贫与艰辛中奋然前行，义无反顾，矢志不渝。人总是需要一点精神的，但对"精神"的领悟，却大相径庭。毫无办法，高质量的精神拥有与脑满肠肥的物欲享受，必然形成强烈的反差。

当然，还源于对艺术的偏执与酷爱。他们不肯舍弃，也不忍丢弃，中国蒙古族民歌的不朽魅力和这个民族执拗性格的承传，便是合唱团凝聚不散的脊髓和灵魂。

我们需要倾听，不只是旋律之美，这是一个民族血管中流淌出来的神韵！包容，折射，它的光芒会使许多人感到震撼与惭愧。

越是民族的东西越是世界的。他们似乎有一种使命或者责任。一条流淌了千年的艺术之河不能断流，它那澎湃的声音，还要感染、滋养乃至震荡一下世界。雄心勃勃有什么不好呢？

"一九九七·西班牙特罗萨合唱团比赛"组委会正式发出邀请。这是欧洲最古老也是最富声誉的比赛，全世界的观众都翘首期待。让我们在遥远的东方屏息等待，那圣洁的歌唱将伴着如潮的掌声，再度响起……

1996 年冬

内蒙古文学的心跳
——在内蒙古大学驻校作家受聘仪式上的致辞

一场好雨洗亮了青城,让我们真切感到了春天的脉动和来自大地深处的马蹄声……

一颗幸运的雨滴,落在了内蒙古大学的桃李湖中。它是如此的微不足道,却又别样的意味深长。它荡起的涟漪,在我心中奔涌着一条长河的波澜。

这里,是培养并陪伴了一代巨擘玛拉沁夫、阿·敖德斯尔、巴·布林贝赫、扎拉嘎胡、云照光、韩燕如、安谧、张长弓、超克图纳仁、朋斯克等诸多文学前辈的当代内蒙古文学的摇篮,这是一座精神的高地。大师们无与伦比的辉煌创造,是我们文学长路上毕生的踪寻;这座群蜂采撷的园圃,是我梦寐以求的圣殿。此刻,我代表的不只是自己,而是千千万万草原文学作者与读者积蓄了一个甲子共同的心声!

作为草原文学的襁褓,内蒙古大学可以说是草原的"鲁院"。在理想高于一切的年代,这些以心命笔的作家们书写了草原文学的传奇。一部部声名远播的作品,不仅为草原文学奠基引路,也成为共和国文学大厦不可或缺的支撑,它光耀当代,也名垂青史。

内蒙古作家创作研究中心的成立,其意义与价值必将获得历史的验证。因此，这是一次郑重的出发，更是一项庄严的承诺。千山万水，回到初心。通过我们扎实的劳动，生成更多的文学可能，草原文学的黄金时代，正在返归它的故地。

驻校作家制度的引入，在国内少数民族地区首开先河。以首位驻校作家的脚步踏上这个台阶，我深感忐忑。然而，在向草原文学愿景的跋涉中，任何人不可有任何的犹疑、懈怠与托词，于是，我的心坚定了下来。这，是草原文化给予我的自觉，更是民族精神赋予我的自信。

汲取无疑是首要的，尔后方能有所担承。那些琳琅满目，那些振聋发聩，那些醍醐灌顶，那些静水深流，都是营养的必备。有了足够的底气，才能有所肩负，才能领悟晨起暮落的太阳和稍纵即逝的露水，才能承载突如其来的风雨和猝不及防的闪电与雷鸣。

一味地谦逊是不需要的，需要的恰恰是，一个民族精神的唤醒。于我来讲，就是要找准角色，生出一点点野心，释放出全部热量，迅速完成从冬的蛰伏向春的破土一个节气的嬗变，完成从学子到学者的跨越，完成从群跑到领跑的转型。

在人生无可抉择的马拉松长跑中，我已经越过了折返点，等待我的是：目标、提速与冲刺！不遗余力地完成一定品质无愧于时代和人民的作品，力所能及地对有志青年进行有益的文学点拨，催生校园文化如五月的花蕾一样绽放。所有这些，有赖于风调和雨顺，水到便可渠成；不过，惯常季节里的意外收获，不期而遇的妙手偶得和神来之笔，或许更令人心动。

内蒙古大学的矢志不渝，学界同仁的神会与助力，是玉成今天的全部理由。繁缛的答谢与礼赞，不是一个诗人见长的表达。在此，我谨向一个全新的时代和历久弥坚且重任在肩的草原文学，致以崇高的敬意！

在这牧草初萌的时节，一个诗人以他的单纯与炽热，表达了老骥伏枥的向往；一位骑手以他的勇毅和担当，说出了飞身上马的兴奋与冲动。此情此景，多么像一只鹰放飞时伸展的翅膀啊，多么像风雨之后瞬息出现的那一道令人心仪的彩虹。

一匹蒙古马的蹄声，将唤起潮水一样的万马奔腾。一万匹烈马的文学劲旅驰骋在高原上，将呈现出何其壮观的文学盛景！

党和人民正拭目以待，翘首以待。草原文学的心跳，正伴和着一支继往开来、肝胆相照的马队，浩浩荡荡，从高原起步，向着一座壮丽的高峰，整装出征！

2019 春光和暖时

一路追风的蒙古马

在草原上，蒙古马驰骋的不只是速度与耐力，它飞扬的是意志、品格和精神！千百年来，人马情缘牵系着骑手良骥，岁月中，他们是伙伴、安达与亲人！总书记倡导的蒙古马精神，既是草原文化的瑰宝，也是中华民族自强不息、百折不挠、勇往直前的共有财富！2020年，内蒙古艺术剧院创作了大型民族管弦乐《蒙古马》，大获成功！

引 子

一道闪电划破长空，一场春雨洗亮大地。晨光初露的高原在微风中苏醒，一匹欢腾的小马驹儿，像一棵醉了的嫩草，怎么也站不稳，摇摇晃晃。这，就是传说中的天驹吧，这，就是传奇中的传奇！它，载着一种精神，带着无比忠诚，向着远方，向着彩虹，出发了！

序曲：追风

追风，是蒙古马的雄姿；奔驰，是蒙古马的天性。不畏严寒酷暑的蒙古马，是草原人民精神的象征。接受阳光的馈赠，接纳风暴的洗礼，在轮回中驰骋千里，铸就了坚实的生命质地与历久弥新的传说。清脆的蹄音如高原的脉搏，在风中回响，令人心驰神往……

第一乐章：骑手

目视远方，瞩望大地。在时光里，在风暴中，在丈量天地的征程中，蒙古马和骁勇的骑手奔驰着迷人的神采。骑手，是骏马的伙伴，更是英雄的化身。越过大漠，穿过激流，骏马与骄傲的骑手在历史与未来之间，淬炼着一往无前、不屈不挠的蒙古马精神！

第二乐章：出征

黎明从长夜中醒来。天地空蒙，曙色初露。远山如蓄势待发的群马，蹄声呼唤着星辰。出征，是使命，是向往，也是渴望。雄阔的高原，温暖的太阳。蒙古马踏冰卧雪、吃苦耐劳，踏响了中华大地的心跳。栉风沐雨，征服苦难，蹄花和烟尘绽放在出征的等待中……

第三乐章：驰骋

驰骋，是远景和希望在呼唤。驰骋，确认着力量与忠诚。春草，如春潮漫过山岗，带着无言的蹄声。驰骋，骏马扬鬃，携着力量和速度，迅如流云飞霞。伴着勇士的呐喊，如喷薄欲出的太阳，如冰雪之上燃烧的火焰，激励着一往无前的蒙古马，追风赶月……

第四乐章：跋涉

跋涉，折射着蒙古马吃苦耐劳的品格。光明在前，希望在前，漫漫长路，梦中的希冀，让跋涉充满欢欣。跋涉，是一支古老的歌谣，回荡着悲壮的故事。每一次跋涉，都是对祖路的踪寻，都在表达对母亲大地的挚爱。前路茫茫，山高水长，跋涉，是心灵在飞翔！

第五乐章：风暴

风暴来临，勇士无畏。像一只飞翔的弓箭，像一团燃烧的火焰，蒙古马穿越疾风骤雨，诠释着英雄的勇敢与牺牲。雷电卷起黄沙，寒冷无以复加。正义在胸，铁蹄如鼓。一阵飓风，一路狂飙，蒙古马的骁勇载着英雄豪气，烧尽一切黑暗，幻化一片光明……

第六乐章：家园

家园，牵系着母亲的目光，凝结着蒙古马对高原的眷恋。驰骋天下，蒙古马的蹄声仍将回归飘着草香、乳香的家园。出征，不是对离别与悲情的礼赞；回望，正是赤子对母亲的挚爱与深情。纵然故乡千里万里，归途仍有风雨，使命在肩，故乡就在眼前，祖国就在心间……

第七乐章：守望

日月经天，人和马总是相依相伴；江河行地，守望相助总是梦萦魂牵。面对风雨、苦难、跋涉、生死，命运与共携手并肩，铸就了血脉相连。骏马与骑手在征程中融为一体，草原上的各族人民十指连心。万马成山，群山挽起臂膀，一座新的山脉正在隆起！

尾声：追梦

  千里追风，万里跋涉，这是高原上奔驰了千年的蒙古马，这是创造了无数传奇万代不歇的蒙古马！征服苦难需要力量，实现梦想需要力量。静若群山，动如游龙，在新时代，我们要大力弘扬蒙古马精神，守望相助，团结奋斗，构建共有精神家园，忠诚、勇敢，一往无前，一路追梦！

让高原的风擦亮我们的镜头

在草原上仰望夜空，天上的云在动，月亮也在动，脚下的大地在动，心也跟着动。一切在动，风却无形。风，是天地的呼吸。

乌兰察布的风从容地吹着。四季分明，一以贯之。风，是这座草原城市的名片，清凉，暖人，谦和，自信。站在辉腾锡勒山岗上的大个子风车，像一位虔诚的使者，高瞻，远瞩；更像一位执着的摄影师，记录历史，眺望未来。

这片英雄的土地，上演了多少惊心动魄的历史，又呈现出多少绚丽缤纷的美景……红山口宛如一只变焦镜头，见证了这一切。

扬鬃奋蹄的马队在风中傲然走过……

南来北往的雁阵在风中起起落落……

长调、呼麦、马头琴、二人台名扬四海……

草原英雄小姐妹的足迹在风雪中铭刻……

神舟飞船的舱门在熹微中轻轻开启……

拔地而起的云计算与世界同此凉热……

乌兰察布的风徐徐地吹，吹出一行行历史清晰的脚印，吹响一阵阵荡气回肠的悠远蹄声，吹动一双双向往蓝天不歇的翅膀，吹落一颗颗水晶一样璀璨的汗滴……乌兰察布的风暖暖地吹，青山绿水袒露出她博大的胸襟与热情，迎迓八方来客……乌兰察布的风轻轻地吹，金雕扶摇直上，万籁落地生根，世界睁大了惊奇的眼睛……

值内蒙古自治区成立七十周年之际，由中国摄影家协会国际部与中共乌兰察布市委员会、乌兰察布市人民政府联合举办的"乌兰察布之约——圣域高原"国际摄影大展，拉开了高原与世界共舞的帷幕，拉近了草原与世界的距离，推开了乌兰察布与世界对话的窗口。这是一个大胆而又浪漫的创意，她让草原花香飘向四海，又让五洲风情齐聚高原。微缩，放大，大千世界，时代风云，在我们手中一次次变焦，伸缩自如，五彩斑斓。

人类是地球上永远也长不大的孩子，每前行一步，都伴随着新奇的发现；高原是摄影视界永不蒙尘的净土，它用白云擦拭每一个心灵的天空。这秘密，我们要用快门告诉所有向往草原的人们。

走进乌兰察布，在高原放眼世界；聚焦乌兰察布，让旷世美景尽收眼底；爱上乌兰察布，这颗心如影相随。

让高原的风擦亮我们的镜头。

2017 年秋

多彩的长江
——写在邢长江创作歌曲集出版之际

浩浩长江从唐古拉山雪峰上发源，滴水成河，一泻千里，直奔大海。它汇集了众多的冰川与支流，奔腾不息，汹涌澎湃，让人感受着海纳百川的力量。

而我要说的长江，则是草原音乐长河万千浪花中的一朵，他就是融治学、作曲、指挥于一身的多彩艺术家——邢长江。

长江自幼步入乐坛，五十三岁的年华贯穿着四十载的音乐生涯，可谓一生的心跳都与音符相伴。他不拒细流，志存高远，搞教学，爱作曲，擅指挥；传统音乐、草原音乐、流行音乐、舞蹈音乐、京剧戏曲，样样涉猎，响当当一个音乐界的多面手。谁都知道，草原乐坛强手如林，骁将辈出，拉出来一位就身手不凡，能在某一领域有一席之所已属不易，而他把十八般武艺都操练得应手得心，当是奇才了。

多年来，长江创作的成果难以计数，获奖无数。缘何如此，我以为，除了良好的天赋和扎实的童子功之外，孜孜以求，乃是其成功的真正秘诀。

长江与我同庚，属鸡的命，不停地刨闹。匀称的身材，轻盈的步态，嘹亮的歌喉，一双炯炯有神的大眼睛，活脱脱一只上好的公鸡！但却鲜见他华丽的外表，素衣一身，不蓄长发，为人谦和，不争不抢，低调再低调，这一点，又不大像好斗的公鸡了。高贵典雅的气质，广博深厚的学养，温善细腻的性格，稳健踏实的作风，真是一个难得的好人。

长江有着全面的艺术修炼。不说其他，仅说对歌词的解读与演绎，他是非常通透的。有的曲作者不大在意领悟词作的内涵，长江不，他不仅能说出你词中的好，要命的是还能挑出词中的"刺儿"来，这就不简单了。

长江有着良好的协作精神，与他拍档，十分愉快。非原则上的妥协是对和谐的另一种诠释，不知他有着怎样的座右铭，但这是他做人做事的风格。包容与协作，是当今时代成功人士必备的品质，他都有了。

水涨船高，邢长江一路划着大桨，在多个艺术流域劈波斩浪。我们为他欣喜，更为他矢志不渝的韧劲儿感到钦佩！在他的专辑《五彩的旋律》出炉之际，献上一份祝福，我们便有了一种举杯相庆的欢悦。

愿邢长江这朵执着的浪花，在艺术的长河里奔腾跳跃、永不停歇，为草原带来更多美妙的声音。

2011 年 5 月 15 日正午时分

岁月里，弹拨自己的心音
——写在好必斯艺术歌曲专辑《额尔古纳河》出版之际

好必斯是当代草原乐坛上勇于探索、敢于舍弃、乐于坚守、甘于寂寞的学者型作曲家。

他以谨严的思维治学，又以喷涌的激情创作，让一对矛盾体相依相伴，相得益彰。这位谦谦君子未必是操行的高手，却以笃行、苦行、独行献身艺术，一次次燃烧，一次次淬火，烈焰不熄，终至炉火纯青。

民族性、艺术性、学术性、文学性，是他音乐的钢筋铁骨。

民族性，不光体现在题材上，人们感受到的是一个民族的脉动与呼吸；艺术性，当下已被滥用，这里，则是火焰中的火眼，结晶之后的冰晶；学术性，具体到其作品的关键词是结构、逻辑、张力、升华与沉潜；文学性，如今已被某些"大咖"丢弃，好必斯不然，他对文学性深有领悟，因之，其作品有着超然的品质。

我们正在经历一个鱼龙混杂的年代。草原音乐风靡世界，欣喜之余，也有隐忧。那些"流行性感冒"，那些声嘶力竭，那些涕泪纵横，那些狂言呓语，正在销蚀艺术的灵光，却有着匪夷所思的市场。

好必斯不识时务，逆水行舟，他与红尘有着不可调和的阻隔。

如一场马拉松，能坚持到底的，唯有"痴人"和"铁人"。老好的基因里一定藏有某种天籁，不然，他血管里的旋律何以奔腾着高山流水呢？耳顺已过，依然听不懂"弦外之音"，看来，他就这样一条道跑到黑了……

在十三世纪，好必斯这种古老的弹拨乐极为盛行，尊为"国乐"。元朝之后，这高贵的乐器下架榜单，但在民间大受青睐。看来，是不是国家级并不重要，重要的是，牧人的心中有没有你。

好必斯，一个多么好的名字啊！

清新，明亮，柔美，典雅，不媚俗，不盲从，不为潮流所动，不为喧嚣所扰，岁月里，弹拨着自己的心音……

2018 年 7 月 25 日夜

一朵雪花无声的反哺

——受聘内蒙古师范大学校园文化首席专家感言

这纷纷扬扬的雪花，像一只只快乐的蝴蝶，又像一片片绵柔的绒毛，让这座背倚青山的城市，顿时生动起来、温暖起来……

干渴的内蒙古今年雨水丰沛、瑞雪常新，这是天空对大地的反哺。我，就像是窗外一朵无言的雪花，轻轻地栖落在师大的校园里。我也是在反哺。

宛如一个少不更事淘气惹事的孩子，说走就走，说回又回来了，我怯怯地站在这陌生而又熟悉的故地。

一晃快四十载！一九八二年，我从东北师范大学毕业来到内蒙古师大。三年时间，因为文学的招引，一颗年轻的心摇曳、飘忽着，就像今天的雪花一样，身不由己。

这一生，从教的时日不长，但小学、中学、大学都教过，且本科四年学的就是教育，加上前后的零星积累，十年韶华就这样白白放弃，实在可惜……领导挽留，同学相劝，朋友阻拦，都无济于事。

当年的我如天上的雪花一样，飘飘欲仙，身不由己。

三十五年过去，我又归来，雪花一样，也身不由己。

说是校友，其实，准确地说这就是我的母校。大学毕业，一切都还懵懂；三年助教，一直都在学习之中。师大，是我走出校门的第一个驿站；师大，是我生活工作的第一个摇篮。母校，你当之无愧，我受之有愧。你放飞了我，也成就了我。是你，让我初尝到了命运的滋味；是你，刷新了我人生的起跑线；是你，送我出行，又迎我回归，杨柳依依，让我想起母亲的样子。

少小离家老大回。谈不上衣锦还乡荣归故里，也算不得解甲归田老骥伏枥。回家，分毫不差；寻根，多少有点矫情；反哺，则是必须。

感谢雅莉书记、国宏校长的盛情相邀，感谢内蒙古师大同仁们的热忱相迎。叶落归根，心始安然；老木新枝，莫负韶光。身正为范，学高为师，师大培养了众多闻名遐迩的民族艺术家和文化学者，他们是我的星辰和榜样。心愿虽为反哺，姿态实则充电，祈望获得意外的灵感与加持，桃李琼瑶，当以为报。

人生也有四季。当下时节，须眉斑白，余晖唱晚。雪莱说，冬天已经来临，春天还会远吗？人生虽有四季，但亦有轮回。白雪之下，自有生机孕育；白雪之上，可绘新的画卷。

八十年前，也是这个时节，一位了不起的诗人站在黄土高原，吟诵了一首令天地动容的《沁园春·雪》。这样的诗，注定是吾辈写不出来的，下辈子恐怕也难。但弱冠之年就受诗中雪的洗礼，气象万千，三生有幸了。

那就化作一片雪吧，轻轻地飘落，盈盈地回归，默默地融化，在这座怀抱过我的摇篮里，蓄一汪春水，滋养新的绿茵……

雨露之恩　光泽千秋
——受聘内蒙古艺术学院特聘教授感言

在这姹紫嫣红、桃李满山的金秋时节，我领受到了一份沉甸甸的信任与重托。作为内蒙古艺术学院特聘教授，我享受着莫大的荣幸，同时，也承载着莫大的压力。

内蒙古是一片丰饶的艺术沃土。放眼望去，这片神奇土地上摇曳着的漫山遍野的艺术花朵，多么令人沉醉！而作为草原文化人才的摇篮，内蒙古艺术学院这座群英荟萃的大花园，培养了多少有道德、有理想、有造诣、有追求的青年艺术才俊。从这所校园里走出去的学子们，在风雨中成长，成为深受草原人民喜爱的艺术家，成为当今草原文化的中坚力量。内蒙古艺术学院对这些艺术翘楚的雨露之恩，光泽千秋。

走在内蒙古艺术学院的校园里，我曾无数次憧憬，假如我是这所学校的一名教师，该有多好；或者，当年能够成为这所学校的学生，那该有多好！这，似乎成了一个"无缘之梦"，而这个梦，在这个充满诗意的秋天里，成真了。

不由得想起四十年前，我怀揣录取通知书和一份忐忑，走进东北师大校门的情景。在此之前，我曾有过短暂的乡村小学、中学教师经历，大学毕业后又分配到内蒙古师范大学任教。从小学、中学到大学，我的教师生涯可谓丰富、饱满，但却短促而又匆忙，这让我怀有深深的遗憾！而今天的受聘，则意味深长，它既是回归，更是反刍，抑或是反哺。一份神圣的使命感，油然而生；一种内心的召唤，天地回应。一个远行万里的游子，找到了他魂牵梦萦的故乡；一匹扬鬃初兴的蒙古马，披挂一路征尘，斜阳下回到了它出发的地方。

秋天，掂量着新生入学时的心跳。我手中的这份聘书，更像是一份录取通知书。我已经做好了充足的准备，要像新生一样认真对待每一次考试，填写好自己的每一张答卷，以不负那些期待、信赖的眼神。

捷克伟大的教育家夸米纽斯说，在太阳底下，再没有比教师这个职业更崇高的了。

二〇一八这个秋天何其暖人。站在秋天的阳光下，感受一份特别的光照，何其幸运！我一定珍视这份重托，和老师同学们一道，汇入这片缤纷的花海，采撷，酿蜜。桃李无言，下自成蹊；要让桃李芬芳，汗水自然也要流成小溪……

感谢这个秋天。感谢内蒙古艺术学院。

2018 年 10 月

静水流深　天地同音
——在首届内蒙古音乐节上的致辞

八月的锡林郭勒宛如一曲悠长的牧歌，令人怀抱遐想。风调雨顺的草场，更像是一个预言：草原音乐已经迎来最为旺盛、丰沛、成熟、收获的黄金时节。

这里是一代歌王、长调大师哈扎布的故乡，每一棵青草都听过他的歌唱；这里是蒙古族新文学奠基者、诗歌巨匠纳·赛音朝克图的家乡，他的诗魂一直在星空闪亮；这里是中国古代元朝的夏都，忽必烈汗曾在这里征召天下，八方来贺，四海同歌；这里是蒙古马的故乡，忠诚勇敢，一往无前，代表着一个民族的性格和不改的方向；这里是三千孤儿再生的摇篮，草原母亲的怀抱暖化冰雪，人间大爱，让世界感恩这片无言的牧场……

我们因草原音乐而聚首，循着一曲曲长调，探求草原音乐的根脉，循着一声声呼麦，走进自然与天地合唱。

草原音乐源远流长，历经过千折百转的流淌，它静水流深，波澜不惊，从容不迫，奔流不息。

不必说千锤百炼、浩如烟海的传统民歌，近百年来草原音乐的辉煌，就令人肃然起敬。新中国成立至今，内蒙古涌现出了众多令人景仰的作曲家、理论家、演奏家、指挥家、歌唱家。他们是以通福、美丽其格、明太、德波希夫、杜兆植、永儒布、阿拉腾奥勒、图力古尔、乌兰托嘎、色·恩克巴雅尔、斯琴朝克图为代表的作曲家，以莫尔吉胡、乌兰杰、吕宏久、满都夫、杨玉成为代表的理论家，以哈扎布、宝音德力格尔、莫德格、德德玛、拉苏荣、牧兰、金花、阿拉泰、那顺、朝鲁、腾格尔、布仁巴雅尔、齐峰、呼斯楞、其其格玛为代表的歌唱家，以孙良、色拉西、吴云龙、齐·宝力高、布林、达日玛、阿古拉、白音宝力高、苏雅为代表的演奏家，以魏家稔、娅伦格日勒、乌仁珊娜、昊夫为代表的指挥家。是他们辉煌的创造和一代代的传承，共同支撑起草原音乐灿烂的星空！

草原音乐有着强大的自信，也应具备足够的自省。

所谓自信，源自厚重的民族历史与生生不息的传统文化；所谓自省，是因为脚下的路会很长很长，任何的闭目塞听都将导致前功尽弃。

我们这一代人肩负的不仅仅是当下，一头牵系着悠久的历史，一头伸向遥远的未来。扎根沃土，厚积薄发，是亘古不变的真理，只有在生活中汲取足够的养分，才能底气十足，枝繁叶茂，硕果累累。放眼世界，居高声自远。蜗居草丛，只能是鸣叫一时的蝈蝈；张开飞翔的翅膀，才能拥有广阔的天空。海纳百川，不拒细流，方能汇聚江河，气象万千！

歌唱的手与拉琴的手相连，执棒的手与执笔的手相连，台上的手与台下的手相连。手与手相连，心与心才能相连。天才的创作加上天才的合作，我们的草原音乐将更加风生水起，经久不衰。

无论年长年幼，在座的都是我的师长，对于音乐，我一直还在毡房之外持久地张望。

二十六天前，忽然接到一项任务：配合组委会策划首届内蒙古音乐节。猝不及防，却军令如山。惴惴不安，又跃跃欲试。怀揣忐忑之心，我尽了些许绵薄之力，但注定力所不及，恳请大家点拨教正，以便使我迈向殿堂的脚步更近一程！

草原音乐从来就是原生状态，信马由缰，自由生长。众多的传世之作，都在马背的颠簸中诞生，诸多的天籁之音，都是在毡房或草地上即兴而起。繁缛与铺排不是草原音乐的本真，因此，时间的仓促，不应成为懈怠的理由。让我们在这片芳草地上飞身上马吧，乘着音乐的翅膀，向着草原音乐的未来出发，那动听的歌谣，诗和远方，会在风雨和跋涉之后，等待着我们。

2019 年盛夏时节

时间的力量

——在《内蒙古文学百年大系》启动仪式上的致辞

今天,我愿把在座的各位称为同道。同道,就是志同道合、一路同行、风雨兼程、肝胆相照的人。这样的称谓,饱含着敬意,这样的称谓,意味深长!

我们将共同承担起一项庄严、艰巨而又光荣的任务:编纂《内蒙古文学百年大系》!这是内蒙古文学出版史上前所未有的浩大工程,荟萃一百年来内蒙古文学的精品力作,充分展示在中国共产党领导下,各民族作家所书写出的这片土地上的风云际会、沧桑巨变、崇高精神与深厚情感。这样的机缘千载难逢,这样的使命非勇士莫属!

百年内蒙古文学的发生、发展与繁荣,尤其是抗战烽火时代,争取民族独立解放,自治区成立以来各个时期的所有文学创作,都与党的着力培育息息相关;百年内蒙古文学,充分彰显出党在少数民族地区文学建构的伟大功绩,对各民族作家培养的卓绝努力。而如此宏富浩瀚的文学收获,将在我们手中得以较为全面、完整、系统的汇聚、梳理、编织,奉献给当今伟大的时代,这是多么令人神往、激动与感奋的事情!

感谢自治区党委宣传部、自治区文联的托付与信赖。我将不负众望，和大家一起经受这场严峻的考验。

我深知自己力量的单薄，但我也深知一个诗人内心的火热，我更加深知这一份担承意味着什么，又背倚着什么！除了在座的各分卷主编和专家，还有那些秉烛在先的文学前辈、筚路蓝缕的出版同仁、高屋建瓴的社会贤达，尤为不能忘却的是，一个甲子党和人民对我的哺育，这种哺育，如今都化作饱含期待的眼神，正注视着我的行止！

各位分卷主编，我们身上负载着同样的压力与动力。历史将这份责任交付给了诸位，我们只有同舟共济，劈波斩浪，别无选择！如果说，中华文化是一座瑰丽的大厦，需要万千双手添砖加瓦；那么，内蒙古文学就是一顶圣洁的毡房，需要我们合力编织紧密的哈那，撑起一片湛蓝的天空。这座温暖的毡房里，将持久回荡一个个感人至深的故事，一行行催人奋进的箴言，一曲曲动人心弦的歌谣……

我们没有理由拒绝这一份托付，不可以有丝毫的懈怠与迟疑。我们的责任、使命、担当，与个人的命运、与时代的节拍紧密相连。俯下身来，调动我们全部的储备，散发我们全部的热量，投身这项世人瞩目、牵动人心的工程。历史，一定铭记今天这不平凡的劳作，读者必将检验我们的赤诚、胆识、眼力和文学的良知。

相信时间的力量，因为厚积才能薄发；也坚信现场的直觉，因为时代脉搏始终伴着文学的心跳。我们历经了漫长的等待，而此刻，骑手们已经飞身上马，在这百花盛开的时节，将百年辉煌装订成册，恰逢其时。

这套内蒙古文学的百年集成，分诗歌卷、小说卷、散文卷、纪实文学卷、儿童文学卷和理论评论卷，预设五十卷，近一千八百万字。我们要用五个月的时间完成全部编纂，再用四个月的时间完成全部出版流程，压力与困难可想而知。但我们有决心有信心确保任务的完成，用我们的行动向党的百年诞辰献上心中的祝福，向我们的人民交上一份无愧无悔的答卷！

为百年内蒙古文学存照，为一段光辉的历程见证，为一支追风的劲旅留下路标，我们踪寻的脚步应与大师们的创造相匹配，才可称之为传承，才不负时代的信任。昨天是一面镜子，映照着今天脚下的长路，也映照着明天灿烂的彩虹。

我们的足迹收录着时代的强音，它能否成为历史真实可靠的回响，请大家拭目以待……

2020 年 8 月 8 日

星空草原　诗河璀璨

——首届锡林郭勒草原星空诗歌节上的致辞

星空草原，白马神骏，诗人雅集，乌珠穆沁。

七月，草原敞开广阔的怀抱，在圣洁的蒙古包前，迎接八面来风，迎迓四野花开，迎候天下宾朋，这是多么令人心仪的胜景。天地之间，我们都是主人；芬芳的草地上，所有人都是桂冠诗人！

在西乌珠穆沁举办锡林郭勒星空草原诗歌节，要感谢蒙古民族一路追风的历史与驰骋千里的文化。不知何时，草原骑兵在这里精选白色神骏作为出征的战马，那唤醒大地的马蹄声，激扬澎湃，荡古回今，覆盖了人类的史册，在抗日战争和解放战争的战场，立下赫赫战功，留给这片营地动人的心跳与醉人的歌谣……

我们看见，浪潮般白色的马群，正在从彩虹的梦想出发，向着幸福的诗和远方驰骋。

今晚，透过蒙古包的天窗仰望苍穹，星河璀璨，那一双双水晶般的眼睛告诉我们，天地相连，生活美好！一梦醒来，我们发现，拥抱这样一个夜晚，我们就拥有了整个世界。

时光如白驹过隙，诗歌与天地永恒。

诗人们，请敞开你的心扉，让爱的河水奔流，听神祇低语，与天地对话。星空草原，将留给我们日月同辉的记忆，激情与灵感将点亮明天不一样的太阳！

朋友们，今夜，诗，将弥漫整个乌珠穆沁，我们每一个人的心尖，都会缀满晶莹的露珠，这小小的露珠将化作我们生命之中永远不灭的星辰……

2019 年 7 月

我们的歌唱将刻入时代年轮

有德德玛老师序言在前，我本应捂紧了口罩，不再发声。

但总感觉有话要说。因为这个鼠年过得有点儿憋闷，没有硝烟，不见烽火，人心却笼罩在一片惊惧之中。

然而，二〇二〇这个春天又着实让人感动。"抗疫"，中国表现出了令天下瞩目的勇毅与担当。文化自觉，制度自信，和衷共济，有力动员，危难时刻显现出了强大的优势。中国，在猝不及防之时为世界储备了时间；中国，在披荆斩棘之中为全球提供了经验；中国，自己尚在喘息又向国际社会伸出了有力援手……

而病毒不会依人们的意愿而消失。

飞沫，是病毒传播的主要途径。谣言，也正在人传着人。但，死亡的数字无法更改，它向世界阐明了真相！须知，这场战争对垒的双方是人类与病毒，没有第三者！不同肤色、不同种族、不同国度的人们只有携起手来，以勇气、科学与协作的精神驱赶不幸，才是唯一正确的选择！

中华民族在灾难面前所表现出的临危不惧、万众一心令人震撼！我拿起了笔，想为我们的民族留下这难忘的记忆。宅家，写诗、作词，一个月之内，二十几首歌词应运而生，且全部谱曲演唱录制。这是我歌词创作二十年来一次空前的收获。其动力，源自全国人民众志成城的非凡行动！中国脊梁、中国智慧、中国精神，在苦难中锻造钢铁，于风云中卓然而立！这个饱经忧患正走向复兴的民族，做到了有所作为，身体力行。震撼与敬意，在我胸中排山倒海……

致敬，向我们的党、我们的祖国、我们的人民！致敬，向英雄的白衣天使、英雄的武汉、英雄的草原，向神州大地上无数可亲可敬的无名英雄！

感谢内蒙古电影集团、内蒙古文化音像出版社，感谢我的家乡科尔沁，感谢为此专辑倾情付出通力合作天南地北的各民族艺术家！

这不平凡的春天注定载入史册，我们的歌唱将刻入时代年轮。

2020 年初夏

向诗与歌的摇篮致敬

青藏高原是世界的屋脊,也是人类精神的皇冠;青海湖,是地球胸前的一块翡翠,也是摇曳在天地之间一颗透明的露珠……

七十二万平方公里,青海的面积足够阔大。但这不重要,重要的是,在巴颜喀拉山麓上流淌出了两条大水——长江与黄河。养育中华民族五千年文明的母亲河,一路高歌,滋养万物,怀抱山川大地,汇入浩浩东海……

这养育我们祖先、父辈、当下与未来的生命之源,多么珍贵而又别无选择,我们有什么理由不去膜拜、挚爱与呵护它呢?也许,至今还有很多的中国人不知道中华母亲河的源头在哪里,它的价值与意义。因此,才有了那么多的砍伐、践踏、追杀与偷猎。

一位朋友说,三江源像牧马汉子斜挎着的酒壶,在岁月中汩汩流淌。它沉醉着时间,也沉醉了大地……

保护母亲河行动实施二十年了,卓有成效,还应继续加大力度,因为母亲河不能消失,母亲不可再生!历史一再证明,这个民族不乏仁慈忠勇,同时也从未断绝过不肖子孙!

在青海,有我诸多心仪的地方。两条大河、一面湖水、不绝于耳的古寺钟声,流经贵德的黄河之水蓝得令人震撼;

两位诗人、一位音乐家，还有一群天使般奔跑的藏羚羊……

王洛宾的歌声，像从雪山上刚刚出发的溪流，静谧地流淌，润泽过华人世界每一个人的心灵；昌耀的诗是无韵的，他的诗一直在慈航，他以匍匐的姿势在命运的长夜里跋涉，构成了其诗金属的质地；吉狄马加有着天然的民族情愫，独特的思维与信仰体系审判着时间的谎言，他的语言像融化于五千米之上的雪水，冷冽而又澄澈，拥抱世界，却从未脱离自己土地。

三次参加青海湖国际诗歌节，一直没有走近三江源，也没有看到现实中的藏羚羊。藏羚羊，让我想起自己的童年，父辈的童年和人类的童年，它是凡间无尘的精灵、天赐的舞者和无与伦比的奔跑健将……

青海湖国际诗歌节已经成功举办了六届，它的声誉和品质抬升了当代诗歌的精神海拔。

青海，是人类诗与歌的重要摇篮，诗的圣灵之光，洗礼着中国和世界的诗人。"把敬畏还给自然，把自由还给生命，把尊严还给文明，把爱与美还给世界，让诗歌重返人类生活。"——重温青海湖国际诗歌节宣言，二十道年轮，镌刻在世界第一面诗歌墙上的光芒，在我们的心中熠熠生辉！

青海湖像一面镜子，独具慧眼，它映现出一片圣土与诗歌的血脉关联，于是，才有了我们今天的相逢与相守。

我来自一片牧草连天的大地。八百年前，我的祖先骑着马儿来到这里，看到这面闪着灵光的微波，为其命名：青海湖。站在这里，我要向我的祖先致敬，向人类诗歌的摇篮致敬，向滋养了中华文明之源的昆仑致敬！

青草万岁

朋友，你领略过如诗如画的草原吗？你呼吸过那草尖上沁人心脾的奶香吗？站在甩手无边的绿毯上，你想过没有，那连天的绿浪，原来是由一棵棵无言的小草编织而成。它们手挽着手，根连着根，谁也离不开谁，那团结亲密和谐和睦的样子，多么的耐人寻味。

有一个道理，无须再去求证了：青草，一定是这个星球上最早萌发的生命。它以无声的呼吸拥抱着大地，它以沉默的性格坚守着顽强。它古老，又年轻。在玉米和小麦到来之前，不知它生长过了多少漫长的年代；在玫瑰与枫叶飘零之后，它还将继续蓬勃倔强地生长。虽然，直到今天也没有听到谁高呼过"青草万岁"，但我相信，在时间的风雨中，它的脚步总是最先抵达春天；当死亡考验大地的时候，它一定是生命最后的坚守。

八百年前，一个高颧骨小眼睛的部族，打马走进了这深绿色的世界。

他们像青草一样扎下根来，在高原，在大漠，在戈壁，在荒滩。风雨里生，风雨中长，托举着一颗颗露珠的梦。他们让羊群白云一样游走，让歌声像河水一样流淌，驰骋的骏马飞翔成金色的弓箭，颤抖的篝火把月光下的梦一次次点燃。逐水草而居，让花开于梦，勒勒车载着长调逶迤而来，一双大手搓着马鬃，把雪白的毡房搭建成穹庐的形状。

春天，额吉背起大筐消失在天地相连的地方，她弯着腰是在采摘花朵吗？啊不，她捡拾起干透了的牛粪，升腾起蓝色的火焰，让青草再一次回到温暖之中。这个民族的人们太挚爱绿色了，他们沿着河水蜿蜒行走，追赶着风，追赶着不老的太阳。他们护佑着苍天恩赐的大地，像护佑着自己的身躯，每一次转场，连学步的孩子都懂得轻轻掩埋微温的灰烬，等到来年，让青草再一次萌发新绿；他们太爱这青色的牧草了，就连出征时手中呼呼生风的弯刀，也都仿照着青草的叶片，锻打而成。

辽阔无垠的草地，多像父亲那宽广的胸膛；随风起舞的草叶，多像母亲那勤劳的臂膀。

天有多大，草原就有多大；草原多大，牧人的心就有多大。蒙古包的门从来都是敞开着的，阳光从天窗上瀑布一样流泻下来，像敞开的心扉迎接着八方来客。来吧，朋友，无论你骑着马来，骑着骆驼来，还是骑着摩托车来，草原上的花朵都会为你激情绽放，醇香的马奶酒都会温暖你的心房。

走在七月的阳光下，我用心掂量着"一诺千金"的重量。

是的，风沙可以吹走石头，却吹不走天上的星辰；岁月可以让河流改道，却改变不了牧人金子般的心。为了坚守一句诺言，一个将军的儿子成了真正的牧人。四十年，他让将军的绿变成了青草的绿，青青牧草长成了参天大树，这棵大树的名字叫：信念、担当与爱。

长夜里，我又一次听到老额吉唱起了那首古老的劝奶歌。

凄婉深情的曲调，多像是母亲为出征的儿子送行。没有眼泪，没有叮咛，临行前的细针密线，把所有的嘱托都交给了那颗流浪的心……

当死亡逼向饥馑的大地，所有的生命都勒紧了腰带，三千个饥肠辘辘的生命扑向绿色的源头，他们忽闪着稚嫩的大眼睛，仰望着蓝天：会唱劝奶歌的母亲啊，你在哪里？你听到儿子的呼唤了吗？三千个孤儿，注定会演绎出三千个感天动地的故事，然而这人间的大爱，在草原上却像河水一样自然地流淌，没有一点多余的声息，没有波澜。半个世纪过去了，感恩的心只铭记着一个仁慈的名字，那就是：母亲——草原。

回头望一眼毡房前久久伫立的额吉吧，她洒向天空的奶子是那么洁白，那么香醇，那么温馨。让我以一棵牧草的身姿叩拜，额吉，我是你三千个幸运孩子的全体，我是你无数个知青女儿的化身。我知道，从此我们的爱将永远都不会迷路，因为毡房里的那一盏灯，一直都在为我亮着，那一锅滚烫滚烫的奶茶，一直都在为我们滚沸。

青草的光芒仿佛是那样的遥远。

一个伟大的骑手，驰骋世界之后，坐在故乡的一片白云下面，用马鞭轻轻一指："此地甚好，可以安歇。"然而八百年过去，人们却找不到他的安息之所。作为儿子，他真的回归了草原，把盖世的英名刻在牧人的心头，让连绵的青草生长在他的身躯之上。

青草的光芒又一次这样真切。当暴风雪袭来的时候,一对英雄的小姐妹在漫天的风雪中奔走呼号了三天三夜,她们把清晰的脚印包裹在冰雪之中,让驮着冰雪的羊群找到了丢失的阳光。

青草不仅养育了肥壮的牛羊,我想,它应该成为星球之上所有生命的榜样。

根须,深深地扎进了泥土,即使绿浪奔涌也从不喧哗;它以母亲的胸襟包容着万事万物,让河水自由奔流,让鲜花纵情绽放。有谁计数过它历经了多少风雨呢?每一年的冰雪之后,它又成为春天最早的形象,站立着迎接北归的大雁。我们钦敬这大地的保护神,只需一句誓言,从此便牢牢抓紧大地,直到地老天荒!面对滚滚的黄沙,我们大声警告:不肖子孙,停下罪恶的手吧,母亲为你遮风挡雨,不要再撕破她最后的袍子。这是我们最后的尊严,这是我们最后的屏障,这是我们最后的家园。

一缕缕乳香飘向绿色的远方,一曲曲长调在天地间自由地生长。

乌力格尔讲述着曾经的苦难与辉煌,金色的弓箭拉响了灿烂的憧憬与渴望。让安代驱散所有的愁云迷雾吧,让勇敢的搏克插上雄鹰的翅膀。在万马奔腾的时刻,我们的心涌动着不老的激情。长江、黄河这两条母亲的河流,养育了中华民族多少骄傲的儿女,创造了多少不朽的故事,让我们深深地感恩深深地景仰;而草原文明这条绿色的长河,像绿色的摇篮,又为华夏哺育了多少英雄的传奇与不灭的志向。让我们以牧草的名义向这些古老的文明深情致敬!

七月，我们呼吸着青草的芳香，是那样的沉醉；七月，我们的胸中奔涌着无边的绿色的畅想，是那样的幸福。让我们像青草一样挽起安达的手臂，仰望长天，从心底里表达我们深深的祝愿：天地永恒，青草万岁！

2013年仲夏之夜

后 记

中华诗文长于传递汉字音韵、节律、抑扬带来的兴发感动，这一优长在华夏文脉中源远流长，奔腾不息，造就了书海之上蔚然壮观的波峰浪脊。近年来传统文化复兴，朗诵艺术苏生，特别是群众性诵读活动的蓬勃态势，宽慰人心。

自古以来，先贤们总是将诗文与吟诵珠联而成，脍炙人口，代代相传。而一个时期这一传统渐渐散失了，读诵各行其道，传播效应陡减，令人叹惋！好在沃壤千尺，春风又暖，"绿草长吟"矣……

常有一些朋友向我索要适合朗诵的作品。

什么样的诗文适宜朗诵呢？我也拿捏不准，因为自少年作文始就没有过这方面的训练和准备。不过，多年练笔积蓄一定数量作品之后，不经意间也有诗文被朗诵，被录制，被广为传播，如《春天临近，想起一个人》《青春草原》《我和我的安达》等。于是，我便依凭这种感觉选编了自己的朗诵诗文，是否可用，只能交由诵读者裁定了。

赓续传统，复兴吟咏，使文字有声、有色、有味，有震动心灵的场域效应，当是吾辈需要担承的时代责任。文字与歌吟相映成趣，普及与提高互为砥砺，一个全民诵读文化繁盛的时代已然到来！

　　感谢内蒙古人民出版社慨然相邀，蒙汉四册朗诵诗文合璧付梓在即，墨香沁人心脾！在贵社效力十载，首度出书，一种游子回家的感觉油然而生，颇觉兴奋！

　　米寿之尊的文坛泰斗王蒙老师题词勉励，不胜惶恐；大诗人吉狄马加主席拨冗作序，挚情暖人。惊动巨擘高光加持，喜不自禁，日后的耕耘须多一些汗水跋涉，以不负众望……

2021 年深秋